伊岡 瞬

水脈

Ioka Shun
Sui-Myaku

徳間書店

水脈

装幀　泉沢光雄
カバー写真　AIGen/
Adobe Stock

序章

その朝、母親と小学五年生の娘は、神田川(かんだがわ)沿いの遊歩道を歩いていた。

車通りの騒音も聞こえてこない、静かな住宅街だ。

時刻は午前六時を少しまわったところだが、すでに真夏の日は昇って、じりじりと肌を焼き始めている。

母親は日傘にサンバイザー、アームカバーと日焼け対策を講じてきたが、娘はつばのある帽子をかぶっただけで、紫外線など気にするようすもなく歩き回っている。

夏休み時期ではあるし、行きかう人といえば、派手なジョギングウエアに身を包んだランナーぐらいだ。

「ねえ、おかあさん。見て見て。水があんなところまできてる」

「ほんとに。すごいね。危ないから近くに寄っちゃだめよ」

夏休みに入ってからはなおさら、声をかけたぐらいでは起きない娘が、今朝は自分でセットした目覚ましで五時ちょうどに起床し、母親を起こした。

目的は川の増水の観察である。『降雨前と後で、川の水量と水質はどのぐらい変化するか』を夏休みの自由研究にするのだという。自宅から、徒歩で十分もかからないところに神田川が流れているので、思いついたようだ。

ただ、たしか自由研究に関する注意事項の中に《危険（きけん）なことはしてはいけません》とあったのを母親は覚えている。増水後の川の様子を見に行くのは、危険だから禁止項目ではないかと忠告したが、娘は聞く耳を持たない。

「みんなが『セミが羽化するときの観察』とかばっかりじゃつまらないでしょ」と口をとがらせる。

このあたりの神田川なら、そして今回の雨量ぐらいであれば決壊も洪水も心配ないだろうと、しぶしぶ同意した。それに、昨日の午後には雨も小降りになっていたから、水も引き始めているかもしれない。

川まで来てみると、やはり恐れていたほどの水量はなかった。井の頭公園を源とする神田川は、普段このあたりでは大人なら飛び越えられそうなほどの幅しかない。それでもさすがに、濁った水が護岸の高さの半分近くまで増えている。

ただ、川岸には金網がめぐらされているので、足を滑らせて落ちる心配はなさそうだ。

「安全なところから観察するぐらいはいいけど、『水質調査』とかいって、川の水を汲んだりしないでね」

「はあい」

　あきらかに空返事だ。百円ショップで買った小瓶の首に紐を巻きつけた、自作の採水用具だとか、採取した水を入れるためとしか思えない、蓋のできる保存容器だとかを入れたトートバッグを持ってきている。

「やっぱり迫力ある。落ちたら溺れる」

　絵の具の全色を溶かし込んだような濁った灰茶色の流れを見て、娘は興奮気味だ。母親も、今まで川の流れや色合いなどに関心を持ったことなどなかったので、娘と一緒に感嘆しながら眺める。

　このあたりの橋は小規模で橋脚がない。ところどころの川岸近くに、上流から流されてきたらしい、細長い水草やまだ青い葉がついたままの折れた枝などが滞留している。さすがに、テレビのニュースで見るような巨木はないが、それでも「台風の爪痕」という言葉を連想させる生々しさがある。

「ねえ、お母さん。あの橋の上から水を汲んでみていい？」

「だめって言ったでしょ」

　しかし、どうせ止めても聞かないだろうと、半ばあきらめた顔をしている。娘は小瓶を垂らすのに安全そうな場所を探して川に沿って遡っていく。

　ふと、娘の足が止まっていることに母親が気づく。またなにか危険なことでも企んでいるのか。

「どうかした？」

娘の顔を覗き込むと、大嫌いなシイタケをうっかり口に入れてしまったときのような顔で、向こう側のコンクリートの川岸をにらんでいる。

「あれ、何かな」

いままでのはしゃぎっぷりは影を潜めている。

母親は、胸に湧き上がりつつある不穏な予感を、「だからなんなの？」と笑いでごまかしながら、娘の視線の先を追う。

「ただの――」

そこで言葉が止まる。あえて続けるなら「ただの人間の足」だ。

コンクリートの護岸に、数十センチ四方の四角い穴が開いており、そこから水が川に流れ込んでいる。下水かなにかの排水口のようだ。今まで、あんな穴があったことさえ気づかなかったが、雨の増水で、ちょっとした滝のような勢いで落ちている。

その四角い排水口から、真っ白な、つまりむき出しの人間の足らしきものがだらんと垂れ下がっている。たとえるなら、暗い中に誰か寝転がって、膝から下だけを垂らしたような印象だ。激しく流れ落ちる水にもまれ、まるで生きているようにぷらぷらと揺れている。

「マネキン人形か何かじゃない？」

母親がそう言葉を継いだときには、娘はもっとよく見えそうな場所まで移動していた。

娘が、視線をその物体に固定したままもう一度言う。

「あれ、人形なんかじゃないよ。たぶん本物の人間の足だよ」

1

焼けつくような日差しだ。

建物の中で待ちたいが、顔見知りの警察関係者でごったがえしている。いちいち挨拶(あいさつ)をするのも、おそらく浴びせられるだろう嫌味まじりの冗談に、失礼にならないよう返すのも面倒だ。おまけに、少し前には本庁の連中も次々と入っていった。彼らがまとっている、どこかエリート臭を漂わせたエネルギッシュな空気が苦手だ。事実そのとおりなのだが。

それにしても暑いな――。

宮下真人(みやしたまさと)巡査部長は、けやきの巨木の陰に立ってマイボトルの栓を開けた。杉並区和泉(すぎなみくいずみ)警察署の建物裏にある職員駐車場だ。今朝、出る前に詰めてきた冷たい凍頂(トウチョウ)冷茶が、もう残り少ない。

あの人と顔を合わせるのは久しぶりだが、待ち合わせの時刻を守るだろうか。

宮下との約束など破ってもいい、しかしそれは同時に会議に遅刻することを意味する。

だが本庁一課の所属になってから破天荒さが収まったという噂も聞くし、奥多摩(おくたま)の分署から異動になったあと、一度だけ一緒に仕事をしたが、そのときはいくらか紳士的になったような印象を受けた。それに、今日は連れがいると聞いている。

時計を見る。あと十分で合同捜査本部の会議が始まる。

事件が発覚して、今日ですでに五日目になるが、いまだに事件の核心に触れるような証拠は見つかっていないらしい。ならばはっぱをかけに、本庁の捜査一課から幹部も顔を出すはずだ。つまり、あの人の現在の上司だ。

宮下個人としては、このままここで待つことは我慢できるが、二人そろって遅刻はよけいに目立つ。

しかも、今回は正規の捜査員ではなく、いってみれば〝お客様〟の付き添いだ。それも、どちらかとえば歓迎されていないゲストだ。「やっぱり物見遊山気分か」と言われかねない。

あと二分待って現れなかったら自分だけでも先に会議に出ようと、スマートフォンのタイマーをセットしたとき、タイヤを鳴らして車が一台進入してきた。

シルバーのマークXだ。覆面パトカーに多く採用される車種だ。見たところ型がだいぶ古い。初代型かもしれない。だとすれば、最終モデルでも十二、三年ほど経っているはずだ。しかもいつ洗車したのかと思うほど泥だらけで、ワイパーが動いた形にフロントガラスに模様がついている。

間違いない。あれだ——。

以前から、車種に関するこだわりも興味も一切ないと断言していたから、これもまたただ同然で譲り受けたのだろう。パトカーの払い下げなど日本では聞いたことがないが、彼なら何をしでかすかわからない。

あと一分三十秒――。

タイマーを気にしつつ、降りてくる人物を待つ。まず運転席側のドアが開いて、男が一人降り立った。身長は百七十八センチだが、筋肉質で締まった体をしているので、実際よりも長身に見える。

助手席に乗っていたのは、就職活動で着るようなスーツ姿の女性だ。忘れ物がないか確認するような動作のあと、少し遅れて出てきた。こちらは小柄で、若そうな印象だ。あれが問題の〝お客様〟だろう。

会釈(えしゃく)した宮下に気づいた男が、女に何か語りかけてこちらにやってくる。

「おう」あと数メートルほどのところで、向こうが先に声をかけてきた。「元気そうだな」

宮下は手のひらを上げてその先を制し、署の入口のほうへ首を振った。

「挨拶は後回しにして、会議場へ向かいませんか。あと八分ほどで捜査会議が始まります」

男はそんなことはわかっていると言わんばかりに、右の眉をわずかに上げた。

「その前にお手洗いに寄らせていただけませんか」

若い女が男を見上げ、男は女に視線を合わせずに答える。

「あなたは別に出席する必要はない」

「えっ、それじゃ来た意味がありません。だったら我慢します」

二人のやり取りに宮下が割り込む。

「とにかく行きませんか」連れの女性にも声をかける。「ぎりぎり、トイレに寄るぐらいの時間はありますよ」

「よかった」

「ではすぐに向かいましょう。大会議場は三階です。トイレは通路の奥、右手です」

「了解しました。宮下巡査部長殿」

真壁(まかべ)修(おさむ)巡査部長は、左手をポケットに突っこんだまま、右手で軽く敬礼した。

2

昨日の午後二時ごろだった。

高円寺北(こうえんじきた)署刑事課勤務の宮下は、めずらしく昼間からデスクワークをしていた。前日に解決したばかりの、管内で起きたひったくり事件の報告書を書いていたのだ。

突然、上司である係長から声をかけられた。

「明日、朝から和泉署へ行ってくれ」

「つまり、応援ですか」

和泉署に神田川の死体遺棄(いき)事件の本部が立っているのは知っていた。近隣であるこの署からも、すでに五名ほど応援に行っている。人員の追加だろうかと思ったのだ。

「いや、ちょっと違うんだ」

普段の係長からすると歯切れが悪い。

「何か込み入った事情でも？」

行けと命令されれば、離島だろうと原生林だろうとどこへでも行くが、事情があるなら知っておきたい。

係長はわずかに眉根(まゆね)を寄せた。困っているのか機嫌が悪いのか、判断ができない。

「もう一人、本庁一課からくるやつと組んで――まあ、なんていうか、遊軍(ゆうぐん)みたいなことをしてもらう」

「遊軍、ですか」

もちろん単語は知っているが、この職場では耳慣れない。

「まあ、行けばわかる。朝の会議前に現地で待ち合わせてくれ。そのうち、相方から連絡が来ると思う」

それ以上しつこくは訊(き)かなかった。それからほどなくして、その「相方」から電話がかかってきた。

「はい、宮下です」

〈元気そうだな〉

真壁の声は、いつもと変わらず機嫌がいいのか悪いのかわからない。

「もしかして、『遊軍』とかいうよくわからない立場の相方は真壁さんですか」

〈そういうことになるな〉

「また何かやらかしたんですか」

〈冗談が言えるようになったんだな。今のが冗談だとしたら、だが。――そんなことはどうでもいい。ちょっとわけありの女子学生さんを連れて行く」

ぎりぎり間に合った捜査会議では、特筆するような進展の発表も報告もなかった。はっぱをかけるはずの上層部は、少しいらついている印象を受けた。遺体発見日から数えて、今日で五日目で、ほとんど進展がないのだから無理もないかもしれない。

会議が終了するなり、一課、所轄（しょかつ）の刑事はもちろん、機動捜査隊や近隣署の応援部隊も、みなそれぞれ割り当てられた持ち場へと散っていった。のんびりとコーヒーショップへ直行したのはこの三人ぐらいだろう。

ほかの二人の気持ちはわからないが、宮下は軽い罪悪感を覚えている。

セルフサービスの店で席を確保したあと、三人それぞれ勝手に注文した。

もちろん真壁は、たとえ相手が〝女子学生〟であろうと、「わたしが出しますよ」などとは言わない。宮下が「じゃあ、会計は一緒に」と彼女に声をかけると「ありがとうございます。でも、お気持ちだけいただきます」と断られた。

真壁の笑いをかみ殺す表情を久しぶりに見た。

「おまえさんが仕切ってくれ。巡査部長殿」

席につくなりそう言って、真壁は足を組みアイスコーヒーにストローを突き入れた。

「その『巡査部長殿』っていうのはやめていただけませんか」

「そっちだって、何度やめてくれと言っても『主任』と呼んでただろう。それに、入庁後十年もかかってようやく昇進したんだ。自慢していい」

「八年です」

真壁を上座と想定したのだろう、向かい側の宮下の右隣に座った若い女――まだ正式に紹介されていないので名を呼べない――が、トートバッグからリングノートとペンを取り出した。何かを書き込む姿勢で質問する。

「八年ですか。たしか、宮下巡査部長殿は一橋(ひとつばし)大学社会学部卒ですよね。警察の昇進試験って、そんなに難しいんですか。司法試験なみですね」

どうやら真面目に質問しているらしい。どう返答したものか迷っている宮下に代わって真壁が反応する。

「違います。こいつは小心者なので警察官に向いていなかった。それだけです」

女が真顔で訊き返す。

「すみません。今のは冗談と受け止めてよろしいでしょうか」

真壁が宮下を見て、右の眉を上げ、肩をすくめた。呼ばれた理由がなんとなくわかってきた。

「ちょっとよろしいですか」

宮下はソファに座りなおして、両手を軽く振った。

「そういった話の前に、まずは、自己紹介から始めませんか。特に、わたしたちは初対面ですので」

すぐさま真壁の不機嫌そうな声が返ってくる。

「だから、そういうのを仕切ってくれと頼んだ」

ずずっと音をたてて、アイスコーヒーをすすり上げた。ドリンクをさっさと飲み干す癖(くせ)も変わっていない。

「では、ご指名をいただきましたので、司会進行をさせていただきます」

朝の十時前ということもあって、広めの店内にほとんど客はいない。適度なＢＧＭも流れており、大声を出さなければほかの客に聞こえる心配はなさそうだ。しかも、女が店員に頼んで案内してもらった席は、上半分に半透明のガラスがはめ込まれたパーテーションがあって、半個室のようになっている。

そもそもこの店を選択したのも彼女だ。事前に下調べしてあったのかもしれない。

宮下は、名乗るときの癖でやや背筋を伸ばし、体の向きを女のほうへひねる。

「それではまずわたしから。警視庁高円寺北署、刑事課所属の宮下真人です」

「巡査部長殿と呼べばよろしいでしょうか」

女が真顔で訊く。

「あなたは部下でも後輩でもありませんから、普通に名前でけっこうです」

「では、ラストネームの宮下さんで」

真壁が横を向いてストローをくわえ、かすかに肩を揺らした。

「ところで、そういうあなたはどちら様でしょうか」

実をいうと、昨日の真壁からの電話の折に、氏名などのごく基本的な情報は得ていたのだが、当人の口から直接聞いてみたい。

女は体の正面を宮下に向け、自己紹介を始めた。

「わたしは、明京(めいきょう)大学大学院社会行動学研究科のコマキミホといいます」

本当に学生だった。しかも大学院生だ。自然な動作で名刺(めいし)を差し出されたので受け取り、それに目を落とす。なんとなくにわか作りのような雰囲気がいかにも学生っぽい。

「あまり自己PRが得意ではありませんので」

小牧未歩という字を書くということと、詳しい専攻内容が『現代都市の構造が犯罪心理に与える隠然たる影響』だということがわかった。何気なく裏返すと、英字表記になっている。凝(こ)った名刺だなと思ったとき、名前に目が留まった。

《Miho Grace Komaki》

ミホ、グレース、コマキ――。

「グレースというのは、ミドルネームですか?」

「はい。父がアメリカ人で、わたしも米国生まれですので」

「ああ、なるほど」

一瞬宮下が口ごもった理由を、即座に感じ取ったようだ。

「そう見えないとよく言われます。父がアメリカ人と言うと、日本の人はまず人種的外形的なハーフを想像されるみたいですね。父は、ＤＮＡ的には日系です。母はもともと日本人です。なので、見た目はご覧のように〝純和風〟です。

ついでに補足いたしますと、ご存知のとおり、日本は血統主義、アメリカは出生地主義です。なのでわたしは日米の二重国籍を持っていましたが、小学生だったころ両親が離婚して、母と日本に戻ってきました。日本では二重国籍を持つものは、原則として二十歳になる前にどちらかの国籍を選択しなければなりません。結果的に日本国籍を選択しました。日本を選択した理由も必要ですか」

いいえそこまでは、と笑みながらうなずく。ふと真壁を見やると、ひとさし指の背を噛(か)んでいる。腹立ちを抑えているか、笑いをこらえているか、どちらかだ。

「それで小牧グレース未歩さんは、今回の事件とかかわりのあるかたでしょうか？」

「いえ、違います」

躊躇(ちゅうちょ)することなく、あっさり否定する。

「では、真壁さ――と深い関係が？」

やはり部外者の前では呼び捨てだろうと、途中で気づいた。

真壁は巡査部長だが、本庁では巡査部長に正式な役職はない。所轄にいたときは、本人が嫌がるのを無視して「主任」と呼んでいたが、本庁での主任は警部補だ。

しかたなく、最近では普通に「さん」づけで呼んでいる。

小牧未歩本人が答える前に、真壁が口を挟んだ。宮下を軽く睨む。

「おまえさんはいつも話が長い。——警察庁に長官官房という部署があるのを知っているか？」

「もちろん知っています」

「そこに審議官というお偉いさんが何人かいるらしい」

「ええ、知っています」

なんとなくその先がわかってきたが、よけいなことは口にせず、説明を待つ。

「その一人のなんとかいう審議官が……」

「高橋（たかはし）です。伯父（おじ）の名前は高橋宏一郎（こういちろう）審議官。こういう字を書きます」

メモを取っていたノートに書いてみせてくれた。

「その高橋審議官の姪（めい）ごさんでいらっしゃる」

小牧グレース未歩が「よろしくお願いいたします」と頭を下げた。宮下も返す。

真壁の発言の続きを待っていたが、当人は窓の外に目をやって、ほとんど氷ばかりになったアイスコーヒーの残りをすすっている。

話の接（つ）ぎ穂に困っている宮下を見かねたように、小牧未歩がみずから補足を始めた。

「わたしが論文にまとめている内容の参考にするため、犯罪捜査の現場を見たいと伯父にお願いしたところ、最初は断られました」

それは当然だろうと思うが、黙って聞いている。

「でも、これが書けないと修了できず、就職もできないと泣きつくと、聞き入れてもらえました。

「では、修士論文——でよろしいですね？　その取材の一環でこの現場に？」

宮下の問い返しに、小牧は「はいそうです」と胸を張った。

「事情はわかりましたが、どうして真壁——と同行なんです？」

「学生さんのお守りは、暇な人間にさせろってことだ」

真壁が窓の外を見たままひとりごとのように言う。

宮下は、すばやくしかしさりげなく、小牧の表情をうかがう。腹を立てているようには見えない。

真壁は、かつて奥多摩から都下にかけて起きた、警視庁全体をゆるがすような大きな事件に巻き込まれたあと、警視庁捜査一課に引き抜かれた。

この異動は、自身負傷しながらも事件を解決したことへの報奨の意味合いもあるだろうが、雷管を抜いてない不発弾のような男なので、監視できる場所においたほうがよいという計算もあっただろう。

現在真壁が所属するのは、一課の花形部署である「強行犯係」ではなく、陰で「窓際」と呼ばれているらしい「特務班」というセクションだ。

刑事としての資質は一級品なのに「強行犯係」に置かれない理由は明快だ。何よりまずチーム行動がとれない、自分がこれと思ったら上司の指示に従わない。警察機構はどの役所よりもチームプレーが必要だ。真壁のようなタイプは和を乱すので、どの係長、班長からも敬遠される。

だったらいっそ本当の閑職に追いやって、自主退職するのを待つ、という選択肢も考えられそうだが、一度そうやってみた結果が奥多摩分署で起きた騒ぎということを考えると、上層部の不安も理解できる。

もうひとつ、一課の管理官のひとりが真壁を気に入っていて手放したくないらしい。たしかに、変わり者ではあるが、かつて「野良犬」と呼ばれたように、危険を恐れることなく、骨身を惜しまずに働く。その資質は、野に放っては惜しいと宮下も思う。

この管理官の発案で、便宜的に「特務班」という部署を新設し真壁を配した。つまり、真壁のために作られた、たった一人の班なのだ。

かといって、資料整理ばかりしている閑職でもない。合同捜査本部が立つほどではないが、本庁としても介入したいような事案に、ことを大げさにせず、真壁を潜り込ませる。

宮下は耳にしたことはないが、「特務班」が窓際部署であるという噂は所轄にも聞こえているらしい。

だが利点もある。軽んじているから、真壁を強く警戒したり、露骨に蚊帳の外に置いたりしない。そのため情報に接しやすく、これまでも、当初は事件性が疑われていなかったような案件をいくつか解決したと聞いている。

宮下も、異動後に一度だけ一緒に捜査にあたったことがあるが、真壁は熱心に関係者に話を聞いてまわって、ほとんどひとりで解決してしまった。

真壁は、そんな刑事臭さを感じさせない、投げやりな口調で続ける。

「つまり自分たちは、学生さんの実地研修のお供をするかわりに、地取りや敷鑑の聞き込みで足を棒にしなくていいという特権をもらった」

「はあ、なるほど」

宮下は、真壁と小牧の顔を交互に見た。小牧は、さきほどからの会話からすれば、日本語はほぼ完全に理解していると思うが、真壁の嫌味にも顔の表情はまったく変えない。

宮下としては、納得できたような、依然としてまったく理解できないような気分だ。

「つまり、こういうことですか。自分たちの遊軍的捜査に、この小牧さんが同行する、と」

「今、何を聞いてた。逆だ。ミスコマツ・グリース・カホさんの取材活動に、おれたちが同行させていただくんだ」

「はあ」

小牧グレース未歩が「二点、違います」と割り込んだ。

「まず氏名が違います。昨日差し上げた名刺で再度確認をお願いいたします。それから念のため申し上げますが、『ミス』という敬称は現在はほとんど使われておりません。二点目は行動予定についてです。最初に申し上げましたとおり、可能な限り通常どおりの捜査を拝見したいと願っています。わたしは、なるべく足手まといにならないように、がんばってお二人について行きます」

真壁が応じる。

「ご垂訓痛み入ります。しかし、そういうあなたのおかげで、今も言いましたが、普段の地道な捜査からは外されてしまいましたよ。今日の予定は白紙です」

「でも、昨日は『自由に活動できる』と喜んでいらしたではないですか」

「これは自由とは呼ばない」

宮下には、真壁が宮下に向かってごくかすかにうなずくのが見えた。言い争いにも飽きたから、あとは適当に収拾してくれということだ。

気分的には舌打ちしたいところだが、真壁相手では逆らえない。

「それでは、今日の行動について予定を立てましょう」

宮下は、ここでようやくメモ代わりに使っているタブレット端末を取り出した。

3

事件は今から四日前の早朝に起きた。正確には発覚した。

八月十八日午前六時二十五分ごろ、東京都杉並区永福三丁目を流れる神田川沿いの遊歩道を歩いていた母親と小学五年生の娘が、護岸に開いた『暗渠』と呼ばれる地下水脈の排水口から、人間の足らしきものが垂れ下がっているのを発見した。

現場は、京王井の頭線の「西永福駅」および「永福町駅」のほぼ中間で、ともに直線距離にして六百メートルほどのところに位置している。

前日に関東地方を直撃した台風一三号の雨の影響で、川は増水しており、娘は夏休みの自由研究のため、増水後の神田川の水量や水質を調べようと、この川沿いの遊歩道を母親と歩いていた。

コンクリートの護岸には、ところどころにこの暗渠と呼ばれる地下水脈や、下水、あふれ出た雨水などが流れ込む口があいており、位置、大きさ、形状などばらばらだ。

問題の四角い排水口もそのひとつであり、そこから滝のように水が流れ落ちていた。

最初に小学生の娘が、この排水口から人間の膝から下らしきものが二本垂れ下がっているのを発見し、母親に報告した。

一見、それは細く白かったので、母親は当初マネキン人形のようなものが流れてきたのかと思ったが、一部変色している肌の様子や質感などから人間のものではないかと感じ、一一〇番通報した。

一報を受けて和泉警察署地域課の制服警官が駆けつけ、目視したところたしかに人間の足らしい。さらに、その上部には体全体が横たわっているようだ。その旨をただちに本部に報告した。

ほぼ間を置かず消防のレスキュー隊が到着したが、当該遊歩道には物理的に救急車両は入れない。

隊員が救出用の機材を持ち、徒歩で現場を確認することになった。歩道に足場を組み、ロープで吊り下がって観察した結果、水管内に若い男性のものらしき死体が横たわっているのを確認した。

排水口の直前に、流木のようなものがひっかかり、それに阻まれて流れ落ちずにとどまっているようだ。

生死に関しては医師の診断を待つまでもなく、皮膚の形状をみてもすでに死後数日は経ており、猛暑が続いているため一部では腐敗も始まっている気配である。

やや遅れて同署刑事課の警官、さらに区の水道局の職員、下水や側溝の管理を委託されている業者も集合した。結局、この委託業者が引っかかっている流木を切断し、遺体を回収することができた。流れが強く神田川の中に足場を組めないため、すべてロープで宙づりになっての作業となり、当初の予測以上に時間がかかった。

このあたりは、すぐ近くに区立の公園や運動場もある閑静な住宅街である。あっというまに野次馬が集まった。また現場の状況から目隠しのブルーシートを広げての作業が困難で、ときおり風にあおられて遺体がむき出しになり、野次馬のあいだから悲鳴やシャッター音が上がったという。

事件の翌日には司法解剖が済み、発見時の検視と解剖の所見に関しては、その夜の会議で捜査員たちには発表済みだった。

さらにその翌日には身元も判明している。

宮下たちがその資料を正式に入手したのは、今朝の会議に顔を出した際だ。もちろん、今ではその内容は頭に入っている。

解剖当時に判明していた概要――。

性別、男性。死因、窒息死。ただし、肺や胃に水はなく首に扼痕を認める。また扼痕の形状から、背後から腕を回して扼殺されたものと推定される。

推定年齢十八歳から三十歳。胃の内容物の状態、その他の所見からして、死後三日から五日ほど経っていると思われる。一部に腐敗あり、大きな手術痕なし、刺青なし、四肢および指に欠損なし。歯科治療痕数か所あり。頭髪は黒。右目のみソフトコンタクトレンズ装着。

刺創は見当たらなかったが、主として顔面に複数の殴打の痕跡あり、生前に鈍器または拳のようなもので殴られたと思われる。また、左手の第三指から第五指までの三本が、外側、つまり甲側に折れている。生活反応が認められるため、存命中に受けた傷と考えられる。さらに、両手首及び足首にひも状、おそらく結束バンドによるものと思われる擦過痕が認められる。

皮膚などの状態から、発見直前に水中に遺棄されたものではなく、数日間水中にあったものと考えられる。

つまり手足を縛った上で、顔面を殴打し、手指を骨折させるなどの激しい暴行を加え、背後から腕を使って扼殺し、その後水路に遺棄したものの、数日滞留した後、なんらかの理由で当該排水口まで流れついたと推察される。

気が重くなる案件だ。真壁と最初に組んだ奥多摩の連続殺人事件を想起させる陰惨さを感じる。

解剖の翌日、つまり二日前には被害者の身元が判明し、これも当日夜の会議で発表された。

被害者氏名、森川悠斗(もりかわゆうと)。年齢、二十一歳。都内の私立大学三年生、杉並区の分譲マンションに両親と三人で暮らしている。

発見される五日前、午前十時にアルバイト先のコンビニエンスストアへ向かうため家を出たあと行方がわからなくなっており、翌朝、両親によって「行方不明者届」が提出され、受理されている。

発見時の着衣が、上はスポーツメーカーのロゴが入った黒のTシャツ、下はこげ茶色の膝丈のズボンで、この届に記載された特徴と一致する部分が多かったため、解剖の翌日、両親に連絡を取り、来署の上確認をとった。係員の制止をふりきって遺体の顔を見た母親は、その場に崩れ落ちるように失神したという。

森川悠斗に間違いないとすると、行方のわからなくなった時期と死体の状態からみて、あまり間を置かずに殺害されたものと思われる。

遺体が発見されたあたりは、アルバイト先と自宅を結ぶ線上にない。死体の状況からみて他殺の疑いが濃厚で、死後運ばれた可能性はある。また、暗渠からの合流口という点を考慮すると、どこか別の場所で遺棄され、今般の雨による増水のため流されてきた可能性も否定できない。

死体が発見されたこの現場を所轄する和泉警察署に『杉並区神田川付近における死体遺棄事

件』の捜査本部が立った。『殺人』の二字が加わるまで、そう時間はかからないかもしれない。

「これほどの暴行を受けるとは、よほどの恨みを買っていたか――」

宮下が小牧グレース未歩をちらりと見やってつぶやいた。さきほどの会議では、小牧にもほかの捜査員と同じ資料が渡された。死体の状態も写っている。

その先を逡巡した宮下に代わって、真壁が続けた。

「何か吐かせるために拷問したか」

小牧が、資料の写真に目を落としたまま割り込んだ。

「あるいは単なる嗜好か」

そのあまりに淡々とした口調に驚いて宮下が目を向けると、小牧はごく一瞬「言い過ぎたかな」という表情を浮かべたが、方向転換するつもりはなさそうだった。

「――会議での発表では、目立つ性的暴行の痕跡はなかったということでしたね」

宮下の感覚からすれば、大多数の一般人は、こんな事件の資料など見せられたら顔をそむけるだろう。もっとも、一部のそういう嗜好のマニアは、逆に目を輝かせるかもしれない。

しかし小牧の表情はどちらでもない。まるで、ビーカーの中の細菌の数を数えるか、駅前再開発に関するディスカッションに参加しているようだ。幼少期とはいえ、アメリカで過ごすとこんなふうになるのだろうか。それとも、伯父が警察庁のお偉いさんなので、生臭い話は聞き慣れているのだろうか。

真壁と目が合った。応対はおまえにまかせたと言っている。しかたなく相づちを打つ。

「まあ、確かに趣味で人を殴るという人間もいるでしょうから」

小牧の口調が熱を帯びてくる。

「加虐行為に快感を得る人は一定数いると思いますが、殺害そのものが目的なら、あれほど暴行を加える必要はないと思います。――あ、本職のお二人に対して申し訳ありません」

宮下が苦笑して答える。

「怨恨（えんこん）も根深いとかなりひどいことをしますよ。めった刺しにしたり、腹部を割いたり」

言ってしまってから刺激が強かったかと思ったが、小牧は相変わらず顔色を変えずにうなずいている。

「たしかに――」

ようやく、真壁が会話に加わる。

「いいように殴られ、首を絞（し）められ、最後は下水に流されるぐらいなら、雷にでも打たれて即死したほうがましだ」

あまり刑事らしからぬ感想に、宮下が「あれは下水では……」と言いかけたとき、脇から小牧が口を出した。

「今回の遺体が遺棄されていたのは、正確には『暗渠』というものです」

「アンキョ？」

「さきほどの会議でも、少し説明がありましたが」

救いを求めるような顔で真壁が宮下を見たので、彼女の言うとおりですとうなずく。

「どう呼ぼうと、要するに下水だろ」

「かなり違います」

小牧も引かない。いつのまにか取り出した、個人のものらしいタブレット端末を操作しながら説明する。

「下水というのは、生活排水や産業排水、雨水などの汚水を、終末処理場へ集めて処理するための排水管設備のことです。暗渠というのは、もとは川だったものを地下に潜らせたり、上に蓋をして閉じ込めてしまったものです。極端に言えば、飲めそうなほどの清流もあります」

真壁にしてはめずらしく最後まで聞いていて、ばか丁寧に質問する。

「それで、下水に捨てられるのとアンキョとやらに捨てられるのでは、犯行動機にどんな差異が生じるとお考えですか」

小牧はタブレット端末から視線を上げ、真壁をちらりと見たが、すぐにまた伏せた。

「わかりません。たまたま遺棄しやすかったからなのか、あえてそうした理由があるのか——」

「では、ディスカッションはこのへんで切り上げて、現場を見に行きませんか」

宮下が提案すると、二人とも賛成した。真壁のやれやれという顔を見て、小さく噴き出しそうになった。

4

三人がいたコーヒーショップから、車でほんの五分ほどの距離だった。もう少し涼しい季節なら徒歩という選択肢があるかもしれないが、この暑さではすぐに熱中症になりそうだ。とくに、小柄な小牧では体調不良が心配だ。警察庁のお偉いさんの可愛い姪を粗末にあつかったとなると、あとあと面倒なことになるかもしれない。

区立の運動場の近くにコインパーキングを見つけ、そこに停めた。


運動公園を抜ける前から人だかりが見えて、現場はすぐにわかった。

ここ最近では、トップクラスのセンセーショナルな事件だ。宮下はテレビをほとんど見ないが、ワイドショーなどでは『大学生死体遺棄事件。怨恨殺人か？』などと銘打って、特集を組んでいるようだ。『激しい暴行の跡』というキーワードも、関心を集める要因になっている。

現に今も、てんでに背伸びしたり、スマートフォンで写真を撮ったりしている野次馬が、ざっと見で十数人はいる。それに割って入る気にはなれず、少し離れた場所から観察しようということになった。発見現場と思われるあたりには、今も規制の黄色いテープが張られ、赤いコーンが何本か立ち、それを制服警官が見張っている。

宮下がなんとなく予想していたよりも、多い人数の警官たちが作業している。公園の植え込みやベンチの下などを探すものもいるが、多くは川の周辺だ。

　すでに川の水量が減って危険度が下がったため、川べりまで降りて岸の草むらをつついたり、川底をさらっているのだ。しかし、その表情を見ればほとんど収穫がないことがわかる。

「反対側からのほうが見やすそうですね」

　宮下の提案で、小さな橋を渡って川を挟んだ向かい側の遊歩道へ回った。

　こちらにも野次馬はいるが、じりじりと肌を焼くような炎天下だし、これという珍しい光景も展開されないので、みなすぐ飽きて帰ってしまう。そしてまた、新しい野次馬が現れる。その入れ替わりの流れに乗って、金網のそばまで進んだ。

　小牧が日傘を差した。その骨の先がちょうど宮下の顔のあたりにくるのが気になるが、まだ知り合って間もない間柄（あいだがら）なので、ここは触れずにおいた。

　問題の合流口――排水口が、ぽっかりと穴をあけているのが見えた。すでに水量は普段並みに戻ったのだろう。ほとんど涸（か）れかけているといってもいい、ちょろちょろとした流れだ。ずっとあの水量だったなら、死体が流れてくることもなかったのかもしれない。

「あそこから遺体の一部が見えていたんですね」

　小牧が魔物の口のような暗い穴を見つめ、これまでと違ったしみじみとした口調でつぶやいた。そして、真壁が露骨に邪魔そうな顔をしていることに気づいたらしく、日傘を畳んだ。

　宮下には、彼女の言わんとするところがわかる気がした。あんな場所から死体の足がぶら下がっているのを発見した小学五年生の少女の心に、どんな傷が残っただろう。

　向こう側で、金網越しに川を覗き込んでいた私服刑事の一人が、こちらの存在に気づいた。肘で連れをつつき、露骨なにやにや顔を作ってすぐに視線を逸らせた。

「お嬢様のお守り役、ご苦労様」

　そう顔に書いてある。こんな扱いはすでに慣れっこになっている。いや、今朝の会議のときから感じていた。真壁の不機嫌もそこにある。小牧自身が気づいているのかどうかは、わからない。この短い時間だが、彼女がそこそこにタフな精神力の持ち主であることがわかった。

　真壁が野次馬の群れを抜け、近くにあった街路樹の陰に入った。顔をしかめ、ハンカチで汗をぬぐっている。真壁も宮下も、ワイシャツにノーネクタイという姿だが、すでに胸や背中に汗が浮いている。小牧も薄手のシャツを着ているが、汗を吸うインナーを着けているのか、あまり汗ばんで見えない。

　真壁が、問題の排水口から視線を動かし、公園をぐるりと眺めまわしてから、いまいましそうに言う。

「賭けてもいいが、この灼熱の公園をはいずり回っても、証拠なんて煙草の吸殻ひとつみつからないだろうな。川も同じだろう。外れたコンタクトレンズのもう片方が見つかるほうが、まだ期待できる」

　一般人小牧の手前もあるので、宮下は原則論で応じる。

「偉そうなことを言うようですが、しかしそれが捜査の基本じゃないですか。むしろ、この炎天下に、捜査されている皆さんには頭が下がります」

真壁は引き下がらない。

「下水だかアンキョだか知らないが、水路なら地図みたいなものがあるだろう。だったら、役所でそれを調べれば、どこから流れてきたのかすぐにわかるんじゃないのか。捨てた場所が特定できれば、ホシの足取りもつかめるだろう」

しごく当然の理屈なのだが、そうはいかない事情がある。宮下はバッグから出した扇子で首のあたりに風を送りながら「それがですね」と反論する。

「今朝の会議でも、一課の岩間係長がそのような指示を出していましたが、すんなりといくかどうか疑問なところがあります」

隣に立つ小牧も、いつのまにかトートバッグから出した小型扇風機で、自分の胸元に風を送りながら、うなずいている。シャンプーかコンディショナーかわからないが、かすかに爽やかな匂いがした。

「実は今回のことで初めて知った呼称なのですが、『暗渠』というものについて少し下調べしてきました」

宮下はそう言って、バッグの中から暗渠について書かれた書籍を取り出し、地図の部分を広げてみせる。

昨日の午後、この合同捜査本部への応援、それも真壁と「遊軍」を組むよう指示された直後に、可能な限りこの事件に関する情報を入手した。そして、死体が流れてきた地下水路を『暗渠』と呼ぶと知り、さっそく大型書店へ行って参考資料を何冊か買い漁った。その中の、大きな地図が付録でついているのが気に入った一冊を持参した。

「あ、わたしもそれ、持っています」

小牧がトートバッグから、同じ本から切り取ったらしい地図を取り出した。

「準備がいいですね」

いくら伯父が警察庁の幹部だからといって、こんなイレギュラーな〝見学〟が認められて、せいぜい一日か二日だろう。それにしてはずいぶん手回しがいい。

宮下の視線に気づいたらしい小牧が、少し照れたように説明する。

「さきほど少し説明しましたが、わたしの論文のテーマが『現代都市の構造が犯罪心理に与える隠然たる影響』というもので、前から地下の空洞や暗渠に興味がありました。なので今回の研修のことをどうしてもとお願いしました」

「なるほど。そういう事情がおありなんですね」

正直なところ、まだその関係性がよく理解できないが、大学院生にしては少々違和感を抱く（いだく）ほどの、熱心さや知識量などに関する疑問は少し解けた。小牧はあまり照れたようすもなく、先を続ける。

「下水路は計画的に整備されたものですから、きちんと管理されていて、それこそ下水路網というのがはっきり把握（はあく）されているようです。しかし、暗渠はもともと川だったり側溝だったりしたものに蓋をしただけのところが多く、役所でも把握しきれていないと聞きました」

宮下の知識では補足も反論もできない。真壁の顔を見れば、不満げなのがよくわかる。それで提案してみた。

「こうして突っ立っていても芸がないですから、あの地下水路がどこから来ているのか、たどってみませんか」

「ぜひ、行きましょう」

小牧も乗り気だ。

「十分だけだ」と真壁が汗を拭う。十分だけ同行する、という意味だろう。

再び日傘を差した小牧が足早に先へ行くので、宮下と真壁はそれを追いかける形になった。ちょうどよい機会だったので、ずっと訊きたかったことを口にした。

「今回、自分を巻き込んだのは真壁さんの意志ですか」

「ああそうだ」あっさりとうなずく。「あのグレース・ケリーのお守りをしろと命じられた瞬間に、交換条件をつけた。近隣署からの応援としておまえさんを呼んで、補助につけてくれと」

「で、こういう事態になったわけですね」

「何か不満か？」

「いえ。たまには楽しいかもしれません」

小牧未歩は、ほとんど小走りで再び小さな橋を渡った。さっそく暗渠が延びていそうな方向を探している。

この暑さなど気にならない勢いなのは、若さのせいか、意気込みのせいか。その両方だとしたら、やはりタフなお仲間だなと宮下は思った。

5

今井朝乃(いまいあさの)は、午前八時十八分に散歩にでかけるのが習慣だった。ずれても、前後一分ほどだ。

なぜその時刻なのかといえば、朝の連続ドラマを見終えてから、火の元を確認し戸締りをするからだ。

そして一時間ほどかけて、自分なりにやや速足で歩く。行き先は、桜並木が立派な公園であったり、公民館の分館であったり、ただ川べりのベンチに座り、水面(みなも)を眺めるだけのこともある。最後に、早朝から営業している食料品系のスーパーでちょっとした飲料や食料を買って帰る。

水や調味料などの重たいものは、宅配サービスを頼んでいる。だから買い物といっても、好物の海苔(のり)せんべいや黒糖のかりんとう、タマゴがメインのサンドイッチ、そして最近はまりつつある洋風の甘味などだ。ささやかな衝動(しょうどう)買いともいえる。

この習慣は、七十三歳になる今も、天候が不順であったり持病である膝痛(ひざつう)がひどくない限りは、夫を病気でなくした六年三か月前からほぼ変えたことがない。

それは、近所の公園のソメイヨシノがそろそろ満開の盛りを過ぎる、四月上旬のことだった。

朝乃は、いつものようにスーパーでいくつか飲食物を買って、自宅へ向かって歩いていた。今日は夕方まで晴れて風もなさそうだから、このあと二日ぶりに洗濯をしようと決めていた。

ふと、公園のベンチに親子らしき二人が座っているのが見えた。正確にはわからないが、三十歳そこそこに見える母親と、小学校にあがったばかりぐらいの女の子だ。

彼女たちが楽しそうに会話でもしていたなら、特別関心を抱くこともなく行き過ぎただろう。しかし、朝乃はその場に足を止めて彼女たちを見た。母親の具合が悪そうだったからだ。

最近増えてきた、寝そべることができないようにあえて手すりをつけてあるベンチのため、母親は横になることができず、不自然な格好で背もたれに体をあずけている。幼い娘は、その母を気遣うように太もものあたりをさすりながら何か声をかけている。

朝乃は迷った。声をかけるべきだろうか――。

つい昨日も隣の重村さんと「最近は親切を仇で返されるみたいだからね。人を見たら詐欺師と思えだって」などと、立ち話をしたばかりだ。

それに、朝乃はもともと、あまり他人の世話を焼くたちではなかった。自分では、冷たい性格がゆえだとは思わない。それに、昔から「他人は全員詐欺師だ」と思って生きてきたわけでもない。人には人それぞれの生活なり人生なりがあるのだから、よけいな干渉はありがた迷惑なこともある、助けを求められたら適度に応じればいい、という考えかただ。

ところが、結婚した夫はまったく反対で、困っている人を見かけると、放っておけない性分だった。道を訊かれたときに、それが自分自身も詳しくない道であれば、一緒になって探すのだ。朝乃は、相手にしてみれば「知らないんだったらもういいよ」と思っているのでは、と考えてしまうのだが、夫は違った。

たとえばまだスマートフォンなどなかった時代、地方から出てきて西も東もわからないような若者に、訪問先の会社が入ったビルまで案内して喜ばれたこともあった。たとえばエスカレーターはなくエレベーターの数も少ない都心の地下鉄の駅で、ベビーカーの扱いに困っている母親に、赤ん坊を抱っこさせ、自分がベビーカーを持って階段を上がったこともあった。

否定はしないが、それが趣味なのねと、少し距離を置いたところから見ていた。それが、六年前に病で夫に先立たれたあと、気づけば自分がその趣味を引き継いでいた。

ただ、世の中のほうも、少しずつ昔と変わってきていると感じることがある。夫が生きていたころは、こちらの厚意を素直に受けてくれる人の割合が多かった気がするが、最近は声をかけても「いいです」とか「大丈夫です」と断られてしまうことも多い。

この親子に出会ったとき、声をかけるのを躊躇した理由のひとつはそれだ。

しかしやはりなんといっても、「物騒」な世の中になったというのが大きい。振り込め詐欺ぐらいなら、まだ対処のしようもあるし、失ったとしても金銭だ。しかし最近は、もっと手っ取り早く、荒っぽい手口もあると聞く。

老人だけの一人か二人暮らしの世帯に狙いをつけ、ガス漏れ検査だとか漏電検査だとか断れない理由をつけてドアを開けさせ、あとは力ずくで金品やカードを奪い、暗証番号を訊きだし、ねこそぎ奪っていく、時には命までも。世間では「特殊詐欺」などと称しているが、要するに強盗だ。強盗傷害であり強盗殺人だ。

夜更けなどにふとそんなことを考え始め、怖くなってもう一度戸締りを見回って、それでかえって目が冴(さ)えてしまう、などという経験も一度や二度ではない。布団の中で「あなた」と声に出したことが何度あっただろう。

白日夢のような回想から、ふっと現実に戻る——。

そんな大げさな話ではない。今、目の前にいる女性はどうみても辛(つら)そうだ。しかも親子連れだ。ひと声かけるだけだ。あの雰囲気からしても、変にからまれたり、いきなり刺されたりなどなさそうだ。

「どうかしましたか？」

朝乃の声に、少女は母親をさする手を止めて、こちらを見た。黒目がちのつぶらな瞳をしている。まつげが濡(ぬ)れた感じなのは、泣いていたからだろうか。母親は聞こえなかったのか、反応しない。

「お母さん？」

少女に問うと、うなずいた。

「大丈夫ですか？」

再度声をかける。ようやく母親はあずけていた背もたれから頭を上げて、同じように顔をこちらに向けた。声には出さずに、小さくうなずく。

「救急車、呼びましょうか？」

母親が小さく顔を左右に振ってなにかつぶやいた。声は聞こえなかったが「だいじょうぶです」と唇（くちびる）が動いたように見えた。

「でも、具合が悪そうですよ」

「だいじょうぶです」こんどは小さく聞こえた。

「そうですか」

朝乃は立ち去ろうとした。気を悪くしたわけでも、冷たい気持ちで見放すわけでもない。やはり人にはそれぞれ事情があって、多少体調が悪かろうが放っておいて欲しい時があるものだ。七十余年の人生で学んだことのひとつだ。

「お母さん、――がすいてるの」

少女が何か言ったが、途中聞き取れなかった。去りかけた足を止め、ふり返った。濡れた瞳の少女がこちらを見ている。

朝乃は、もう一度、と促すように小さく首をかしげ、少女を見た。

「お母さん、おなかがすいているの」

こんどははっきりと聞こえた。そして、母親が「そんなこと言わなくていいのよ」とでも言いたげに、娘の髪をなでるのを見た。

朝乃は親子の近くに寄った。

「ご飯、食べてないんですか？」

母親は疲労感のにじむ顔を上げ、はっきりと朝乃を見て、少しの逡巡のあとうなずいた。

「いつから食べてないんですか?」

「きのうのその前の日のよる」

母親に代わって少女が答えた。一昨日(おととい)の夜から食事をしていないらしい。なるほど、そういうことなのか、と少し納得がいった。「そういう」とは「どういう」ことなのか説明しろと言われれば難しいが、つまりは「そういう」ことなのだ。

見れば、雨も降っていないのに、母子とも髪の毛はべたついている。着ているものも、しばらく洗濯すらしたようすもない。気のせいかわずかに臭(にお)いもするようだ。

朝乃は、トートバッグをベンチの空いたスペースに置き、予備のレジ袋を出して、その中に今買ってきたばかりのものをいくつか詰めた。

「そういう」ことならば、救急車を呼んだり騒ぎを大きくしてほしくない理由も説明がつく。

タマゴサンド、つぶあんのアンパン、飲みきりサイズのカフェオレ味の豆乳、迷ったが少女の視線が注がれていたのでパック入りの杏仁豆腐も入れた。

「ごめんなさいね、スプーンはもらわないことにしてるから」

つい、そんな言い訳を口にした。少女は感情を顔に出さずにこちらを見上げている。

「そんな――けっこうですから」

母親が断ろうとする。

「遠慮(えんりょ)されるほどのものじゃないから。それにね、ついいつもの癖(くせ)で買ってしまっただけで、すぐに食べるつもりもなかったから」

本当は今日の昼食のつもりだった。はい、とそれが入ったレジ袋を差し出す。娘が受け取る。

「すみません――ありがとうございます」

母親が頭を下げた。きちんとした身なりをして、それなりのお化粧をすればけっこう美人なのに、と朝乃は思った。


その日一日、朝乃の心の大部分をあの親子が占領していた。

善行をした、というような自己満足もまったくないといえば嘘になるが、ほとんどは「あのあと、母と子はどうしただろう？」「帰る家はあるのだろうか」「もしかすると、夫の暴力から逃げているのだろうか」「やはり、警察なりに連絡するべきだったろうか」そんな悔悟（かいご）とも心配ともつかない思いがつぎつぎと浮かんでは消えた。

だから翌朝はいつもより早く家を出た。もともと、朝ドラは毎回録画予約をしてある。

八時前にあの公園を通ったが、親子はいなかった。そのあと、もし遭遇（そうぐう）したら渡せるようにと、食べやすくて多少の保存がききそうな調理パンやおにぎりを大量に買い込んだ。紙パックの乳飲料やお茶のたぐいも。

場合によっては袋ごとあげようと、まだほとんど使ったことのないエコバッグもしのばせた。

しかし、スーパーからの帰りにも彼女たちの姿はなかった。そのベンチに座って待った。多少の風はあるが、少しのあいだ座っていてつらいほどではない。

朝乃は春の日を浴びながらぼんやりと回想していた。

今井夫婦は、結婚後数年経っても子供に恵まれなかった。夫婦二人とも子供好きだったので、なんとか欲しいと思い、不妊治療も受けたが、望んだ結果は得られなかった。養子をもらおうかとも、一時期は本気で考えた。しかし夫の忙しさもあって、それも結局は実現しなかった。

後年になって、夫の弟の娘、つまり朝乃にとって義理の姪が離婚して日本に戻ってきた際、生活に慣れるまで一時同居したこともある。彼女には小学生の娘がいた。姪孫という言葉をはじめて知った。彼女にとって朝乃は大伯母ということになる。

今井夫婦はこの少女を、自分の孫のように可愛がった。

今から六年前に病気で夫が急逝したときは、この子がずいぶん慰めてくれた。

しかしその彼女も、成人してからは忙しくなったようで、このところ多少疎遠になっている。

そんな、寂しい思いをしているところだった。昨日の少女の顔が、どうしてもあの子とだぶってしまう。

朝乃には、少し歳の離れた八歳年下の弟もいるが、彼の顔もしばらく見ない――。

ふと現実に返る。

公園を見回すが、あの親子の姿は見えない。それもそうだろうと思う。犬や猫ではないのだ。ちょっと優しくしたぐらいで、また同じ場所に現れると考えるほうが不自然だ。

ふう、とひとつため息をついて、ベンチから立ち上がった。

6

遺体が発見された排水口のある壁面は、区立公園と神田川に挟まれた、遊歩道から見下ろす位置にある。

もちろん、今は規制線の黄色いテープが張られて、その一帯の遊歩道は立ち入り禁止だ。警察関係者、もしくはその都度許可を得た住人しか入れない。

小牧も、真壁や宮下と一緒ならば入れてもらえるだろう。そもそも、それが目的で刑事をお供につける事態になったのだから。

だが、小牧はテープの内側には関心を示さずに、遊歩道を横切ってその向こうに広がる公園に踏(ふ)み入った。そちらに暗渠が延びていると考えたのだろうか。宮下は手持ちの地図を見たが、描かれている範囲が広域過ぎてそこまで細かくは把握できない。

マスコミの、特にカメラは可能な限りありとあらゆる場所に侵入する。したがってその対策として、一定距離以上現場に近づけないよう、発見場所を中心とした弧を描くように、公園内にも規制線は張られている。小牧はその中に入らず、川を背にして公園に沿った細い道を進んでゆく。

遠巻きに現場の画(え)を撮るほかなく、欲求不満気味だったらしいマスコミの目が、いくつかこちらを向いた。しかし小牧の姿を見て、警察関係者というよりはむしろ取材側だと思ったらしく、興味をなくしたようだ。

相変わらず、小牧にやや遅れてついていきながら、宮下は真壁に話題を振る。

「彼女、なんだか迷っているとか探しているという雰囲気はないですね。確信があるような歩き方です」

「そう感じるならそうなんだろう」

どこまでも愛想がない。

小牧が突然、規制線の外の出入口から公園内に入った。太陽熱を反射する芝を踏みしめて、一番近いベンチへ寄ってゆく。そのあたりは桜の巨木の陰になって、いくらか涼しそうだ。暑さに耐えかねて休憩タイムかと、宮下は気を緩めそうになったが、違うらしい。

宮下と真壁も、すぐ隣の木陰に立って様子をうかがう。

「何か始めるぞ」

真壁がぼそっとつぶやく。まるで尾行だ。

小牧はまず、トートバッグの中からマグボトルと地図を取り出した。次に空になったバッグをくるくると丸めて、日傘と一緒に黒いリュックサックに押し込む。

代わりに引っ張り出したのは、つばの広いグレーのサファリハットだ。それをしっかりとかぶり、チューブから絞り出した日焼け止めクリームらしきものを、手や首筋に塗っている。

「日焼け対策も万全だ」

宮下は、小牧の新入社員風の黒いパンツスーツとグレーのサファリハットの取り合わせが、意外に似合っていると思った。ベンチの上には、サイドポケットにマグボトルがささったリュックと、地図だけが残った。

身支度を終えたらしい小牧が、こちらを見て会釈した。お待たせしましたの詫びでも、まして照れ隠しでもなさそうで、あえて解釈するなら「準備はOKです」の意味らしい。

「だいたいのあたりをつけましょう」

近づいた二人に小牧がそう声をかけ、さきほどのマップをベンチに広げた。主導権を握られている。

「この公園の脇、今通ってきた道の下あたりに暗渠が流れているのは確実のようです。問題はここよりも上流ですね。相当古い水系のようで、どの地図でも、記載がなかったり、ぼやかしてあります」

小牧はそう言いながら、地図の向きを実際の土地に合わせている。公園の周囲は、石垣で囲んで小高く盛り土がしてあり、その上にはつつじなど低木の植栽が並んでいる。その外周に沿うように狭い道路が走る。そのうちの一本が今、橋を渡って歩いてきた道だ。

この道も規制線の中にあり、住人以外は原則通行禁止の扱いだ。小牧の視線は、その道が延びた先へと向かっている。

どこの街でも見かけるような、ごく普通の一戸建てが並ぶ中を貫く、ごく普通の生活道路だ。車が二台すれ違うのも苦労しそうなほど狭い。

宮下も自分の地図を取り出し、真似てみた。しかし、やはり縮尺が小さすぎるのと小牧が言ったような理由からか、このあたりに暗渠の記載はない。

本当に流れているのか。流れているとしたら、一体どこへ繫がっているのか。もし本当に、あの道の下に水路があるなら、そしてそのデータがあるなら、捜査本部もとっくに把握しているだろう。

現に今も、鑑識の制服を着た職員たちが、路上をなめるようにして〝何か〟を探している。下水道局指定の業者によって、このあたりのマンホールの蓋のほとんどを、すでに一度は開けて調査済みだと聞いている。ただ、いまだに成果はあがっていないらしい。つまり、マンホールすらない漆黒の地下水脈が流れているということか。

それでも探さねばならない。アスファルトが溶けだしそうな酷暑の中、焼けたマンホールの鉄の蓋に触れるのは、苦行以外の何ものでもないだろう。職員たちは愚痴を口にしないが、その顔からは汗が流れるようにしたたっている。

資料によれば、合流口近くの暗渠の幅は約八十センチというから、捜査活動方法も限られてくる。人間がぎりぎり入れるかどうかという幅だ。もちろん、死体が流れてきたのだから入れるだろうが、戻れるという保証はない。それでもなお、潜水用の装備をしてあの中に入る人間もいるのかもしれない。

狭い排水管の中を進む映像が、映画のシーンのようにリアルに浮かんだ。その想像だけで、宮下は小さく身震いしてしまった。

「すでに十分経ちましたが、どうしますか？」

小牧が地図を広げたまま立ち上がり、道路のほうへ歩いて行ったすきに、真壁に小声で訊いた。さっき真壁は、お付き合いするのは十分だけだ、という意味の発言をした。もちろん本心でないのはわかっている。

宮下の意地の悪い質問に、真壁が不機嫌そうに答える。

「あの入れ込みようを見て、そろそろ引き上げるぞとは言えないだろう」

「了解です」

両手に持ったマップと実際の道路とを見比べていた小牧が振り返った。

「やはり想像したような感じです」

「どういう点で？」問いかけながら近づく。

「これがそうだと思います」

単にコートしただけの、小さく光る爪の先が示したあたりに視点を合わせる。

《神田川水系》という見出しがある。この地図は、普通の道路地図とは少し違っていて、道路や線路はグレーで表記され、完全に脇役だ。紺や赤などの濃く色のついた線は、すべて水の流れを表すらしい。

ベースとなる本来の地図部分がグレーで見にくいのだが、西は神田川の源流である吉祥寺(きちじょうじ)あたりから、東は山手線と交差するあたりまでが一枚に描かれている。裏面はその東側、東京湾に注ぎ込むまでのようだ。

隣に立った真壁も、周囲を見回すふりをしながら、ちらちらとマップを見ている。

「『これ』というのは、この紺色の線のことですか」

宮下の問いに小牧が「そうです」と答えた。

ほつれた糸の切れ端がへばりついたようにしか見えない。

「詳しい分析は、あとで休憩でもとりながらにしましょう」

宮下自身は、下調べである程度理解していたが、真壁を気づかった。ここはごくシンプルに「地下を流れる川もある」という程度に理解できていればよいと思ったが、小牧がその狙(ねら)いをあっさり崩す。

「ではこれだけ。――さきほどはごくわかりやすく、下水と暗渠は別ものであるかのように説明しましたが、実際は相当の部分で重なっています」

「小牧さん、そのへんについても……」

「わかりました。重要ではありますが、今は省きます。真壁さんはあまりご興味なさそうですし」

真壁のほうは見ないように、小牧に話を合わせる。

「なるほど、なるほど。この赤い線が神田川で、今、我々はこのあたりに立っていると」

「そうです。そして、この紺色の短い線が、遺体がみつかった暗渠です。おそらく、下水を兼ねた暗渠ではなく、元は水路、つまり小川だったのではないかと考えます」

「しかし、それにしてはずいぶん短いですね」

縮尺からして、全長で百メートルほどしかない。

「短いのではなく、その先は把握されていないのだと思います」

「なるほど。近くにマンホールも見当らない。かといって、アスファルトを全部剝がすわけにもいかない。なかなか難題ですね」

「ひとつ光明があります。完全に地下水脈という暗渠は少なくて、必ずどこかで地表近くを流れています。そこには蓋のようなものがかぶせてあり、見ればわかります。その地点を探せばいいんです」

「なるほど」

納得したようにうなずいたが、言葉でいうほど簡単ではないだろうと思っている。

このやりとりに耐えかねたように、真壁が割り込んだ。

「ちょっと失礼。呼び名なんてどうでもいいと思いますが、とにかく、さきほども申し上げましたように、下水なら都の下水道局が、地下を流れようと大河をたゆたおうと水路なら水道局が把握しているだろうと、わたしは思料いたします」

「思料いたします」とは、会議の際に発表する捜査員が私見を述べるときに使う、一種の謙遜表現だ。つまり嫌みなもの言いなのだが、小牧の表情を見る限り伝わらなかったようだ。

宮下が応じる。

「自分もさきほど申し上げましたが、地下には、その水道局や下水道局も把握できていない水路があるようなのです。それも少なからず。狙ってのことなのか、たまたまなのか、今回はそこを死体が流れたと思料いたします」

小牧が、我が意を得たりとばかりにうなずいている。

一般的に「三人組」の場合、誰か一人が悪役になったり疎外されたりする傾向があるが、真壁にその役割を当てるのは好ましくない。かといって「自分が仲間外れになります」と宣言するわけにもいかない。この二人を同じぐらいに立てるしかない。

小牧が提案した。

「それでは、もう少し辿（たど）ってみませんか？　もちろん、捜査関係者のみなさんのお邪魔にならないように注意しながら」

マップをたたみながら真壁と宮下を交互に見る。宮下が賛同しようとしたとき、先回りして真壁が答えた。

「行きましょう。一日中ここに突っ立って、『源流から海まで』の説明を拝聴できるのかと覚悟していたところです。──それと、邪魔なんてことは気にしなくていいですよ。なにしろこの企画は警察庁がケツもちですから。あ、失礼」

言い捨てて、規制線を見張っている警官のほうへすたすた歩いていく。

取り残された形になり、小牧に小声で教えた。

「聞き流してやってください。ああいうしゃべり方が癖なんです。ほとんど悪気はないんです」

「ほとんど、ですね」

小牧と目が合った。嫌な顔どころか、軽く笑っているのでほっとした。

真壁が所轄の捜査員に話をつけて、規制線内の道路に入る了解を得た。

鑑識チームの邪魔をしないように、注意を払いながら神田川に背を向ける形で道を進む。

せっかく開けてみた、焼けたマンホールの蓋をすぐにまた閉めているのは、これという発見がないからだろう。

宮下も何度か駆り出されたことがあるが、犯人が証拠の凶器を川に投げ捨てたようなときは、やや上流からかなり下流まで川をさらうようにして探す。

あれはあれできついが、地下の水脈を探すのはさらに難儀な作業だろう。

「痕跡がみつからないようですね」

もしもみつかっていれば、騒ぎになっているはずだ。

宮下の発言を受ける形で小牧が言った。

「捜査員の皆さんにはお気の毒だと思うのですが、やはりあれは普通の下水管のものだと思います。このあたりには、現役の下水管と、ほとんど実態が把握されていない暗渠と、二本の水路がほぼ平行して、あるいはときおり交差して流れているのではと思っていました」

さきほどからの捜査状況を見ると、小牧のその説が当たっているようだ。その点に興味が湧く。

「ちょっとうかがいます。『いました』ということは、つまり今日ここへ来る前から予測がついていた、という意味でしょうか」

はい、とうなずく表情は、得意がっているふうには見えない。

「少なくとも、この地域では下水はそのまま川に垂れ流さないからです。あのマンホールの下の流れに乗って行くと、下水処理場に行きつくはずです」

「なるほど」

「それと、流れた形跡が見つかる可能性はあると思いますが、遺棄したのはこのあたりではないと思います」

「それはなぜ」と宮下が訊いた。

「あの蓋はとても重たいんです」

「たしかに重そうですね」

「以前は七、八十キロのものもあったようです。最近のものはだいぶ軽くなりましたが、それでも四十キロ近くあります。簡単な仕組みですが、いたずら程度では開かないように、蓋には簡単なロックもかかっています」

「そうなんですか」

ひととおりの下調べはしたが、そこまでは及ばなかった。

「したがって、ふと通りかかって思いつきで遺棄するのは困難ですし、計画的であるならもっと人目につかない場所を選ぶと思います。人通りが少ないとはいえ、公道でうんうんうなりながらマンホールの蓋をずらし、遺体を捨てるというのは、現実的には考えられません」

「なるほど」

根拠に裏付けされた論理的な見解を聞いて、宮下はつい深くうなずいてしまった。

真壁は無言だが、似たような気分だろう。

合理的な説明だった。そしてそれで説明がつく。マンホールの蓋を開けてはみたものの、内部構造的に、あるいはその経路から「やっぱりこれは違うぞ」という結論になり、ふたたび閉めることになったのだろう。

あるいは、この素人(しろうと)探偵が考えつくのだから、一課の連中もわかっていたかもしれない。わかってはいたが、これまで進展がないので藁(わら)にもすがる思いなのかもしれない。捜査の九十九パーセントは無駄足だ。

それにしても、この素人の若き大学院生の推理は、今ここで思いついたとは思えない。現場に来る前にそれを予測し、組み立てていたというのはかなりのものだ。

さらに宮下が興味深く思うのは、一貫して自信に満ちた口調ではあるが、決してしたり顔ではない点だ。

「暗渠は、探しづらい位置にあるからこそ、マップもあいまいになっているのだと思います。暗渠にはいろいろな蓋があります。マンホールより重たいコンクリート製のものもあれば、取っ手がついたただの鉄板だったり、網目になった、側溝の蓋と変わらないものもあります。犯人はおそらくあまり重くない蓋を開けて遺棄したのだと思います」

「つまり、遺棄できそうな蓋を探すのが早道だと」

「はい」

しっかりうなずくと、小牧は少し足を速めた。神田川に背を向けて、さらに先へ進むことになる。

「驚きましたね」

やや遅れて歩きながら、宮下が小声で真壁に言う。

「この特別捜査班の推理担当になってもらおう」

真壁はにこりともせずに答えた。

行く手の路上に捜査員たちがちらばって、各戸を一軒ずつ回って聞き込みをしている。これはいわゆる「地取り捜査」だ。四日も経つのに、これほど現場の近くで今さら聞き込みを開始したわけがない。こちらも、すでに二度目、三度目だろう。

このほかの捜査員たちは、ある組は役所へ行ってこのあたりの水路を把握する手段を探し、またほかの相当数は、身元が割れたという被害者の交際関係、つまり「敷鑑捜査」にまわっているはずだ。

歩きながら、真壁がため息をついたのを聞き逃さなかった。

「大丈夫です。見捨てませんよ」

宮下が諭すように言うと、真壁が細めた目で宮下を睨(にら)んだ。

小牧の足は意外に速く、丁字路に立ち、進むべきは右か左かと首を巡らせている。突き当たった道はやや広く、規制の範囲はそこまでで終わりのようだ。

あきらかにここの住人とは思えない男が一人近づいてきた。

「すみません。警察関係のかたですよね」

ショルダーバッグを肩にかけ、手にノートとペンを持っている。この雰囲気は雑誌記者だろうか。

ドラマなどに出てくる無頼派の記者の風貌そのままだ。

「捜査に何か進展はありましたか？」

真壁は無視し、小牧は「何か言ってますよ」という顔を真壁に向ける。宮下ももちろん反応しない。

「犯人の目処は立っているんですか。金銭？　怨恨？」

しつこく食い下がる。ほかのマスコミもこの騒動に気づいたようだ。少しでも新しいネタが欲しくて、テレビクルーまでやってくる。しかたない。追い払おう。

宮下は記者の顔をしっかりと見た。

黒いサングラスの下、張ったほおぼねの頂点あたりに、黒子がひとつあった。

「被害者のスマホの通話記録はもう調べたんでしょうか？」

自分のほうを向いた宮下に、ここぞとばかりに質問する。

「申し訳ありませんが、われわれは警察関係者ではありません。通してください」

「またあ。本当ですか？」

「ぜんぜん関係ありません」

そのとき折よく、バインダーのようなものを手にした、こちらは明らかに警察関係者と思われる数人が現われ、近くに立ち止まって「あっちからこっちへ」などとやりだした。しつこく食い下がっていた記者も、こちらへやってこようとしていた連中も、その周りへ寄って行った。

今の騒ぎのあいだに姿を消した小牧を探す。ひと区画ほど先で、いつのまにか住人らしき年配の男性と話している。

「やりますね」

「警視庁職員採用試験のパンフを送ってやろう」

そんなやり取りをしていると、会話を終えた小牧が男性に頭を下げて小走りに戻ってきた。

「やはり、この丁字路が二本の暗渠の合流点になっているみたいです。あっちとこっちと」

そういって、少し広めの道路の両方向を指した。宮下が問う。

「合流点？　つまり、二本の地下水の流れがここでひとつになると？」

はい、と元気にうなずく。

「珍しい例だと思います。今の住人のかたの記憶だと、半世紀近く前に蓋をされ、上に道路ができるまでは『開渠』——つまり普通の水路だったようです」

「なるほど、その二本が道路の丁字路のようにここで合流して、一本になり神田川に流れ込んでいる」

またしても小牧が、はい、と元気に答えた。

「一般的な川では、ごく普通の現象ですが、下水と合わせると三本の水脈というのは珍しいかもしれません」

「それで小牧さんはどちらから流れてきたと思いますか」

「下水ではないという以外、わかりません」

あっさりと首を左右に振る。落胆しそうになるが、考えてみれば無理もない。本庁捜査一課が出張ってきても、まだ経路の詳細が判明したという情報は入ってきていないのだ。

「どうしますか」

宮下は真壁に問いかけたのだが、答えたのは小牧だった。

「二手に分かれましょう。もしよろしければ私がこちらの道、お二人はあちら側の道をお願いします。――時間を決めて、さきほどのコーヒーショップで落ち合うというのでいかがでしょう」

宮下が反論を試みる。

「素晴らしい提案です。ただ……」

「足のことならご心配なく。マップから推察するに、わたしが進む方向はたぶんさきほどのコーヒーショップの方向へ延びていると思いますので、そのまま徒歩で向かいます。お二人は、適当なところで戻ってお車でどうぞ」

「しかし――」

宮下は、真壁が怒りだす前になんとか取り繕(つくろ)おうと思ったが、意外なことに真壁はあっさりと了解した。

「ではそういうことにしましょう。宮下巡査部長殿は、小牧さん保護の観点から同行するように」

「それは合理的ではありません」

宮下が抗議する前に、小牧が割り込んだ。

「宮下さんは、暗渠を含め水路についてある程度お調べになられているようです。わたしたち二名が同行して、ほぼ知識のない真壁さんが単独では調査にならないと思います」

「了解いたしました」

真壁はひと言も反論せず、軽く敬礼をするしぐさを見せた。小牧はにこやかに、やはり敬礼のしぐさでそれに応じた。

考えてみればこの小牧という、突拍子もない発言を連発する風変わりな大学院生が、冗談らしき態度を見せたのはこれがはじめてだった。

7

その翌日も、朝乃は同じ行動をとった。

もちろん、目的はあの親子だ。そしてとくにあの幼い少女だ。昔、あんな可愛い子と一緒に暮らしたことがある。夫もまだ生きていたころだ。楽しかった。楽しい毎日だった。ひと晩中、あのころの夢を見ていた。

　今では自分の感情を正直に認めていた。夫の善行がうつったなどと言い訳する必要はない。あの親子が気になってしかたがないのだ。そして、寂しくてしかたないのだ――。

　前日、多めに買ってしまった食料は、昼食や夕食に化けたり、冷凍保存したりした。紙パック飲料は日持ちがするので無駄にはならない。

　懲りずに、またも同じぐらいの食料を買い込んで例の公園を通りかかると、あの親子がいた。思わず小走りで近寄りたくなるのを我慢して、すぐ近くまで行ってから、ようやく気づいたふりをした。

「あら」

　声を上げるのとほとんど同時に、二人もこちらを見た。少女の表情は相変わらず硬いが、警戒の色は一昨日より薄くなっているように感じる。

　次に母親の顔に視線を移して、思わずまた同じ言葉で小さく叫んだ。

「あら」

　前髪を垂らしているが、左目の周囲が青黒く変色している。あきらかに、強くぶつけたか誰かに殴られたかだ。しかし電柱にしろタンスにしろ、あんなところをあんなふうにぶつける人はいないだろう。

「だれかに殴られたの？」

　ベンチの空いたスペースに座り、荷物を膝に乗せる。

「おじさん」

少女が答えた。

「おじさん？」朝乃は問い返す。「お父さんは？」

少女は首を強く左右に振った。やはりべとついた感じの髪がぱらぱらと揺れる。

「いない」

「おじさんって誰？」

「こわい人」

「警察には？」

はっきりと母親に向かって問う。しかし娘と同じように顔を左右に振っただけで、無言だ。

「だって、ひどい痣になっているわよ。病院で診てもらったほうがいいわよ」

「大丈夫です」

「でも……」

「平気ですから」

短い沈黙があった。少女はじっと朝乃を見つめている。なんて清んだ瞳なんだろうと思った。

昔、こんな可愛い子と一緒に暮らしたことがある。夫もまだ生きていたころだ。名前は――。

「お嬢ちゃん、お名前は？」

「さくら」きっぱり、という口調で答える。

「漢字で？　それともかなで？」

母親が「ひらがなです」と答えた。

「そう、素敵なお名前ね。——さくらちゃん、これ食べる？」

トートバッグの中から、『タマゴが濃厚！』という惹句（じゃっく）がついたプリンを取り出す。今日はちゃんとプラスチックのスプーンももらってきた。

「あ、卵のアレルギーは大丈夫かしら？」

母親はうなずきながらも、申し訳なさそうに言う。

「すみません。そんな……」

「いいのよ。わたしね、ほら、よく目が食べたいっていうでしょ。いつも、ついつい食べられないほど買っちゃうの。よかったら食べて」

さくらは視線で母親に許可を求め、蓋をとり、すごい勢いでスプーンを突き立てた。

「よかったら、こんなのもどうぞ」

そのために用意したエコバッグを広げ、調理パン、飲料、スナック菓子などを詰めてゆく。どうみても、老女が衝動買いする品でも量でもないだろうと苦笑しながら。

母親は最初遠慮したが、朝乃が強くすすめると素直に受け取った。

「こんな場所で気にならなければ、どうぞ」

朝乃の世代では、アイスクリームぐらいならともかく、公園のベンチで飲食するなどはしたないと教わったが、今は駅のホームや電車のシートでも食事をするようだ。

「いただきます」

母親は遠慮気味に言って、タマゴサンドをかじった。

朝乃は、立ち入ったことは訊かないようにしようと決めていたが、つい我慢できずにその身の上を、最初は遠回しにやがて核心部分まで質問してしまった。

彼女が語ったところによれば、名は木村菜緒子。さくらは前夫との間に儲けた子だが、その前夫は暴力や飲酒癖、借金などの生活態度がひどく、ようやくの思いで離婚したという。

しばらく男はこりごりだと思ったが、以前から働いていた小料理屋で、ひとりの客の男に出会った。別れた夫は見るからに体力勝負の粗野な印象だったが、この男は脚本家志望といい、暴力をふるいそうには見えなかった。それどころか「自分は生きている価値がない」と口癖のように言い、ほんとうに自殺してしまいそうな気配があった。

ついほだされて〝関係〟を持った。飲食などの支払いももってやった。そして気がつけば、アパートの部屋に男が転がり込んでいた。

男は、執筆が思うようにいかないと、菜緒子やときにさくらにも手を上げるようになった。非力なので、本気で相手になれば勝てそうな気もする。しかし、自分は生来人を殴るということができない。だから、されるがままになり、最後はこうして逃げ出す――。

「警察に相談した？」

「一度」とうなずく。

しかし「ご夫婦の問題は二人でよく話し合ってみて」と言い渡された。夫婦げんかで多少の痣ができたぐらいでは、介入してくれないらしい。菜緒子がもう少し身なりに気をつかって、たとえばブランド物の服でもまとっていれば、また警察の対応が違うのかもしれない。

「頼れる親戚や知り合いはないの？」

　これもないという。

「家に帰れば、また殴られるの？」

「優しいときもあるんです」

　最悪のパターンね、と思った。初めて聞く話ではない。

　いっそ救いようがなければ、逃げ出す決心もつきやすい。しかし、中途半端に優しくされると、特に日本の女性は、それが民族性なのかとすら思うことがあるが、ほだされてしまうことがあるようだ。

　迷った。もう少しで自分の電話番号を教えそうになった。しかし、彼女だけならともかく、その人でなしの男に漏れる可能性もある。さすがに、その危険は冒せない。

「ちょっと待って」

　親子に背を向け、リュックサックから財布を出し、一万円札を二枚抜いた。それを四つに折り、ほかに紙がないのでティッシュに包んだ。

　ふと、近くに夫の気配を感じた。おもわず振り返ってしまったが、さわさわと風が渡る芝の上に、人影はない。

　――あなたもきっとこうしたでしょ。

　――もう少し多かったかもしれないな。

――もう、これなんだから。しれない、じゃなくてしたんでしょ。

「これ、少しだけど、お守り代わりに持っていて。もしまた少しでも乱暴されそうになったら、一番いいのは警察に通報することだけど、まずは逃げ出して、これでひとまずビジネスホテルにでも泊まって。そして翌日の朝、ここに、このベンチに来て。わたしは毎朝、かならずこのぐらいの時刻に通る習慣があるから」

「そんな、とんでもないです」

菜緒子は包んだ札を押し返した。

「いいから、持っていなさい。しばらく様子を見て不要になったら、さくらちゃんにお洋服でも買ってあげて。――そうだ、まだ訊いてなかったわね。さくらちゃん、何歳？」

「六さい」

ぱっと五本の指を広げた左手に、右手の人差し指を一本立てて添えた。昔、こんな可愛い子と一緒に暮らしていたことがある。夫もまだ――。

「この春から小学校に上がりました」菜穂子が言葉を添える。

「だとしたら、今日、学校は？」

うつむいてしまった。

「もしかして、お母さんが心配で学校に行けないの？」

さくらが、力強くうなずく。

朝乃はもう少しで「今から、うちに来なさい」と言いそうになってしまった。それをなんとかこらえて、さっきと同じ忠告を繰り返し、後ろ髪を引かれる思いでその場をあとにした。

8

二人とあっさり分かれ、小牧グレース未歩は独自の道を歩いて行く。

小説で読んだことしかないが、シャーロック・ホームズはあんなだっただろうか、と思わせる集中ぶりを見せながら。

信念のある人間は振り返らない――。

小牧の背を見ていると、そんな言葉が浮かんだ。

「自分たちは、お守り役だったのでは？」

宮下が真壁に問いかけると「好きにさせてやればいい」と答えた。

ちらほら散在する捜査員たちが、どうみてもただの通行人ではない小牧に気づいて一瞬身構えるが、〝見学〟の話を聞いているらしく、言葉はかけずに見なかったふりをする。そんな扱いに小牧も気づいているだろうが、気後れしているようすはない。

「大丈夫そうだな。おれたちもいくか」

真壁に促（うなが）されて、小牧と正反対のほうへ歩きだす。疑問を口にした。

「彼女の目的はなんでしょう？」

「本人が言ってただろ。都市のなんとかと犯罪がなんとかって」

「でも、大学生の死体が川に流れてきて、その元を探ることに意味があるんでしょうか」

聞き込みして回るならまだわかるが、あるかないかすらはっきりしない地下水路を探すのに、あの熱心さはなんとなく違和感を抱く。

「卒論に書くとか言ってたじゃないか」

「修士論文です」

二人とも口には出さないが、素人がふらふら歩いたところで、遺体が流れてきた経路などわかるわけがないと思っている。捜査というものはそんなに甘いものではない。ただ、単なる興味本位、物見遊山の女子大生にも見えない。本気度というか本腰の入れ具合はそう馬鹿にできないかもしれないと宮下は感じている。

何かありそうだとは思うが、それが何かはさっぱりわからない。

真壁もそんな好奇心を抱いたからこそ、なんだかんだと悪口を言いながらも好きにさせ、言いなりになっているのではないか。そんな気がしてきた。

宮下はまさに一夜漬けで得た、にわかの知識なのだが、実際下水道局のホームページには『下水道台帳』なるものがあって、一般人でも閲覧することができる。

見て驚いた。これは知らなかったと、思わず独り言ちた。

特に都市部では「ほとんどの主だった道の下に」と表現しても過言ではないほど、下水網が完備されている。それはまるで人体図の毛細血管のようで、半径数キロに絞ったとしても、とても数日ですべてをあたるなど無理だろうと思える。

しかもそれは公道の話だ。私道部分に関しては、ほとんど不詳といえるだろう。さらにそれらとは別に、地下を流れる〝川〟が存在する。

小牧が半日ほど首を突っ込んだだけで、解明できるとは思えない。それは素人だからというのもあるが、組織的にやらなければとても無理な話だ。

なりゆきなので、しかたなく落とした財布でも探すように、道路の端のあたりをきょろきょろと見回すが、見つからないという以前に、何を探せばいいのかすらよくわからない。

たしかに、本には「暗渠の特徴」などが解説してあるが、このあたりはどう見ても普通のアスファルト道路だ。

真壁が汗を拭いながら、相変わらず不機嫌そうにぼそっともらした。

「前にテレビで見たぞ。くの字に曲がった長い針金をにぎって探すのを」

「あれはたしか水道管ですね」

そんなやりとりにも飽きたのか、真壁が話題をまったく変えた。

「おまえさんが一人前の口をきくようになった理由に心当たりがある」

「といいますと？」

「風の便りに聞いたぞ。彼女ができたらしいな。年上で美人で有能でクールだそうじゃないか」

「そういう発言は、男どうしでもハラスメントです。ならばこちらも問いますが、真壁さんこそ、あの美容院の店長さんとはうまくいってるんですか？」

わずか結婚一年で殺された真壁の妻の、親友だった女性だ。犯人逮捕にも協力してもらい、妻への愛と彼女への好意の狭間(はざま)で葛藤(かっとう)しているように感じた。

進展を確認する前に宮下と真壁は別な部署へ異動になり、その後あらためて経緯を聞いていない。

それこそマンホールに蹴(け)り込まれる覚悟で訊いたが、真壁はランチのメニューでも口にするようにあっさりした口調で答えた。

「彼女は結婚した」

した――？

「それはつまり、誰かほかの男性と、という意味でしょうか」

「男か女か人間かどうかも知らないが、とにかく『来月結婚します』という葉書(はがき)をもらった」

「それで、真壁さんからのリアクションは？」

「どうでもいいだろう」

「そういうことでしたら、自分も今後は私的なことは一切返答しません」

真壁が立ち止まり、不思議そうに宮下の目をにらむ。

「おまえ、本当にあの宮下か？　食料危機対策だとかいって、変な虫でも食ってるんじゃないだろうな」

「人は時間とともに、少しずつ変わるんです」

真壁はふんと鼻先で笑ってまた歩き出す。

「葉書に対する返信という意味なら、出していない」

「出さなかったんですか？」

「おまえさんは、単なる顔見知りからの結婚報告通知に、いちいち返信を出すか？」

「あの人は単なる顔見知りじゃないじゃないですか。それは――」

真壁さんに止めて欲しかったんですよ、と続く言葉を飲み込んだ。真壁の横顔に苦みの表情を見たからだ。そんなことは言われなくても痛いほどわかっていたはずだ。真壁は亡くした妻への義理を立てたのだ。

素直に謝った。

「すみませんでした」

しぶしぶ、という表情を隠そうともしない真壁と、そう広くもない道の左右に分かれてゆっくりと歩く。

宮下は、本から仕入れた『暗渠』の存在を示すサイン――入口に「車止め」がある路地、両側の家並みがそろって背を向けている通路、延々と蓋のようなものが続く小径(こみち)、そんなものがないかと探す。

向こうから自転車に乗った中年の女性がやってきた。

買い物帰りのようだ。リュックサックを背負い、後ろのかごに、買った物を入れたらしいいわゆるエコバッグを積んでいる。

こころなしかスピードを落とし、こちらを意識してちらちら見ている。経験からして、あれは話を聞かせてくれそうだと判断した。

「あの、すみません」

「あ、はい」

女はいまさら気づいたように少し驚いた顔で、ブレーキをかけるなり素早く降り立った。

「ちょっとお話をうかがえませんか？」

「ええと、どちらさまでしょうか。マスコミのかた？」

すでに自転車から降りて、両手でハンドルを支えている。

「違います。警察のものです」

ポケットから出した身分証を提示する。真壁はだまって見ている。

「ああ、警察のかたね」

もう何度も声をかけられたのだろう、あまり驚いたようすも警戒する雰囲気もない。そのままの姿勢で質問を待っている。

「このあたりにお住まいですか？」

「ええ、すぐそこです」

顔を振って、今、通り過ぎてきたあたりの一角を示した。いわゆる主婦という属性だと判断する。

「そうですか。——四日前に、すぐ近くの神田川で遺体が発見された事件はご存じですか」

「知ってますよ。だから怖いの。犯人捕まりました?」

「まだですが、今、一生懸命捜査しています」

「なるべく早くしてくださいね。夕方とかだと怖くて出歩けないから、こんな時間に買い物してるの」

「犯人逮捕のためにも少し伺いたいのですが、最近、このあたりで不審な人物を見たり、トラブルがあったりしませんでしたか?」

女はしっかり話し込む覚悟ができたらしく、自転車のスタンドを立てた。

「それなのよね。わたし、今日だけでもう三回も訊かれたんだけど、今朝なんて家まで来られたんだけど、あんまり『これ』っていう情報がなくて」

「そうですか……」

お時間をいただいてすみませんでした、と言いかけるのを、主婦が遮る。

「見た、とはどういう意味でしょう?」

「ただね、一人だけ見たんです」

「男の人。歳はうちの人よりちょっと上ぐらい。だからたぶん、六十代の半ばぐらいかなって」

やけにすらすらと答える。さきほど「三回も訊かれた」と言っていたから、捜査員に答えるうちに、慣れてきたのだろう。

それはそれとして、その男の話は本部からまだ回ってこない。つまり、その人物の身元は確認済みか、証言に信憑性がない、あるいは価値がないと判断されたのだろう。

しかし、せっかく厚意で話してくれているので先を促す。

「その男性が、何か不審なようすだったんですか？」

「不審っていうか、あっちの公園の近くの橋のあたりで、川を覗き込んでたの」

それは遺体が発見された合流口——排水口がある地点だ。

ポケットからノートを取り出し、簡潔にメモをとる。以前からの習慣だ。記憶だけでは丸ごと抜け落ちることがあるが、要点の箇条書きがあるだけで、それは防げる。

「排水口のあるあたりで、川を覗き込んでいたんですね」

「そうなのよ」

「それは、顔見知りのかたではなかったんですね」

そうですよ、とうなずいた。身振りがはっきりしていて、意思表示が伝わりやすい。

「あれは初めて見る顔だったわね。町内の集まりとか、美化の日とかでも見かけたことはないから、このへんの人じゃないと思うわね」

ちらりと真壁の表情をうかがう。まったく口を挟まないが、興味を引かれているのは間違いない。

「それで、その男性は何をしていたんでしょう」

「わたしも、じろじろ見たわけじゃないけど。だってほら、気味が悪いから。からまれても嫌だし。でもね、雰囲気からすると、何かを落としたとか魚を釣るとかじゃなくて、ただぼうっとみつめてる感じ」

「何をでしょう」

「川よ」

「なるほど。川をただぼうっとみつめている感じですね」

メモを続けながら、会話を進める。

「それでどうされました？」

「だからわたし、なんていうか、身投げするつもりかと思ったの」

「身投げ？　あそこで？」

さっき見た限りでは、溺れるどころか大人が泳ぐのも難しそうな水深しかなかった。想像以上に浅かったので途方に暮れていたのだろうか。

宮下の反応に、地元民のプライドが傷ついたらしい。

「でもね、涸れているときはあんな感じだけど、大雨が降ったあととかは、怖いぐらいに増水するのよ」

「それは失礼しました」

機嫌を損ねると話が聞けなくなるので、素直に詫びた。

「覚えている限りで結構ですが、その男性の特徴をもう少し教えていただけませんか？」

そうねえ、と思い出そうとする表情を作りはしたが、暗記していたようにすらすらと出てくる。

「あんまり特徴とかない人だった。服装は、下は普通の黒っぽいズボンで、上はワイシャツみたいなシャツね。たしか白とかブルーとか、そんな普通な感じ。とにかく目立つところはなくて、どこにでもいそうなおじさん、っていうか、おじいさん一歩手前って感じ」

やはり四回目ともなると、メモで追いつくのに苦労するほどよどみがない。

「顔つき、体つきはどうですか？」

「髪ははげというほどじゃないけど、けっこうまばらだった。うちの人と同じぐらい」

「といいますと？」

主婦は「見ます？」と照れながら、リュックからスマートフォンを取り出して起動し、操作してこちらに画面を見せた。どこか観光地の古民家らしきものの前で撮ったものだ。目の前の主婦と並んで、還暦前後あたりに見える、髪が少し薄くなりかけた男性が写っている。

「この男性がご主人ですか？」

「そうなの。昔はもう少しいい男だったんだけど……」

「目撃した男性の、身長や体つきはどうですか？」

「うちのひとより少し背が高くて、少し痩せてた。うちの人、けっこうお腹がすごくて……」

「失礼ですがご主人の身長は？」

教えてもらった夫の身長に数センチ足す。百七十センチ前後というところだろうか。体形は痩せ気味のようだ。夫もたしかに腹は出ているが、全体はすらっとした印象だ。

「この写真も、べつの警察官に見せましたか？」

「三回目の人たちだけ。その前は思いつかなくて。わたしって、けっこうそういうところがあって……」

「それにしても、そんな地味な人をよく覚えていましたね」

「やっぱりなんとなくうちの人に似てたからかしら」

さすがに今の段階では、さっきの写真を提供してくれとまでは言えないだろうと迷っていると「写真に撮ります？」と訊いてきた。「うちの人のやつ」

「よろしいんですか？」

「いいわよ。今朝の警察の人も撮っていったし」

主婦が差し出したスマートフォンの画面を、写真に収める。

「ほかに何か思い出すことはありますか？」

あまり期待せずに訊いたのだが、思わぬ返事が戻ってきた。

「それがね、さっきスーパーで買い物してるときに思い出したのよ。その人、時計をしてたわね」

「時計？　腕時計という意味ですか？」

「そう。腕時計」

「何か珍しい時計だったんでしょうか」

「ううん。普通の時計」

真壁が「もう行くぞ」の合図で、今にもわき腹を突く（つつ）のではないかと気になりながら、質問を重ねる。

「なぜ、今ごろになって思い出したんでしょう。何かこれという特徴があったのですか?」

「レジの人がしているのに、すごく似ていたから」

「似ている時計をしている人は大勢いると思いますが、それが特徴的な理由を思い出せますか?」

「特徴はあんまり思い出せないんだけど、とにかく女性ものだったわね」

「女性もの?」

「そう。今は男とか女とか言っちゃいけないらしいけど、でもほら、昔ながらの女性用のきゃしゃな時計ってあるじゃない」

「その、川を見つめていた特徴のない男性が、女性ものの時計をつけていたんですね」

「たぶん、そうだったと思う」

「ほかの捜査員にそのことは?」

女性が眉根を寄せた。

「だから今言ったじゃない。さっき思い出したばっかりだって」

ほかに何か思い出したことはないかと粘(ねば)ったが、さすがにネタが尽きたようだったので、あとからでも結構ですので電話を下さいと名刺を渡し、別れた。

「そこそこの収穫でしたね」

「話を聞くのがおれたちが最初だったらな。先に三組が聞いている」

「でも、時計の件は自分たちしか知りません」

「女性向け腕時計をしていた、という特ダネをな。これで一気にホシが割れるな。――しかし、くそ暑いな。地下の川探しはあきらめて、そろそろ水分補給にいくぞ」

「了解です」

小牧には悪いが、これまでの経験の中でもトップクラスの不毛な捜査に思えてきた。それになにより、殺人的に暑い。

「待ち合わせの喫茶店に戻りましょうか」

「いや、その前に」

自分から言いだしておきながら、真壁は立ち止まったまま何かを見ている。その視線をたどると、地取り捜査中の二人組の姿があった。

「宮下さんにお願いがある」

そういう言いかたのときはあまりいいことでないのだが、しかたなく「なんでしょう」と返す。

「あそこに、たぶん所轄か応援部隊の連中がいる。ちょっと訊いてみてくれないか」

「何をですか？」

「聞き込みで収穫がありましたか、と」

ひさしぶりに、返答の言葉につまった。数秒間、口を半開きにしたまま声をだせなかった。

「それは何かの冗談ですか？」

「生まれて初めてといってもいいぐらい、大真面目だ。今日の進展をたずねてみてくれ。丁重にな。妙に下手に出るのは、おまえさん得意だろ」

べつに得意ではないですがと答えたものの、逆らえない性格であることは見抜かれている。しかたなく、コピーしてきたらしい地図を見ながら、このあと回る先を打ち合わせていると思われる二人組に近づく。

「お疲れ様です」

二人同時にこちらを見て、目つきを険しくした。

「どちらさん？」

髪を短く刈って、ごつい顔をしたほうが訊き返す。

「応援組の宮下と申します」

身分証をちらりと見せる。

二人の顔の険しさは消えたが、訝しむ表情が強くなっただけだった。二人とも汗をびっしょりかいていて、スプレーで水を吹きかけたような顔を、タオルハンカチでぐいぐいぬぐっている。シャツはすでに濡れた色をしている。

その様子を見るとますます切り出しづらくなる。

「何か？」すでに少し怒っている。

「暑い中大変ですね」

「いいから用件を言ってくれ」

「今日の聞き込みで、何か収穫はありましたか？」

一瞬、二人の顔から険しさが完全に消えた。それは心を許したからではなく、あきれ返ったからだ。一拍置いて、髪の短いほうが睨んだ。

「あんた、どこの署だ」

「高円寺北です」

「新人か」

「似たようなものです」

「あのな、聞き込みをやってる最中に『成果はどうか』なんてことは、管理官だって訊いてこないぞ。なめてんのか。うちの署に喧嘩(けんか)売ってるのか？」

そのあともいくつか聞くに堪(た)えない言葉を吐かれたが、一切口答えせず、丁重に詫びて、電柱の陰に隠れていた真壁のところへ戻った。

「お疲れさん」

「ひどい目にあいました」

「知ってる」

「これが何の役に立つんです？　嫌がらせですか、憂さ晴らしですか」

「役にたったさ。それより、車に戻ろう。何がアンキョだ。こんな道で地下のどぶ川を探して何が解決する。涼みに行くぞ」

そう言い放ち、宮下の返事を待たずに汚れたマークXを停めたパーキングのほうへ歩きだした。

9

「しかし、くそ暑いな。一週間分の汗をかいたぞ」

車の中では無言だった真壁が、今朝と同じコーヒーショップの同じ席につくなり、いきなり愚痴をこぼした。

テーブルにはアイスコーヒーのグラスが二つ並んでいる。

真壁はシャツの胸元のボタンをはずし、テーブルに置いてあった、季節限定かき氷のメニューであおいでいる。小牧と約束した時刻まではまだ十分ほどある。少しだけ罪悪感を抱いたが、彼女が自前のマグボトルを持っていたことを思い出し、かんべんしてねと胸のうちで詫びる。

マグボトルは宮下も持ってきたが、とっくに空になっていた。真壁と一緒では、自販機で買って足すのもなんとなくためらわれた。

「彼女が来る前に、さきほどの質問の意義を教えていただけませんか?」

もしこれが対当の関係なら、「いいかげんにしろ。頼まれたから来てやったんだぞ」と食ってかかりたいところだ。

「ああ、あの怒ってた二人組のことか?」

「そうです。正確にはわたしが怒らせました」

真壁は楽しそうにくくっと笑い、アイスコーヒーにささったストローを思い切り吸い上げた。一気に三分の一ほどがなくなった。

「おれの気まぐれか嫌がらせだと思うか」

「はい」

「そう怒るな。あいつら、話しかける前から機嫌が悪かっただろう」

「殴られなかったのが不思議です」

「考えてもみろ。あの狭いエリアだぞ。目撃者がいるなら、とっくに情報があがってるはずだ。あの、ただ川を見ていた『怪しい男』の一件でさえ、すでに三回話していたな」

「そうですね」

「あいつらの機嫌が悪いのは、川を見ていた男よりましな目撃情報がないからだ」

「そう言われると、そうかもしれません――」

「あの小牧名探偵が指摘するまでもなく、もしもそのアンキョとかいう水路に、犯人があえて死体を落としたなら、どこかで蓋を開けたはずだ。少なくとも人間の体が通れるだけのな。おれたちが見た範囲に、あの下水路以外に人間を捨てられそうな蓋があったか？」

「なかったですね」

「それはつまり、地下鉄でいえば駅がないってことだろ」

「少し違う気もしますが、とりあえずそういうことにしましょう」

「あの道の先にも、それらしいのはなかったし、いずれにしても民家の間を縫って通る生活道路だ。犬や猫の死体ならともかく、成人男子のしかもあんな状態の死体を、あんな住宅街までわざわざ運んでくるとは思えない。ぜんぜん違う場所、もっとずっと遠くで遺棄したものが、大雨で増水して流れてきたと考えるべきだろう」

「まあ、そうなります」

「おまえさんたちアンキョ専門家によれば、地面の下には蜘蛛の巣みたいに下水だとか地下の川だとかが流れてるんだよな」

「そういうことになります」

「てことは、ずっと遠くかもしれないし、意外に今立っている足の下かもしれない。雲を摑むような話だ。捜査が無駄足なのは覚悟してるだろう。しかし、四日目になってもまだ目処も立たないなら、そのアンキョから探るってのは、どう考えても無理筋だ。あのくそ暑い中いくらうろうろしたって、ネズミの死体もみつからないぞ。——どうした。口を開けて」

「いえ。——なんというか、失礼しました」

「気にするな。世の中、おまえさんより失礼なやつばかりだ」

「真壁さんは、今回の案件にまったく興味がないものだと思い込んでいました。こういってはなんですが、ふてくされたような態度ですし、説明を聞く耳ももたなそうですし、茶化すようなことばかり言うので。でも、ちゃんと考えていらしたんですね」

「何を寝ぼけてる。興味なんてないさ」

「でも」

「でもじゃないだろ。何をいまさら青臭いことを言ってる。この仕事に『興味』なんて関係ないんだよ。ただ、やるだけだ。ホシを挙げる。真相を突き止める。それが仕事だ。おれはただ、あのグリースとかいう学生のお守りをさせられていることに腹が立っている。こんなふざけた事態に巻き込んだ犯人のくそ野郎はおれが必ず捕まえてやる。——そんなことはいいから、さっさと飲め」

「了解です」

いつにもまして急いで飲み干した。

約束した待ち合わせの時刻からすでに十分ほど過ぎているが、小牧グレース未歩はまだやってこない。

不機嫌を隠すためか、実は心配しているのか、真壁があえて話題を逸らしてきた。

「ところで、例のおまえさんのお友達グループから、何か情報はないのか?」

真壁が言う「お友達グループ」とは、宮下が『F』と呼んでいる情報共有の仲間だ。

特別秘密にしている集団ではない。警察学校で同期だったものや、配属先で親しくなった比較的年齢の近い、それもほとんどが内勤系の職員たちとの連絡網だ。服務規程違反にならない範囲で情報の共有をしている。

ちなみに『F』とは、単純に「Friend」の略で創意も工夫もない。警察という組織は、集団行動をとろうとすると目立つ。監察対象になることもある。単なる同期会、という程度の位置づけにしておきたい。不要な摩擦は避けたほうがいい。

この仕事では、毎日もたらされる情報量は膨大だ。「公然たる事実」であるのに知らなかったということもままある。「さっき、こんなことが発表になった」「きみのところに、この通達は届いているか？　念のため」と教え合うことが主目的だ。まれに、拾い物がある。

その『F』のメンバーからも、いまのところほとんど情報がない。あっても、すでに会議で発表された事実の後追いだ。

「とくにありません。『SSBC』からの通達も、これというのはありませんね」

『SSBC』とは、二〇〇九年に警視庁刑事部に設置された部署だ。「ソウサシエンブンセキセンター」の略で、「Center」以外はローマ字読みの頭文字だ。宮下たち『F』のネーミングに近いセンスだ。

近年、この『SSBC』の存在感が急激に増している。

いまや郊外の商店街でも、あるいは個人宅にも「監視カメラ」「防犯カメラ」が置かれている。さらに「Nシステム」などに代表される、警察独自の監視システムもひと昔前に比べて、質も数も飛躍的に伸びている。それらの映像を解析して、犯人の移動経路などを割り出す。人相風体も「画像」として特定できる。スピード解決にひと役どころか、大きく貢献している。

さらには、対象の携帯端末やパソコンなどが特定できれば、その通信記録、保存データなどを洗う。また、別部門では、アメリカのFBIにならったといわれている「プロファイリング」も行う。

汗と勘で捜査する時代は変わりつつある。足で稼ぐ「地取り」捜査は、近い将来なくなるかもしれない。

その『ＳＳＢＣ』も必死で情報を集め分析しているはずだが、進展はないようだ。ひとつには、現場付近に防犯カメラの絶対数が少ないことがあると聞いた。

今回の事件発覚の現場は、まさに典型的な住宅街の一角だった。商店やコンビニ、郵便局などの施設もなく、防犯カメラ、監視カメラの類（たぐい）がほとんどない。

豪邸の並ぶ住宅街でも、最新型の建売群でもなく、古くからある閑静な住宅街、というのは監視網にとって盲点かもしれない。

あとは、被害者の身元が判明したことで、携帯電話の通信会社も番号もわかったはずだから、業者からの情報提供待ちといったところか。そこから交友関係などが割れれば、一気に被疑者が絞れるかもしれない。若者が被害者の場合、人間関係から解決の糸口が見つかるケースがほとんどだ。しかし、その解析には数日から一週間ほどかかる。

それはそうと、待ち合わせ時刻から十五分経過している――。

さすがに気になる。あっけらかんとした性格のようだが、そういうことにいいかげんそうには見えなかった。

二杯目のアイスコーヒーを持って席に戻った真壁に、宮下はあえて軽い口調で言う。

「彼女、遅いですね」

二杯目のアイスコーヒーをひと口すすりあげた真壁は、宮下以上にどうでもいいことのように答える。

「ほっとけ。いっそのこと、このまま自分探しの旅でインドへでも行ってくれるとありがたい」

心配しているのだろう。真壁本人はどの程度自覚しているかわからないが、筋金入りの天邪鬼（あまのじゃく）だ。皮肉以外で「大丈夫か」とか「よかったな」などという言葉は口にしない。

「たぶん、夢中になってしまって、時間を忘れているんでしょうね」

「ならばおれたちは帰るか。レシートの裏にでも書置きして」

「置き去りはまずくないですか。警察庁幹部の可愛い姪ごさんをほったらかしにして。そもそも、警護の意味合いも含めて、自分たちは同行を命じられたんじゃないですか」

「おれは現場まで連れていってやれと指示されただけだ。お守りをしろとは言われてない」

それはつまり同じことだと思うが、これ以上は反論しない。

「電話してみます」

小牧にもらった名刺の番号にかけてみる。例の〈電源が入っていないか――〉の音声が空（むな）しく流れる。

「電源を落としているみたいです。もう少し待ちましょう」

真壁のいらいらを軽減するべく、話題を逸らした。

「さっきの捜査方法を見て思ったんですが、地下水路から遺体が見つかったのに、潜水部隊の姿が見えなかったですよね。本部が立ったのに少し地味な印象でした」

真壁は何も言わず、続きを待っている。

「真壁さんも指摘していましたが、このあたりの地下水路網を、わずか二日で調べ尽くしたとも思えません。先ほどのようすを見ると、潜水部隊員もうかつに中に入れないんじゃないでしょうか。朝の会議では言ってませんでしたが、死体がひっかかっていた排出口の径は八十センチほどあるものの、奥に行くともっと狭くなっている可能性があります。被害者はわりと細身だったみたいですから、すり抜けたけど、アクアラングの装備をつけた捜査員では入っていけないのかもしれません」

それはあるな、と真壁がうなずく。

「今は水量が減ってるようだが、何かあってもUターンもできないような狭い下水管に、装備もなしで入っていくのは勇気がいる。おれならごめんだ」

下水管ではないのだが、話が長くなるので、ここも合わせておく。

「それでやむなく、あちこち蓋を開けてみることになったということでしょうね。しかしそれでは……」

そのとき、息を荒くした小牧未歩が店に入ってきた。

「すみません、遅くなりました」

さすがにスーツの上着は脱いで手にかけているが、それでも汗でびっしょりだ。ただ、着ているシャツは濡れても透けない素材のものらしい。

「ご無事で？」

「はい」

小牧はあわててサファリハットをとり、ぺこりと頭を下げた。

「連絡がないので心配しました」

「申し訳ありません」

「電話の電源も入っていないようです」

あわててスマートフォンを取り出した。

「あ、いけない。ほんとだ。警察のみなさんが捜査中でしたので、邪魔にならないように電源を落としたまま忘れていました」

あまり悪びれたようすもない。真壁を見ると、ほっとした様子も怒った表情も見せず、テーブルに立てられた《季節限定甘夏フラッペ》のメニューを見ている。

「それより小牧さん、すごい汗ですよ。脱水症になります。とりあえず冷たい飲み物でも頼んで、ひと息ついてください」

「ありがとうございます。では――」

リュックを椅子に置き、財布だけを持ってカウンターへ向かう小牧の背を見ながら、真壁に声をかけようとした。

「まあ、無事で――」

くしゃみが出そうになったので、とっさにハンカチで口と鼻を押さえた。

「っくしょん」

「涼しいところで楽をし過ぎか」

「かもしれないですね。というか——っくしょん」

「風邪なら間に合ってる」

「すみません。とにかく、彼女に何をしていたか、自分が訊きますから」

「そのために連れてきた」真壁は憮然（ぶぜん）として言う。

アイスカフェラテらしきものを持って席に戻った小牧が、それをすすってほっと息を吐いた。

「ああ、生き返ります」

「小牧さん。そこ、何かがついてます」

宮下は、小牧が脇に置いた上着を指さした。名は知らないが、植物の種のようなものが三つも付いている。植物はあまり詳しくないが、「どろぼう草」などと呼ぶ雑草の一種だろうか。

「あ。ほんとですね」

小牧はあわてて摘（つま）んで取り、紙ナプキンにくるんでバッグにしまった。そして意外なことを口にした。

「実は、ご老人を家まで送りとどけたものですから」

遅刻した理由のことだろう。

「ご老人？——っくしょん」

「大丈夫ですか」

「たぶん、夏の花粉症です。さっき公園を歩いたので、何かあったんでしょうね」

小牧は、おだいじに、と言って先を続けた。

「地下水路が流れていそうな特徴がないかと、路地を観察しながら歩いていると、路上の隅でうずくまっている男性に気づきました。声をかけたんですが、どうも暑さにあたったみたいで」

「それで？」

「意識はあったので『救急車を呼びますか』と訊きました。そうすると『家がすぐそこだから大丈夫です』と。それで、せめてもと家までお送りしました。ご家族もいらっしゃるそうで、大丈夫そうでした」

これという波乱も事件性もなく、それで話は終わったようだ。

「それは人助けをしましたね。——それで、肝心の地下水路の探索は何か成果が上がりましたか？」

小牧の眉根が少し寄った。首を小さく左右に振る。

「残念ながら、見つかりません」

それはそうでしょうと喉まで出かかった。仮にも警視庁が捜査本部まで立てて、これだけの人海戦術で捜索しても見つけられないものを、多少知識はあるらしいが一大学院生が一時間やそこらで見つけられたら、警察の面目丸つぶれだ。

ただ、小牧にはそういうことに関する気負いのようなものも感じられない。

「でも、珍しいものを見ることができました。マンホールの蓋をずらして、ぐるぐるに巻いたケーブル状のものを延ばしながら入れているんです。すぐになんだかわかりました。たぶん、水管の中が狭くて人が入れないので、下水管などの管理に使う検査カメラを入れているんだと思いました」

「ファイバースコープのでかいやつですね」

小牧が「おそらく」とうなずく。新しい発見が嬉しそうだ。

以前、コンクリートの狭い隙間を捜索するときに使っているのを見たことがある。小指の太さほどあるケーブルの先にカメラ機能がついていて、映像が撮れる。胃カメラの巨大版とでもいえばいいだろうか。

作業していたのは、おそらく警察から依頼を受けた、専門業者だろう。

やはり、宮下の勘は当たっていた。あの地下水路は人が入れない狭さなのだ。証拠品の回収はあまり望めないかもしれない。それに——。

「たしかあれは有効距離が五十メートルほどだと聞いた覚えがあります。長くてもせいぜいその倍ぐらいじゃないですか。屋外だと、それでは短いですよね」

宮下の説明に、小牧がストローをすすりながらうなずく。

「見ていた感じだと、順に蓋を開いて、間隔が長いところは逆向きに入れたりとかして苦労されてたみたいです。ただ、くどいようですが下水管を調べても無駄ではないかと。——ほかのチームは何か見つけてないでしょうか」

どこか期待の込もった小牧の問いに、宮下は念のためPSD型通信端末を取り出して確認した。これは見た目も機能も、早い話がスマートフォンだ。制服警官は「署活系」と呼ばれる小型トランシーバーのような無線機を使うが、外回りの私服捜査員には――署によって普及度に差があるようだが――この端末が支給される。

以前はいわゆる〝ガラケー〟タイプだったが、順次スマートフォン型に切り替わっている。一斉に文字データや画像データも送れるので、情報伝達が飛躍的に早く正確になった。

そのＰＳＤ端末で、今朝から何度目かになる確認をしたが、いまのところ目立った進展はないようだ。川を見ていた男の件も、死体が流れた経路がわかったとも、発信されていない。

「残念ながら、新しい情報は届いていません」

小牧が「そうですか」とうなずいた。

そんなやりとりに飽きたようすの真壁が、席を立った。三杯目を取りに行くのかと思ったが、トイレのようだ。ちょうどいいタイミングだと思い、やや落とした声で小牧に言う。

「少し耳に痛いことを言います」

「はい？」

小牧は、サイドの髪を耳にかけながら、地図をのぞきこんでいた顔をやや持ち上げた。

「熱心なのはわかります。自分も、聞き込みに夢中になって、相方との待ち合わせに遅れたりすることもあります。だから人のことは言えないのですが、ひとつだけはっきり覚えておいてください」

「はい」背筋を伸ばした。

「小牧さんは警官ではありません。調査協力を依頼された専門家でもありません」

小牧の顔がわずかに曇った。

「素人が邪魔をするな、という意味でしょうか」

苦笑しそうになるのをなんとかこらえた。

「まあ、それもありますが、程度の問題ですし、多少のことは現場も織り込み済みのはずです。細かいことなら、あとで自分たちがなんとか収めます」

「すみません」

「自分がいいたいのはそういうことではなくて、小牧さんの安全です」

「安全、ですか？」

「そうです。これは犯罪捜査です。しかも、死体遺棄だけではなくて、殺人事件の可能性が高い事案です。わかりますか」

「わかります」

「放火や殺人などの重大事件の場合、犯人が現場に戻ることがよくあります。その理由はいくつかありますが、たとえば捜査状況が気になったり……」

小牧がかぶせるように先を続けた。

「自分がやったことで、警察や消防が右往左往するのを見て快感を覚える。――放火犯が典型ですね」

知ったかぶりというよりは、興（きょう）が乗ってつい口に出してしまったという感じだ。好意的に受け止め「それもあります」と答える。

「ですから、今日、今この瞬間も、あのあたりにいた野次馬に紛れ込んでないとはいえません。いや、むしろいる可能性が高いと思ったほうがいい」

「それで、宮下巡査部長はきょろきょろ周囲を見回していらしたんですね」

この大学院生は、視野が狭いのか広いのかよくわからない。

「まあ、そんなところです。どこかで私服の警官が、本人たちに気づかれないように野次馬の顔を写真に収めていたはずです。——それより自分が言いたいのは……」

「その犯人にわたしが顔を見られて、身元を特定され、狙われる可能性がある」

「おわかりでしたら、あまり奔放な動きはしないでください。心配します」

「宮下さんには、申し訳なく思います」

「わたしだけではありません。真壁も——っくしょん。失礼しました。真壁も心配していま す」

小牧は意外だというふうに、もともとくりっとした目を見開いた。

「ほんとですか。そうは感じませんでしたが」

「あの人はああいう態度しかとれないんです。——ほんとうはこんなことを話してはいけないんですが、小牧さんはあまりほかでべらべらしゃべるかたではなさそうですのでお話しします。真壁は以前、常軌を逸した犯人に常軌を逸した理由で奥さんを殺されました」

「えっ」

知らされていなかったらしく、小牧は絶句して口に手をあてたまま、静止画のように動きを止めてしまった。

「――結婚わずか一年でした。自分は生前の奥様にお目にかかっていないのですが、とても信頼し合い、愛し合っていたご夫婦だったそうです。だから、おそらく自分以上に小牧さんの安全を心配していると思います」

「そうだったんですね」

「調査活動をするなとは言いません。あまり無茶はしないでください」

うつむいていた小牧が、すっと顔を上げた。

「了解しました。申し訳ありませんでした」

「わかっていただければいいですよ」

とっくにトイレを終わったものの、宮下と小牧の会話の雰囲気から席に戻らないほうがいいと判断したらしい真壁が、小牧の後方でポケットに手を突っ込み、手持無沙汰な顔で突っ立っている。内容までは聞こえていないはずだ。

会話が終わり宮下が目で合図すると、真壁は不機嫌そうな顔のまま席についた。小牧がはっとそちらを見る。

「真壁さん」

小牧のあらたまった呼びかけに、真壁のほうも少し驚いたようだ。

「何か」

「さきほどは、自分勝手な理由で待ち合わせの時刻に遅れてしまい、申し訳ありませんでした。以後、注意いたします」

「ああ、まあ、なるべくそうしていただけますか」

真壁は苦笑した後で、宮下を睨んだ。

軽く咳払いして時刻を確認する。午前十一時を十分ほどまわったところだ。途切れた会話を繋ぐのは宮下の役目だ。

「それで、このあとどうしましょう。少し早いですが食事にしますか？」

もちろん小牧を気遣って言ったのだが、あっさり裏切られた。

「せっかくですが、遠慮させてください。すぐに大きな進展はなさそうですし、ならば学校の図書館で調べたいことがいくつかあります」

必要以上に申し訳なさげでもなく、開き直っている感もなく、きわめて事務的に話す。

真壁に口のあたりをあごで示されて、宮下は、自分の唇が半開きになっていることに気づいた。

「つまり、小牧さんはこれでお帰りになると？」

「帰るというか、大学院へ移動したいと」

主役がそう言うなら、是も非もない。指示を忠実に守るのが公僕（こうぼく）だ。

「わかりました。では、本日はここで解散ということで」

そう取り繕（つくろ）いながら、真壁の表情を盗み見る。自制心を総動員して〝無表情〟を保っている。

「それでは、わたくしはこれで失礼いたします。本日はありがとうございました」

元気に頭を下げると、短い髪がさらっと揺れた。また、あの爽やかな香りがした。振り返ることもなく店から出て行く小牧の背中を見ながら、真壁に問いかける。

「これはこれで疲れますね」

「おまえさんを呼んで正解だった」

小牧の口真似をしてみた。

「それはそれとしまして、もしご賛同いただければ、午後は捜査活動の手伝い、たとえば地取りの協力でもさせてもらいたいと思うのですが」

「聞き込みがしたいのか？」

真壁がにやりともせず、眉を上げた。

「この炎天下、ほかの警官たちは聞き込みに回ったり、地下の水管の中をさらったりしています。率直に申し上げて、今朝から罪悪感で胸がいっぱいです」

真壁はすぐに答えず、窓の外に目を向けた。もしもカメラで撮影するなら露出（ろしゅつ）補正が必要なほどの夏の日が差している。

「胸がいっぱいなら、飯は抜くか？」

「いえ、胸と腹は別物です」

真壁がふん、と笑う。

「おまえさんといると、あの夏を思い出すな」

「あのときも暑かったですね」

真壁はようやくにやっと笑った。

「それじゃ、腹ごしらえに行くか。大盛りが売りの洋食店でもいいぞ」

「どうしてご存知なんですか」

そんな会話をしながら席を立とうとしたとき、またしてもＰＳＤ端末に着信があった。まず《緊急》の文字が目に飛び込んでくる。

《緊急配備通達(キンパイ)》

もちろん『杉並区神田川付近における死体遺棄事件』関連だ。《不審人物逃走》と続く。無意識のうちに、首筋から背中にかけての筋肉が強張(こわば)る。

概要はこうだ。

昼のこのエリアの通行人としてそぐわない雰囲気の男がいたため、捜査員が声をかけたところ、いきなり乗っていた自転車で逃走した。「人着」つまり人相着衣は、年齢三十代後半から四十代、身長百七十センチ前後、中型の体形、黒っぽいキャップをかぶり、髪は耳にかかる程度で黒色、黒のサングラス着用、黒っぽいＴシャツ、キャップにもＴシャツにも、白い英字ないしロゴのプリントがあるも、ブランド名は認識できず、薄い青色のジーパン、黒っぽいスポーツシューズ、黒っぽい小型のショルダーバッグ。凶器の所持は不明。同行者不明──。

ジーンズ以外はほとんど黒ずくめだ。やや怪しげだがどこにでもいそうな人着でもある。

「行きますか？」

真壁に問う。のんびり飯を食っている場合ではなくなった。

「行こう」

10

今井朝乃はその夜、なかなか寝つけなかった。

あの親子には、二度会っただけなのに気になってしかたがない。泊めるまではいかなくとも、せめて温かい晩ご飯ぐらい一緒に食べればよかった。そんなふうな後悔が振り払っても振り払っても頭の中に湧いてくる。

でも、と思い直す。二の足を踏むのは、人見知りだからではない。だったら最初から声などかけない。

心配なのだ。

最近、このあたりでも一人暮らしや夫婦だけの老人世帯を狙った、特殊詐欺や押し込み強盗まがいの被害が出たと聞いた。それもそう遠くないところで二軒もだ。

隣の重村さんが詳しく教えてくれたのだけど、細かいところは忘れてしまった。そうなのだ。最近、ふっと気を緩めるといろいろなことを忘れる。先日も知り合いと道でばったり出会って挨拶したのはいいが、名前も、どういう関係の知り合いだったのかすら思い出せず、話を合わせるのに苦労した。

テレビのリモコンなども、しょっちゅう行方不明になる。だいたいはテーブルのリモコン立てに挿してあるのだが、やかんが沸騰したコンロの火を止めたあとなどに見失うことが多い。丸一日見つからず、あきらめかけたころに電子レンジの上に置いてあるのをみつけたりする。

いや、そんなことを悩んでいたのではない。

なんだったか――。

そうだ、この近くで起きた詐欺や強盗の話だ。たしか一件は、警察から電話がかかってきて「あなたの銀行口座が乗っ取られて、振り込め詐欺の送金先として使われている。あなたも共犯になる可能性がある。これから捜査員を向かわせるから、銀行の通帳とカードを用意して待っているように」と言われた。びっくりして用意して待っていると、本当にやってきた。スーツを着て警察署から来た刑事だと名乗って、きちんと身分証も見せた。

「一式預かります。それとも、一緒に警察署まで来てもらえますか」と訊かれ、預けることにした。自分の口座である証拠として、暗証番号も教えた。きちんと印刷した預かり証も受け取った。数日後に、二百数十万円あった口座が空になっていたそうだ、と重村さんは教えてくれた。

もう一件は、お隣の田辺さんの奥さんから聞いた。田辺さんの知り合いの近所で起きた事件らしい。作業服を着た男性二人組が「ガス会社のものです」と名乗って訪ねてきた。モニターごしに身分証も提示した。「近所でガス漏れ騒ぎがあって、ほかにないか調べている。一分で済むので、キッチンを点検させて欲しい」という。あまり疑わずに家に上げたところ、いきなり包丁を突き付けられて「現金と銀行のカードを出せ」と脅(おど)された。家にあった現金約百五十万円とキャッシュカードを渡し、命じられるがまま暗証番号も教えた。

　素直に応じたせいか、手足をガムテープで縛(しば)られただけで、乱暴なことはせずに去っていった。ただ「通報すればすぐにわかる。明日の昼までに通報したら戻ってきて刺し殺す」と脅されたので、テープはすぐにほどけたが、翌日の昼過ぎに通報した。引き出し上限額の二日分、約百万円が引き出され預金はほぼ空になっていた。

　そんな話に限らず、テレビをつければくどいぐらいに〈特殊詐欺に気をつけましょう〉と連呼している。

　そんなご時世に、いくら同情したからとはいえ公園で出会い、二回ほど会話をしただけの他人を家に引き入れていいのか――。

　人を信じられなくなった、この〝時代〟が恨めしい。もし夫が生きていたら、こんなときどう判断しただろう。

　思わず「あなた」と声に出したら、よけいに寂しくなり、胸が苦しくなった。このままではどうにかなってしまいそうだ。

　そう、同情してなどと理由をつけているが、寂しいというのが本当の気持ちかもしれない。来客用にと買い置きしてあった缶ビールを開けて、久しぶりにグラスに半分ほど注(つ)いで飲んだ。

　それでどうにか眠りにつくことはできたが、朝方まで延々と、何かに追いかけられるような不快で重苦しい夢を見続けた。

朝の五時前にはもう寝ていられなくなり、熱い日本茶を一杯飲んで外出した。四月の五時はまだ日が昇るかどうかの時刻だ。寒いというほどではないが、早朝出勤の人ぐらいしか姿はない。

深呼吸をして、例の公園のベンチをのぞいた。誰も座っていない。それはそうだ。こんな時刻にあの親子がいたら、それは野宿したことを意味する。

一度帰宅し、七時に再度出かけた。やはり親子の姿はない。

そして八時過ぎのいつもの時刻にもう一度出かけた。

いた——。

親子が前の日と同じ服装で座っていた。名前は木村菜緒子とさくら。メモ用紙に書いて持ち歩いているから、すぐに思い出せる。

娘のさくらは母親に体をあずけるように寄りかかり、母親の菜緒子はその髪を優しくなでている。ちょっと目にはほほえましい、心温まる母子の姿にも見える。しかし、ほっとした気分になったのもつかのま、こんどは、菜緒子の右目の周囲にも青い痣があるのを見た。

朝乃が見つめていることに気づいた菜緒子が、はっとしたような表情を浮かべ、うつむいた。垂れた前髪で痣がほとんど隠れた。

少しだけ迷ったが、朝乃は親子に近づいていった。

菜緒子が顔を上げ、会釈のように首を小さく動かした。母親にもたれかかっていたさくらは、しっかりと朝乃を見る。

「さくらちゃん、おはよう」

「おはよう」さくらが答える。

「おはようございます」と、菜緒子の声はほとんど聞き取れないほど小さい。

「おじゃましますね」

ひじ掛けで仕切られた三人掛けベンチの、空いたひとつに座る。真ん中にさくらを挟んで、両側に菜緒子と朝乃という並びになった。

「お節介やきのお婆さんだと、気を悪くしないでね」

菜緒子の反応はない。さくらは朝乃の顔を見ている。

「――また痣が増えているわね」

それでも反応がない。さくらは、朝乃が膝においたレジ袋を見ている。

「よかったらどうぞ」

人にものを勧めるとき「食べますか」と訊くものではない、まずは「どうぞ」と差し出すものだと、亡き母に叱(しか)られた。

中身を出して袋の上に広げる。サンドイッチ、おにぎり、ホイップクリームを挟んだ菓子パン、麦芽(ばくが)豆乳――。あえてスナック菓子類はない。

食べ物と朝乃と母親の表情の間を、三角形に視線を移動させるさくらにもう一度勧めた。

「どうぞ。遠慮しなくていいわよ。それと、あわてなくていいから。これはね、さくらちゃんにあげようと思って買ってきたから。全部食べても、持って帰ってもいいわよ。——あ、気を悪くしないでね。たいしたものじゃないから」

後半は菜緒子に向けて言った。菜緒子は顔を伏せたまま、聞こえるかどうかの声で「いつもすみません」と礼を口にした。そのとき、左目の周囲にある古いほうの痣の一部が黄色く変色しつつあるのが見えた。

「もらっていい？」さくらが母親を見る。

「いただきなさい。——ありがとうございます」

菜緒子が娘の髪をなでながら、また頭を下げた。

朝乃は、中身をすべて袋に詰めなおして、さくらに渡した。さくらは「ありがとう」と素直に答えて受け取る。朝乃は菜緒子に問いかける。

「ねえ、大丈夫？」

菜緒子は痣のあたりを隠すように手を当て、小さくうなずいたが何も答えない。早くもホイップクリームのパンにかじりついていたさくらが、朝乃の顔を見る。口のはしに白いものをつけたまま、母親に代わって答える。

「あのね、ぶたれたの」

「また〝おじさん〟に？」

うん、とさくらがうなずく。そうなの、とうなずき返して、母親に向かって言う。

「ぶたれたというより、殴られたのね。余計なお世話だと思わないでね。もう一度、警察に相談したほうがいいと思う」

菜緒子が、娘のはきはきとした口調とは対照的に、消え入りそうな声で答える。

「籍を入れてないなら別れたらいいでしょう、って言われるだけです」

「わたしも、その部分には賛成する。絶対に別れたほうがいいと思う」

菜緒子は無言だ。迷っている、決めかねている、という印象を持った。

「わたしにできることなら手伝うから。どうせ暇だし」

雰囲気を和ませるために、ふふっと笑った。菜緒子が、今日初めて視線を合わせた。

「お願いがあります――」

言いかけたものの、そこで口をつぐんでしまい、ふたたび視線を落とした。

「何？　言ってみて」

菜緒子は躊躇していたが、朝乃がもういちど催促するとようやく言いづらそうに答えた。

「お金、貸していただけませんか」

「いくらぐらい？」

「一万円ぐらいで足りると思います」

「恩に着せるわけじゃないけど、昨日のお金はどうしたの？　もう使っちゃった？」

うつむいて、答えがない。本音を言えば、あまり友人になりたいタイプではない。朝乃自身はなんでもはっきり言う性格だし、不当な扱いを受けて泣き寝入りしたりしない。まして、暴力を受けた上に金を巻き上げられるなど、考えただけで血圧が上昇する。

「警察に行きましょう。そのお金、わたしが貸したことにして、暴力で奪われたと訴えればいい。結婚してないなら、それを逆手(さかて)にとって強盗傷害でもなんでも訴えればいいのよ」

「違うんです」

「どう違うの？」

「あのお金は、あの人に取られたんじゃないんです。わたし借金があって、昨日、あのあとアパートに戻ったら、ちょうど取り立てに来た人たちと鉢合(はちあ)わせして、むりやり財布の中身を調べられて、持っていかれてしまいました。それをあの人に話したら怒られて、こんなふうに」

言い終えて、いっそう首をうなだれる。

「ひどい」

ますます血圧が上がってしまう。いまだに、そんな話があるのか。

「それだってやっぱり警察沙汰でしょ。それに『怒られて』なんて言っちゃだめ。怒るのはあなたのほうでしょ」

相手の男にも借金取りにも腹が立つが、この菜緒子という女も放っておけない気分にさせる。

「でも、借金は借金ですから」

「そういう真面目な人が、だいたいにおいて割を食うのよね」

怒りを鎮めるために深く長く息を吐いた。

「お金、貸すのはいいけど、何に使うの？　また返済？　二万や三万返しても、きりがないいんじゃない？　警察でなきゃ弁護士っていう選択肢もあると思うけど」

　菜緒子は小刻みに首を左右に振って、朝乃を見た。

「違います。さすがに、この子を落ち着いたところで寝かせてあげたいなと思って、だから今夜泊まるところを探したいんです」

「アパートには帰りたくないのね」それは当然だ。

「はい。自分だけならネットカフェとかでもいいんですけど、さくらがいるので」

　言いたいこと、いや、説教したいことは、まだまだ山ほどあった。しかしそれを口にしてみたところで、ただの自己満足に終わり、何も解決しないだろうことはわかっていた。

「ねえ、お金のことはひとまずおいて、ちょっとうちに寄らない？」

　突然の誘いに、菜緒子がえっという表情で見返してきた。

「大丈夫、それこそお金を請求したりしないから。――だって、この時間じゃビジネスホテルだってまだチェックインできないだろうし、かといって、夕方までこんなところに座ってるわけにもいかないでしょ。たしか今日は、このあと天気が崩れるって予報で言ってたわよ。――だったら、うちで夕方まで休んでいきなさいよ。たいしたものはないけど、よかったらお昼ご飯、ご一緒しましょ」

　本当は、天気予報でそんなことは言っていなかったが、方便(ほうべん)だ。

「でも、ご迷惑じゃ」

　菜緒子の遠慮気味のことばに我に返る。

「ひと――」一人暮らしだから、と言いかけて言葉を呑んだ。さすがに、それは心を許しすぎだろう。「主人は人に会いに行っていて、今日は夜まで戻らないから遠慮しないで」

それを聞いた菜緒子はかすかに意外そうな表情を浮かべたが、それはほんの一瞬のことで、すぐに消えた。

「ね」と重ねると、ようやく菜緒子はうなずいた。

朝乃の心はなんとなく晴れやかになった。毎日に特別不満があるわけではない。いや、これで不満など抱いたらばちが当たると思うほど、平穏で変化のない毎日だ。

顔見知りとスーパーで立ち話をしたのは、昨日のことだったか一昨日のことだったか。たまにはと、うな重を奮発したのは先週のことだったか先月のことだったか。すぐには思い出せない。いや、一度わからなくなると混沌の海に沈んで二度と浮き上がってこない。

だから、買い出しのスーパーもその日の気分で変える。片道一キロ近い店もあるが、雨やよほど寒い日でもなければ、運動と新しい発見のために歩く。

そうしたら、この親子と出会った。彼女たちは悲惨な目にあっているのだから、喜んではいけないが、代わり映えのしない日々に現れた、ちょっとした変化だ。しかも困っている人を助けることになる――。

嬉しそうに麦芽豆乳をすするさくらに視線を向ける。

昔、こんな可愛い子と一緒に暮らしたことがある。夫もまだ生きていたころだ。あの子はどうしただろう。

そうだ、と思いついた。せっかくこっちまで来たのだ。もう少し先に行くと、衣料品専門の店がある。手ごろな値段で、子供から老人までほとんどの層の下着からコートまで揃っている。あそこに寄って、着替えを買ってあげよう。買い物を終えたら、あの店の前までタクシーを呼べばいい。

菜緒子はどうみても被害者だ。しかも、幼い子供連れだ。現に暴力を受け、顔に青痣を作り、子は飢えている。これを見て見ぬふりをしたら、彼岸で夫に再会したとき、叱られてしまう。無駄遣いじゃないし、強要する気もない。それでお互い嬉しいならいいじゃない。晴れがましい気持ちで、午前の日を照り返す葉桜を見上げた。

11

不審な男が逃走したと思われるあたりはすぐにそれとわかった。

地面に落ちた飴にむらがる蟻のように、制服私服の警官が集まっている。それだけではなく、一旦は減りつつあった野次馬がまた集まってきて、遠巻きに写真を撮ったりしている。現場で何か動きがあったらしいという情報が拡散したのかもしれない。

場所は、ほんの少し前に三人で通り抜けた公園の中だ。もともとあった規制線の範囲が広がって、ほぼ公園全体が立ち入り禁止になっている。

「あのあたりでしょうか」

宮下が、鑑識職員が這うように地面を調べているあたりを見て言った。

「そうらしいな」真壁がうなずく。

「事件に関係ありますかね」

位置は、公園のはしの植栽の付近だ。死体が流れてきたと思われる地下水路が走る道路のすぐ近くだ。

可能性はいろいろ考えられる。この事件に関係なくとも、極端な例でいえば、今夜空き巣に忍び込もうと下見していた可能性もある。だとすれば、警官に声をかけられれば逃げる。

ざっと見ても、公園内には防犯カメラが何台かあるので、その男の姿が映っていた可能性は濃そうだ。

その男は本当に今回の事件の関係者なのか。もしそうなら、なぜこれほど捜査員がいるところに戻ってきて、何を見ていたのか。

興味深くはあるが、この状態ではまったく推論もできない。

わかりきったことなので、二人とも口には出さない。すぐにどちらからともなく、木の陰に入った。真夏の太陽はほぼ中天にある。

「さあ、あらためて飯でもいくか」

真壁の誘いに、おそらく初めて首を横に振った。

「ここまで来たので、飯は少し先延ばしにして、この先をもうちょっと探ってみませんか」

「なんだって？」

「さっき、自分たちと別れたあとの小牧さんの行動が少し気になります。彼女が歩いた跡を少したどってみたいのですが」

「やっぱり、変な虫でも食ったか」

「いえ、問題は種と花粉です」


小牧が言ったように、マンホールの蓋を開けてファイバースコープで作業しているチームを見た。しかし、その表情を見れば、成果を問うまでもない。

彼らと目を合わせないようにして、小牧と別れた丁字路まで出た。今度は先ほどとは逆方向、つまり小牧が進んで行った方角へ歩く。

道路というよりは路地と呼ぶのがふさわしい細い道といくつか交差した。そのうちのどれかの下に『暗渠』が流れているのだろうか。小牧はどこかで折れたかもしれないが、ひとまずそのまま進む。しだいに捜査員の姿がまばらになってきた。

丁字路から五分ほど歩いたところで、宮下は足を止めた。同じような太さの道路と交差する角だ。

すぐ後ろを歩いていた真壁もその気配を察して足を止めたのがわかる。もちろん「どうした」などと声をかけてはこない。

宮下は手で「待て」の合図をして、スマートフォンを取り出し、「ビデオ」の録画開始ボタンを押し、薄汚れたブロック塀の角からレンズの部分だけをのぞかせ、三秒ほどですぐに引っ込めた。

真壁に「少し戻りましょう」と身振りで合図し、家一軒分ほど来たほうへ戻った。すぐにビデオを再生する。撮れていることを確認し、真壁に見せる。

「なんだこいつら」

映っていたのはサラリーマン風の男二人だ。一見、顧客(こきゃく)を訪問した不動産会社の営業のようだが、おそらく違うだろう。

「同業さんの臭いがしますね」

宮下が同意を求めると、真壁はブロック塀の向こうが透けて見えるかのように睨(にら)みながらうなずいた。

二人はさりげなく立っているふうだが、あきらかに一軒の家のようすをうかがっている。しかも、怪しまれていると思わないのか、よほど急を要するのか、露骨に対象の家をのぞき込むようにしている。

「しかし、一課の人間じゃないな。所轄の雰囲気でもなさそうだ。誰だ」

真壁は独り言ちて、小さく首を傾(かし)げた。

「少しそこらを回ってからまた来ましょう」

宮下の提案に、めずらしく真壁が何も言わずにうなずいた。

折よくコンビニがあったので、時間つぶしを兼ねて飲み物と食料を買い、小さなイートインコーナーで簡単に飲食することになった。真壁はアイスコーヒーだけだが、宮下はカフェオレのほかにカツサンドを腹に納めた。

「念のために訊くが、それは正規の飯か、〝つなぎ〟か?」

真壁の質問に「もちろんつなぎです」と真顔で答えた。

十五分ほど時間をつぶしてさきほどの場所へ戻った。慎重にようすをうかがったが、例の二人組の姿はない。しかし、やや離れた場所から見張っている可能性はあるので、こちらも慎重に行動しなくてはならない。

コンビニにいるあいだに真壁と打ち合わせしたが、ここはストレートに「聞き込み」を装(よそお)うことにした。しらみつぶしに一軒ずつ訊いてまわる、別名「地取り」だ。

このあたりはきれいに区画整理されていて、家が整然と並んでいる。どのブロックも四軒ずつだ。彼らがのぞいていたのは、角から二軒目の家だった。

まず、角の家の前に立つ。《田辺》と表札がかかっている。

宮下がインターフォンのボタンを押す。中でチャイムが鳴る音がした。しかし、反応がない。

もう一度やったが、結果は同じだった。

「留守か」

小さくつぶやきながら庭をのぞくと、しばらく手入れされていないようで荒れている。鉢物は枯れ、かなり雑草が生えている。雨戸も閉まっている。

「留守というより、もしかすると空き家かもしれませんね」

真壁が無言でうなずく。

その右隣、問題の家の前に移動した。怪しげな二人組が観察していた家だ。こちらは《今井》という表札がかかっている。

築は古そうだが、そこそこに大きな家だった。

最近売り出す一戸建ては、二十数坪しかないような、狭く小さな家も多い。しかしこの今井という家の敷地はおそらく五十坪以上あるだろう。この場所でこの広さなら、土地だけで〝億〟はするだろうなと、下世話な考えが浮かぶ。

敷地だけでなく、建物もゆったりとした造りだ。しかし、築三十年以上は経っているだろう。いわゆる木造モルタルの造りだ。あちこちひびが入った壁も、相当に風化してくずれかけているシンダーブロックの塀も、濃緑色や褐色の、苔とも（こけ）カビとも判断のつかないもので覆われて（おお）いる。

宮下はインターフォンを押す前に、思わず家全体を眺めまわしてしまった。

なぜなら、この今井家にも、隣の田辺家と同じく生活感がないからだ。

まさか二軒続けて空き家か――？

たとえ古くても誰か住んで生活していれば、せめて玄関先ぐらいは掃除（そうじ）してあるものだが、枯れ葉や折れた小枝、土ぼこりなどが、風に吹き寄せられて壁際に溜（た）まっている。

さきほどと同じように、塀越しにのぞき込んでみる。雨戸も閉まっているし、人が生活している匂いがまったくない。そして、こちらの庭はもっと荒れていた。膝丈ぐらいから、宮下の身長よりも高そうなものまで、庭一面にびっしりと雑草が生い茂っている。セイタカアワダチソウとブタクサぐらいはわかる。

「苦手な家です」

「何が」

「自分は春は大丈夫なんですが、秋は花粉症が出るんです」

「まだ夏だぞ。猛暑の真夏だ」

「気の早いやつは咲いてるんです」

指さした先、黄色い花をつけているのはブタクサだ。血液検査で、高い数値のアレルギー反応を起こすことがわかっている。

「っくしょん」

条件反射か実際に花粉が飛んでいるのか、さっそくお約束のものが出た。

入りたくないが、仕事は仕事だ。宮下はインターフォンを鳴らした。

やはり応答がない。二度繰り返したが、結果は変わらない。

「ここも空き家のようですね。まさか二軒続けてとは。――どうしましょう？」

「ひとまず隣へ行こうか」

留守なのにあまりしつこくいつまでも家の前に立っていると、さきほどの二人組にこちらが気づいたことを感づかれてしまう。宮下は素早く、庭の雑草を写真に収めた。

今井家の右隣の家には《重村》という表札がかかっていた。

インターフォンのボタンを押そうとしてまた驚いた。そのさらに右隣は、空き家どころか更地になっている。つまり、一ブロック四軒のうち、二軒が空き家で一軒分は更地になっており、住民がいる可能性があるのは目の前の一軒のみだ。

これが今、ニュースなどでも取り上げられる「空き家問題」なのだろう。住人が死亡するなどしていなくなったあと、空き家になって放置されるという課題は昔からあった。しかしそれは、地方の田舎や過疎(かそ)地区に多く見られた現象だった。

たとえば相続人(そうぞくにん)がまったくいないか、いたとしても「あんな田舎のボロ家、もらっても始末に困るだけ」とほったらかしにするケースだ。

それが今では都市部——二十三区内も含めて——でも起きていて、防犯上の観点からも悩みの種となっている。ここも、井の頭線の駅から徒歩圏にある閑静な住宅街だ。

いや、今はそんなことは関係ない。あらためて目の前の家をざっと観察する。

洗濯物も干してあるし、あきらかに人が住んでいる気配がする。かなり旧式のインターフォンを鳴らすと、数秒で応答があった。

「はい？」

聞こえてきた声は、多少割れているが高齢女性のもののようだ。

宮下は自分の身分を名乗り、少しお訊きしたいことがありますと告げた。

「どちらさまですか」

機械のせいだろうか、年齢のせいだろうか。いずれにせよ、あまり何度も門の前で大きな声で「警察です」と名乗ることはしたくない。

もともと聞き込みの形を真似るだけのつもりだったので、もう一度名乗ってだめなら帰ろう。そう決めて再度ボタンに手をかけたところで、玄関のドアが開いた。

警戒気味の表情で出てきたのは、やはり高齢の女性だった。痩せて、やや背中が曲がっている。すぐに年齢の見当はつかないが、七十代あたりだろうか。

「なんのご用でしょう」

宮下は警察の身分証を掲(かか)げて見せた。


「信用してもらうまで、長かったですね」

重村家をあとにして、更地の前あたりで宮下が漏らした言葉に、真壁が反応した。

「あれだけ、テレビで『人を見たら詐欺師と思え』と宣伝してるからな」

そのわりに、被害額は一向に減少に転じていないようだ。近々、警察庁あげて本腰を入れるようだとか、すでに入れはじめている、などと聞こえてくる。

それはともかく、ゆっくり丁寧に本物の警官であることを説明してようやく信じてもらえた。いつもながら、宮下のどこをどうみても強盗には見えない風貌も役に立っただろう。

玄関先だったが、最後は冷えた麦茶までごちそうになった。本来、麦茶も辞退したかったのだが、真壁が「そのぐらいはいいだろう」と言うので受けた。

この重村藤子(ふじこ)という老女から、普通の倍ほどの時間をかけて聞き出したところによれば、隣の今井家も、最初に寄った田辺家も、やはり空き家だそうだ。

まず田辺家は、今年の春ごろに普通に引っ越して行った。息子はすでにひとり立ちしており、夫が定年になったのを機に、どこか別の土地へ越すと言っていた。しかし、その事情も、なぜ家がそのままなのかも、全く知らないという。

一方の今井家は、一人暮らしをしていた主の女性が、去年の四月に亡くなって、やはりそのまま放置してある。この女性の名を今井朝乃といった。彼女よりも二歳年上だから、生きていれば今年で七十四歳になる。

今井朝乃とは、女の一人暮らしという似た状況下のこともあって、あくまで隣人としての範囲でだが、親しくしていたそうだ。今井夫妻に子供はなく、ずっと夫婦二人暮らしだった。もう何年も前に、親戚の親子が一時期同居していたが、六、七年前に夫を病気で亡くして以後は一人暮らしをしていた。

入浴中に心臓発作で死亡したと聞いている。遺体発見時の様子などはまったくわからない。葬儀は家族だけで済ませたらしくて、自分もほかのご近所さんも呼ばれなかった。その後は人の出入りを見たことがない。

隣人の孤独死がショックだったのか、田辺夫婦は急に近所づきあいが悪くなり、とうとう一年ほどで越してしまった。

「空き家ばかりが増えて困る」重村藤子は最後にそう付け加えた。

それが得られた情報だ。詳細については、「わからない」「見ていない」がほとんどだ。嘘をつかれるよりはましだが、あまり情報としての価値はない。

　宮下と真壁は、空き地の角を曲がりこのブロックの裏側のほうへぶらぶらと歩いた。地下水脈を探す警官たちの姿は見当たらない。

「さっきの二人組が探っていたのは、本当にあの今井家でしょうか」

　小声で宮下が問いかけると、真壁が「さあな」とだけ答えた。関心がないというより、気にはなるが答えようがない、というところだろうか。そのまま更地を回り込むようにして、いま見てきた四棟のブロックの裏側に回った。

「細い。これはもしかすると」

　宮下はつい、声に出した。

　かなり細い路地だ。車止めはないがそれは必要がないからだろう。車両どころか歩行者でさえ、すれ違うときは譲り合わないと通れないような狭さだ。しかもその路地を挟んで向かい合う形のブロックの四軒も、この路地に面しているのは家の裏手になっている。

　つまり、この路地を挟んだ両側の家が、みな背を向ける形に建っていることになる。にわか仕込みの知識だが、これは暗渠の典型的な特徴だ。

「可能性がありそうですね」

　そう言いながら路上に目を向けると、一部がアスファルト舗装ではないことに気づいた。いかにも「蓋をした」という感じで分厚そうなコンクリートの板が並んでいる。これもあきらかに暗渠であることを示している。

さらに——。

「あれを見てください」

宮下が指さしたのは、ちょうど今井家の裏手あたりだ。

「行きましょう」

真壁の返事を待たずに先へ進む。あとから来た真壁も、宮下と同じものを見る。

「たぶん、見つけましたね」

そこにあったのは、縦横数十㎝の長方形をした、おそらくは鉄製の板だった。これこそが〝暗渠の蓋〟だろう。持ち手はない。大人の指が二本入る程度の小さな穴が両脇に空いている。ここに先が曲がった棒状のものを差し入れて持ち上げるのだ。

宮下は無理だろうと思いつつ、その穴へ二本の指を差し込んでみた。縁に擦れて痛みが走る。鉄板の厚みは数ミリほどだろうか。持ち上げようとして力を込める。わずかに浮いたが、そこであきらめてそっと下した。

「素手では無理そうですね。無理に試みて万一途中で落としたら、百メートル四方ぐらいに響きそうです」

真壁も苦笑してうなずいている。

「バールでも持って出直そう」

詳しく調べるなら、改めてということになるだろう。

暗渠だからといって、死体の流れた水路とは断言できないが、どんな捜査でも新しい発見は刺激になる。

「このあたり、もう少し探ってみますか」

　表側からは気づかなかったが、このブロックはゆるく弓なりにカーブしている。これだけ細いと先が見通せない。

「とりあえず通り抜けてみるか」

　ブロックの終わりまで歩いたが、ほかにはこれという発見はなかった。

「戻ろう」

　真壁に言われ、来たときとは別の道を選んで歩く。

「どうします。この件、報告しますか」

　この件とは、暗渠らしきものを見つけたこと、その近くに同業者の臭いがする男たちがいたこと、の二点だ。

　すぐに返答がないので真壁の顔を見ると、いつになく真剣だ。

「問題は、本当に捜査員の誰もここに気づいていないのか、ということだ。おれたちが、半日ぶらぶら歩いただけで見つけたものを」

「たしかに」

　疑ってみれば、小牧という素人でさえ指摘した、意味のないマンホール探索をつづけるのも、何かの偽装なのか。

「さっきの二人組も、この件と無関係ではないだろう。もし、このアンキョのことを上の連中が既に知っていてとぼけているなら、それはつまりタブーだ。報告したとたん、おれたちは外される」

外されるのは、むしろ望むところでは、と意地の悪い質問が浮かんだがもちろん口にはしない。

「それに」と真壁がにやっと笑った。「おれたちはもともと、正規の捜査員でも応援部隊でもない。報告の義務はない」

「たしかに」

服務上、本当に問題がないか疑問もあるが、自分を納得させる理由にはなる。

「では、もう少し寝かせますか」

「そうだな」とうなずいた。「大盛り定食でも食いながら考えよう」

12

宮下は、午後には聞き込みをしたいと一旦は口にしたが、意見を変えた。

急な話だが、森川悠斗の遺族に会いたいと思ったのだ。本来は縁がないはずの事件だったが、小牧未歩の登場によって、こうしてかかわりを持った。持てば、さらに深くかかわりたくなるのが刑事だ。それに、せっかく〝遊軍〟というめったにない立場に置いてもらったのだから、有効に使わない手はない。

死後の森川悠斗が、どこで遺棄され、どういう経路で流れてきたのか、いまだに本部は見解を出していない。

そのルートを探す小牧未歩が歩いたらしい道をたどるうちに、警察関係者らしい男たちがうろついている空き家に行き当たった。その裏手には暗渠の存在を匂わせる小径があった。〝何か〟を投げ込めそうな鉄の蓋も見つけた。去年から空き家だというあの家が、森川の事件に関係がある可能性は濃そうだ。

あの二人組がいたため、詳しく調べることができなかったのが少し残念だ。しかし、あとで再訪するつもりでいる。

宮下は、小牧があわてて喫茶店に入ってきたときのことが印象に残っている。

宮下は急にくしゃみが出た。そして、小牧の上着に雑草の種のようなものが付着していた。雑草の生えた草むらなら、ほかにもある。あの家とは無関係かもしれない。しかし、何かひっかかるのだ。

真壁は「報告の義務はない」と言うが、それは同時に「警察権で調べることはできない」ことを意味する。今は、これ以上あの家の線から迫ることはできそうもない。ならば生前の森川の行動にヒントをもらおうと考えたのだ。

真壁は反対するだろうと思った。もちろん、めんどくさいからではない。遺族の話など、本部本流の捜査員たちが、とっくにしかも何度も聞いているはずだ。新たに得られる情報が期待できないわりに、ただでさえ居心地がよくない今の立場がますますやっかいなことになりそうなことは、簡単に想像がつく。

しかし、意外なことにあっさりと同意した。もしかすると小牧未歩の〝付き人〟をしながら、刑事としての活動に飢えが生じていたのかもしれない。もともとは野良犬だ。

森川は新宿区にある『明城大学』という私立大に通い、杉並区にある分譲マンションで、両親と三人で暮らしていた。捜査本部に了解を得て、この親にアポイントを取り自宅に向かう。移動手段は、少なくとも十年は洗車していないと思われる、真壁のマークXだ。本人は何も語らないが、想像するに〝VIP〟のお守りと交換条件で、私用車の使用許可をもらったのだろう。

本音を言えば、遺族との面会は、宮下の苦手な勤めのひとつだ。突然の死、それも若年者の死は、遺族を悲嘆の底に突き落とす。その痛みはこちらの心にも反射する。

辛い時間と心労を費やしても、話はなかなか先へ進まないことが多い。いかに被害者が家族思い、友達思いだったか、いかに前途に満ちていたか、いかに自分たちは悲嘆にくれているか。話はその軌道から離れない。

家族からの客観的な情報は、あまり期待できない。むしろ、勤務先や学校での顔見知りで、多少距離のあった人間のほうが、冷静で客観的な話題を提供してくれる。その方面へのつながりを見つけるのも目的のひとつだ。

そしてやはり今回の遺族との面談結果も、これまでにも何度か経験した、そして宮下が想像したとおりになった。

両親が涙ながらに語る「いかに悠斗が優しい子だったか」を、延々と聞かされるはめになったのだ。警察やマスコミに対して、おそらくはすでに何回となく語ったはずの、だからますます美化された可能性のある物語を、ときどき相槌を打ちながら聞いた。

「最近、何か変わったようすはなかったか」「電話やメッセージなどのやりとりが増えた印象はないか」「持ち物、着るものが派手になったりしていないか」「妙に陽気になったり、逆に怯えたりしたところは感じなかったか」そして「交友関係をご存知ですか」

そんな質問をぶつけた。変化に関しては、ほとんどが「気づかなかった」という回答だったが、二点だけ印象に残った。ひとつは「前より怒りっぽくなった」だった。

誰でも怒りっぽくなる時期はある。はっきりした理由がある場合も、本人もなぜかわからないときもある。原因はいくつもありそうだが、人は切羽詰まったり焦ったりすると怒りっぽくなる傾向がある。この変化は記憶しておいてよいと宮下は思った。

あの死にかたは、単にゆきずりの強盗に襲われたのとは違う。もう少し複雑な事情があったと考えるべきだ。

もう一点は、むしろ自慢として言われたのだが「自分でアルバイトしてオートバイを買った」ことだ。

マンションに残っていた50ccのスクーターに関する資料によれば、新車価格で二十二万円弱だ。そして、バイク販売店で新車で購入している。ローンではなく現金で。

悠斗にいくら金を渡していたかも訊いた。

学費や交通費、教科書代などの必要な費用のほぼ全額、それに昼食代として毎月三万円の小遣いを渡していたという。

父親は中堅の商社に勤めており、給与はそれほど多くはないが、子供一人ということもあって、そこそこの生活水準ではあったようだ。

宮下が収穫としてとらえたのは、この家族は犯行にはかかわっていないだろうという印象だ。捜査に軽々な断定は禁物だが、よほどの演技力でもない限り、両親が手にかけたとは思えなかった。

年によって多少の変動はあるが、殺人事件の五割以上は親族による犯行だ。その線が消えただけでだいぶ調査対象が絞られる。さらに残り五割弱のうち、三割以上は知人による犯行だ。捜査本部でも家族の線は捨てたとまでは言わないまでも、〝主線〟ではなくなったはずだ。

交友関係については、すでに捜査本部で把握している以上の情報は得られなかった。

「スクーターが気になりますね」

森川悠斗の実家を辞したあと、宮下が真壁にそう声をかけた。

月三万円の小遣いでは、昼を学食で済ませたとしても洋服代などまでまかなうのはきついだろう。まして、車両価格で二十万円を超えるスクーターを一括現金で買うのは少し引っ掛かる。コンビニやスーパーのバイトをそれほど熱心にやっていたのだろうか。

そんないくつかの収穫と疑問を残して、真壁とは別れた。

夜になって、一時的な大雨が降った。台風が去ったあとも線状降水帯が東海地方に発生し、その端に位置する東京都多摩地区にも、一時は一時間に二十ミリを超える大雨を降らせた。眠りを妨げるほどの強い雨音が、深夜まで断続的に聞こえていた。

13

「それじゃ、ひとまずここを出ましょう」

サンドイッチやパック入り飲料など、公園のベンチで飲食した後始末をする。

周囲にゴミが落ちていないことを確認して立ち上がるころには、今井朝乃は、やはり今夜木村親子を自宅に泊めようと決めていた。

「ちょっと、付き合っていただいていいかしら」

自宅とは方向が異なるが、最初に手ごろな価格帯の衣料品専門店へ行き、菜緒子とさくらの着替えを買うことにした。

店に着き、子供の直感で朝乃の意を汲んださくらは、遊園地にでも来たようにはしゃいだ。つぎつぎと服を身に当てては、目を輝かせて母親に見せている。最初はくどいほど遠慮していた菜緒子も、そんなさくらの喜びようを見て、断り切れなくなっていくようだった。

結局、二人それぞれに、ジーンズやシャツ、春物のパーカーなどを購入した。さくらには、蛍光ピンクのラインが入ったスニーカーも買った。

店員に断りを入れて、試着室で新しい服に着替えた。二人は、お揃いの恰好をした仲のいい親子に見えた。

「次は『おなか』ね。さくらちゃん」

「うん」

さくらは、すっかり祖母に甘える孫のような雰囲気になり、朝乃とつないだ手を揺らしている。

昔、こんな可愛い子と一緒に暮らしたことがある。夫もまだ生きていたころだ。名はもう忘れてしまった。

衣料品の店から歩いて十分ほどの、中華料理店へ向かう。

ここでもさくらは大喜びで、口の周囲をべたべたに汚しながら、大好きだという海老のチリソース炒めや海鮮焼きそばを次々に口へ押し込んだ。菜緒子もさすがに遠慮する言葉が続かなくなり、ただ「すみません、すみません」と小さく頭を下げるだけになった。そのおどおどした態度と、すでに変色しかけている目の周囲の痣が、痛々しくも調和している。

はしゃいだのと腹が満たされたためだろう。デザートの杏仁豆腐をスプーンですくうころには、さくらの目は半分ほど閉じ、こっくりこっくりと舟を漕ぎだした。大げさな芝居かと思えるほど、上半身を大きく左右に振るようすに、朝乃と菜緒子は目を合わせ、笑った。菜緒子はすでに、朝会ったときとは別人のように柔らかい表情になっている。

店の前までタクシーを呼び、半分寝ているさくらを乗せ、三人で朝乃の自宅へ向かった。

親切な運転手にも手伝ってもらい、移動中にすっかり寝込んでしまったさくらを菜緒子が背負い、家の中へ運び込んだ。玄関を入ってすぐ、リビングの手前にある和室に来客用の布団セットを敷き、そこに寝かせた。

「重かったでしょ」

「はい」

さくらの寝顔を覗き込むように、二人して布団の両側に膝をつき、どちらからともなく目を合わせた。

「可愛いわね」

朝乃が微笑みかけると、菜緒子も嬉しそうにうなずく。

「起きているときは生意気なんですけど」

「昔、こんな可愛い子と一緒に暮らしたことがあるの――」

夫が生きていたころ、と言いそうになって、あわてて話題を変えた。

「起こしちゃうから、向こうへ行きましょ」

リビングのソファセットに座り、朝乃が入れた日本茶を飲みながら、話の続きをする。

「お手伝いとか、ちゃんとしてくれそうね」

「そんなことないんです。よその人の前ではいい子ぶるから」

また少し笑ってから、朝乃は本題に入った。

「お夕飯食べたら、今夜はここへ泊まったら？」

ついにそれを口にしてしまった。しかし、朝乃の中ではもはやそれ以外の選択肢は考えられなかった。

「そんなに甘えていいんでしょうか」

菜緒子が困ったような表情で問い返す。

「見てのとおり、今夜は一人だから、むしろ泊まってもらえると安心するわ」

公園では、夫は夜まで戻らないと言ったのだが、聞き漏らしたのか、菜緒子はその矛盾に気づかないようだ。心ならずもこんな嘘を重ねるのは、ここまで来てもまだ、「一人暮らし」と打ち明けるには抵抗があるからだ。

これは、菜緒子を信用するかどうかとは、また別の問題なのだ。さくらに優しくすることと、自衛のための用心は矛盾しない。その慎重さがあったからこそ、夫を亡くしたあと——何年間だったかすぐに思い出せないが、とにかくこうして災厄(さいやく)に見舞われることなくやってこられたのだと信じている。

「そう言っていただけるなら」

ようやく菜緒子がうなずいた。

「よかった」朝乃は軽く両手を合わせる。「それじゃ、ほどほどのところでさくらちゃんを起こして、夕飯のお買い物に行きましょう。パジャマも買わないと」

午後は最寄りの駅から電車を使い、二階建ての大きな総合スーパーへ買い出しに出た。

二人に、パジャマを兼ねたスウェットの上下を買い、その後、食品コーナーで夜の食材を探することにした。さくらが嬉しそうにカートを押し、そのあとを朝乃と菜緒子がついてゆく。

急にさくらが立ち止まり、意味ありげな微笑みを母親に向ける。母親は困った顔で小さく首を左右に振る。無言のやりとりを理解した朝乃が「いいわよ。――でも、今日だけね」と声をかける。さくらがちょっと舌を出して、小さなナッツ入りのチョコ菓子をかごに入れる。菜緒子が頭を下げる。誰からともなく笑う。

買い物をこんなに楽しんだのは、いつ以来だろう――。

朝乃は、公園でこの親子に声をかけて、そして家に誘ってよかった、という思いをますます強くした。

昼にあれだけ食べたのだから、夜はあっさりと刺身か煮魚にしたらどうだろうと思ったが、若い消化器官は構造が違うようだ。またしてもさくらの押すカートがそこから動かなくなったので、夜の主役は黒毛和牛のすき焼きに決まった。

風呂を沸かし、三人で食事の支度をし、それを囲んで楽しく食べた。これもまた久しぶりに引っ張り出したすき焼き用の鍋には、牛肉のほか、さくらの好物だというちくわぶやしらたき、白菜などが入り、嫌いだという春菊やしいたけは入っていない。朝乃と菜緒子はビールも少し飲んだ。昔、一緒に暮らした子も、すき焼きが大好きだった。あの子は――いや、昔のことはもういい。

さくらが今度は本格的に寝つき、二人はリビングのソファセットで向かい合った。

テレビの電源は落としたので、しんと静かだ。住宅街の中ということもあり、外からの物音も聞こえない。ローテーブルには、最近朝乃が凝っている、ポットで入れた健康茶が湯気を立てている。

「素敵なお家ですね。失礼ないい方かもしれませんけど、きちんと整理されていて」

「物がないだけなの」

一人暮らしだから、という言葉はそれでもまだ口にできない。

「ご主人は出張ですか？」

やはり聞こえなかったか、忘れたようだ。それならばと、別な答えを返す。

「もうこの歳だから、夫も仕事はしていないわ。友人と一泊の旅行に行っているの。そろそろ《戸締りしたか。生きてるか？》って連絡が来るころね」

こんな作り話はあまり得意ではないし、好きでもない。話題を変えることにした。

「この家、古いでしょ。建て直した直後に夫と越してきたんだけど、もうかれこれ四十年近く経つわね」

「さっき、立派で広いお家だなって思いました。周りにもそんなお宅が多いですね」

「立派ということもないと思うけど。たしかにこのあたり、ちょっと古めのお宅が多いでしょ。このへんの開発が始まったころからの住人が多いみたい。この家もね、もともとは夫の両親が住んでいたんだけど、家を建て替えてすぐに、続けざまにその両親が亡くなって、夫が長男ということもあって、わたしたちが引っ越してきたの」

「今はお二人で？」

「今は――今はそうね。それより、建付けも古くなってきたし、防犯の面からもそろそろ本格的なリフォームをしないとだめらしいんだけど、なかなか億劫(おっくう)でね」

「防犯、ですか?」

「やっぱり不安でしょ。詐欺っていうより、ほとんど押し込み強盗みたいなあくどい人たちもいるみたいだし。それに、家の造りが古いから、いくら鍵閉めとかに気を配っても、やっぱり侵入はしやすいらしいのよね。半年ほど前にもご近所さんが空き巣狙いに入られたの」

「空き巣ですか。やだ、怖い。――でも、この家はセキュリティ会社と契約してるんですよね。さっき、玄関のところでシールを見ました」

「あれはね――」

言いかけて、また口をつぐむ。そんなことまで話していいものだろうか。しかし、この目の前に座る薄幸の女が、豹変(ひょうへん)して強盗を働くとも思えない。

「申し込みはしたんだけど、セットしてもらうのはまだ二週間も先なの。こんなご時世だから申し込みが多いらしくて。だから、先にシールだけもらって貼ってあるの。――それにしてもね、歳を取ると、いろいろ新しいことをするのが億劫ね。だから、家が倒れる前にぽっくりいかないかって、夫ともよく話してたの」

また口をすべらせたが、過去形である意味に菜緒子は気づかなかったようだ。

「そんな、まだまだお元気じゃないですか」

「そう思うでしょ。でもね、あちこちガタが来て、たとえば心臓もあまり丈夫じゃなくて、だから少し鍛えようかと思って、毎日ちょっと遠いぐらいに感じる距離の散歩をしているの」

「ああ、それでですね」菜緒子が納得したようにうなずく。

「どうかした？」

「わたしたちがいた公園からここのお宅まで、歩くと十五分以上かかりそうなので、どうしてかなって思っていました。さっき、すぐ近くに大きな公園があるのを見ました」

「もっと遠くまでも行くわよ。でも、結局のところ変化が苦手で、いつの間にか曜日でコースが決まっちゃってる。スーパーの安売りとかに合わせて」

決めたといっても、本当は覚えていられないので、紙に書いてカレンダーの脇に貼ってある。

「なんだかわかります」

菜緒子は気づいていないようだ。

「コンビニ巡りも楽しいのよ。サンドイッチひとつにもお店ごとの差があって」

「わかります」

気がつけば、菜緒子の口が驚くほど滑らかになってきた。それならばと、朝乃はこちらの訊きたいことを切り出した。

「触れられたくない話題かもしれないけど、明日からはどうするつもり？」

遠回しはやめて、ずばり訊いた。しかし、やはりその部分だけは、まだ平常心では語れないようだ。せっかく明るくなりかけた菜緒子の表情は重くなり、言葉を選んでいる。

「なんとか考えます」

持ち出したからには簡単に引き下がれない。

「なんとかっていっても、ひと晩外泊しただけで解決する問題ではないんでしょ」

同意してくれるものと思ってそう問いかけたが、菜緒子は小さく首をかしげた。そのしぐさに驚いて、重ねて訊く。

「あら、解決するかもしれないの？」

「わからないんですけど、もしかしたら――」

明るい見通しがあるのかと思って訊いたが、やはり口調は重たい。

「いいわ。これ以上は詮索（せんさく）しない。あなたがた親子にとっていい方向へ進むなら、協力できることはしますよ」

「ありがとうございます」

菜緒子は深々と頭を下げた。

さくらの隣に菜緒子の布団を敷いてやり、朝乃は二階の洋室にある自分のベッドで寝た。

安らかな気持ちで眠りに落ちた。久しぶりのことだった。

14

「さて、腰を上げましょうか」

宮下はそう言って、長椅子から立ち、空になった紙カップを専用の回収ボックスに入れた。

窓から見える空は、重かった雲が晴れて、ところどころ青空がのぞいている。昨夜のあの激しい雨が嘘のようだ。千葉県のほうでは、もう少しで川が氾濫(はんらん)して住宅街に流れ込みそうだったらしい。

「今日も夜までは降らないといいですね」

つい、そんな弱音を漏らしてしまった。暑いのもつらいが、土砂降りの中歩き回るのもきつい。

ここは杉並区和泉警察署の建物内、それも二階の「刑事部屋」前にある飲料自販機コーナーだ。ほんの少し前に、朝の捜査本部会議を終えたところだ。

この場所なら、一般人に「朝からのんびりコーヒー飲んでる」とクレームを入れられる心配はほとんどないが、それより怖い、身内の評判というものがある。「あいつら、女子大生と散歩しているかコーヒー飲んでる」と言われるのもなかなか辛い。

「そうだな」

真壁が気のない返事をする。何に対する「そうだな」なのかよくわからない。

今朝の会議でも、あの空き家が並んだ一角のことや、その裏側に暗渠の蓋らしきものがあったことは、まったく話題に出なかった。

本当に誰も気づいていないのか、宮下たちだけが知らされていないだけで、とっくに認知され緘口令が敷かれているのか、それもわからない。刑事たちはみなとぼけるのが上手い。こちらから「何か隠していませんか」と訊くわけにもいかない。

ならば、自分たちはマイペースで進むのみだと思ったのだが——。

本日の小牧グレース未歩のお守りはなくなった。会議十分前に、当人からその旨の連絡があったためだ。電話を受けたのは真壁だ。

「急遽(きゅうきょ)、ゼミの教授のお手伝いをすることが決まったそうだ」

淡々と言う。もともと感情をあまり顔に出さないので、喜んでいるのか腹を立てているのかが読めない。

実は、宮下はほんの少し落胆していた。最初は、日頃犯罪などには縁のないそこそこ上流家庭の子が、論文の題材にといって死体遺棄現場を見にきた、という事実そのものに、不愉快さもあった。

しかし昨日、ごく短い時間ではあったが行動を共にして、単なる物見遊山ではないと気づいた。その熱意と下調べの綿密さに舌を巻いた。だから、今日はどういう行動をとるのか、どんな考えを披露してくれるのか、少し楽しみにしていたのだ。

しかしそんな心情は表に出さず、明るく真壁に訊いた。

「それで、自分たちはどうしましょう？」

今日、小牧未歩のお守りがなくなったのなら、昨日の続きで人間関係を洗う、「鑑どり」の捜査にあたりたいと宮下が提案し、真壁が同意した。

今朝の会議では、人間関係においても、大きな進展は発表されなかった。被害者と交流のあった人物の情報が数名分追加されたぐらいだ。その中から――あまりでしゃばるわけにはいかないので――すでに本部の捜査員の聞き込みが終わった人物に再度当たることにする。

真壁とは顔見知りでもあり、事実上現場の指揮(しき)をとる捜査一課の岩間係長の了解を得た。宮下は、岩間のことを比較的人当たりのいい人物かと思っていたが、空き家や暗渠の一件に気づいたあとでは、老獪な狸にも見えてくる。

もらった資料の中から大学の知人、友人のデータを抜き出し、ピックアップした数人に宮下が電話をかけ、大学で会う約束をとりつけた。

何人か難色を示されたあと、一人が了承し「ついでにあと二人ぐらい声をかけておきます」と言ってくれたのはありがたかった。

真壁とも相談して、大学の了解は求めないことにした。もちろん面倒だからではない。三人とも成年であるし、そもそも任意の聞き取りにそんなものは必要ない。さらには、昨日のうちに、すでに一課の刑事が彼らも含めた友人十数名に面会に行っている。

昨日から一日分の埃(ほこり)が上乗せされたマークXを、新宿駅西口のパーキングに停めた。

念のため大学のホームページとネットのマップで調べたが、この学校には「キャンパス」と呼べるような敷地はない。ここに限らず、比較的新しくできた都心部の大学は、校舎ビルの目の前は道路、というところが多い。

その校舎ビルから歩いて二、三分の喫茶店を予約してある。学生たちとはそこで待ち合わせた。

時刻は午前十一時で、昼食で混み合う時間帯のぎりぎり手前だった。

宮下たちは約束の十分前に喫茶店に入った。五分ほどで彼らがやってきたとき、真壁のアイスコーヒーはほとんど氷だけになっていた。

「お呼び立てして申し訳ありません」

宮下が立ち上がり、頭を下げる。真壁は半分ほど腰を浮かせてすぐにまた座った。

「どうぞお座りください」

もじもじしている学生三人を促す。あらかじめ、奥まったところにある六人掛けの丸テーブルを予約しておいた。

「失礼します」

口々に同様の挨拶をし、三人が着席した。

「まず、はじめに自己紹介をしましょうか」

否も応もなく、司会役は宮下になる。最初に宮下と真壁が名乗った。身分証も提示する。

学生は男が三人、それぞれ、児嶋、新井、堀口と名乗った。もちろん来る前から知っている。

児嶋がほかの二名に声をかけ、連絡役になってくれた。

三人とも、初対面の印象ではふつうの大学生にしか見えない。しかし、犯人候補リストから消すにはまだ早い。

お忙しいところとか、授業は大丈夫ですかとか、ひととおりの挨拶を終えて本題に入った。

「お三かたは、森川さんとどんな関係だったのでしょうか」

「あのう」と児嶋が遠慮気味に訊く。「きのう警察の人にお話ししたことも、また話したほうがいいでしょうか」

「はい。もちろんです」

警察が二度三度訪問すると「それはもう話した」と不機嫌になる人間も多い。しかし意外に「また同じことを喋(しゃべ)ってもいいんですか」と恐縮する場合も珍しくない。日本人の大半は遠慮がちの善人だ。少なくとも表向きは。

「もとはサークルが一緒でした」

前髪だけをやや長めに垂らした児嶋が説明する。

「それは、どんな？」

「はっきりいって、ナンパなサークルです。ほとんど合コン用の口実っていうか」

友達みたいな口をきくのは、サイドを短めに刈り上げた茶髪の新井だ。

「自分は金ないんで、あんまりサークルには顔ださないんすけど、でも先輩とかがバイト先を紹介してくれるんすよ。けっこう条件がいいやつ」

「バイト先を？」

「うちの学校って、あんまり『お金持ちのぼんぼん』とかの比率が高くなくて、けっこうみんなバイトやるんすよ。で、そのサークルはけっこう歴史がありまして、OBがあっちこっちでバイトしてて、意外にその人たちの評判が良くて、サークルご指名でバイトの声がかかるんです」

自分も何か言わなければという雰囲気で加わったのは、あまり手入れのしていない髪を耳が隠れるほどに伸ばしている堀口だ。

「それで、バイト先が四人一緒だったんですね」

三人がほぼ同時にうなずき、説明を引き継ぐのは児嶋だ。

「学校から歩いて十分ぐらいのところに大きいスーパーがあるんですけど、そこの品出し係としてバイトしていました。食料品売り場は二十四時間営業で、それこそいつ行ってもシフトに入れるんです。慢性的に人手不足なので」

「じゃあ、休講になったから午後はバイトに行くか、みたいに気軽に?」

「そうっす」と答えたのは刈り上げの新井だ。「だから学生にけっこう人気で、うちのサークルだけで七、八人登録してると思います」

「森川さんの勤務はどんな感じでしょう。熱心だとか、あまり顔を出さないとか」

「そうですね」と応じたのはやや長髪の堀口だ。取り決めをしたわけでもないだろうが、座った順に話す結果になっている。「とくに一年生のときは必須科目が多いんですけど、それが一限目と五限目に来て、その間が空いてる曜日とかあるじゃないですか。でもサボれないし、みたいなときは助かります。森川もそういう空き時間とかに、けっこうマメに出てましたね。な」

同意を求められて、ほかのふたりもうなずく。語られた情報を繋ぎ合わせると、「森川悠斗は、当初週に三日から四日とかなり熱心にバイトをやっていたが、去年の秋ごろから、波があるようになった。そのうち『スーパーのバイトは辞めて、近所のコンビニに変えた』と言った。そして、そのころから学校を休みがちになった」ということになる。

「バイトを変えた時期と休みがちになった時期が同じなんですね」と宮下が念を押す。

「はい」と堀口がうなずく。「同じ頃です。次第に、必須科目のある日も来ないことが増えました」

「それはコンビニのバイトが忙しくなったからでしょうか」

宮下の問いに、三人が一様に首をひねった。児島が答える。

「バイトはバイトみたいなんですけど、コンビニとはまた別のバイトっていう印象を受けました」

「つまりバイトの掛け持ちですか。それはどんなバイトか訊きましたか」

必須科目まで休んで掛け持ちのバイトに精を出したなら、バイクも買えたかもしれない。

「それが訊いても言わないんですよ。それも、ただ言いたくないというより『言いたいんだけど口止めされてるし』みたいな、なんとなくもったいぶった感じだった。な」

堀口に同意を求められて二名がうなずく。新井が引き取る。

「やっぱりそのころから、服とかスニーカーとかちょっと高いのに変わってました」

どうも、そのバイトのおかげで収入が増えたことを鼻にかけているところがあったようで、あまり好感度の高い人物評ではなかった。このあたりが、親兄弟とはまた違った情報となる。

「でも、ちょっとやばそうなバイトっていう感じがしてました」と児島。

「くどいですが、どんなバイトか説明してくれなかったんですね」

　今度は三人ほとんど同時にうなずいてから、それぞれの感想を口にした。

「なんだか、目つきが暗くなって、きょろきょろする感じ」

「学校でもあんまり見かけなくなって、よく留年しなかったなって声をかけたくらい」

「そして、新学期になってからは、一回も来なくなりました」

　最後にまとめたのは児島だ。

「まったく来なくなった？」

　宮下の問いに、三人同時にうなずいた。新井が意見を述べる。

「一度連絡したことがあるんですけど、サボってるっていうより《それどころじゃない》みたいな返事でした」

「それどころじゃない――」

　宮下が繰り返すと、こんどは堀口が応じた。

「おれたち噂してたんですけど、なんかヤバいバイトとかに手を出したんじゃね？　とかって」

「ヤバいバイトって、つまり最近問題になってる『闇バイト』とか？」

　宮下の問いに、またしても三人同時にうなずく。

「そう思った根拠はある？　何か具体的なことを言っていた？」

　これには三人そろって否定した。

「もし本当にそうなら、あんまりかかわりたくないんで、こっちからしつこく訊いたりはしなかったですね」と児島。

つまり、そこまでの〝友人〟だったというわけだ。もし親友であれば、もっと踏み込んで引き止めただろう。

それ以上は、事件に関わりそうな情報は得られず、礼代わりに好きな料理を注文してもらい、代金を支払って店を出た。

せっかく新宿まで出たので、こちらで昼食を済ませることにした。宮下から言い出したわけではなく、真壁が水を向けてくれた。もちろん反対はしない。

「その『ヤバいバイト』の中身が気になりますね」

鉄板の上でジブジブと音を立てている、熟成アンガス牛のハンバーグ三百グラムにナイフを入れながら、宮下はその話題に触れた。

「やっぱり、例のやつでしょうか」

大学生が手を出す「手っ取り早く稼げる、ヤバいバイト」といえば、真っ先に「特殊詐欺」が浮かぶ。報道されない日はないほどの社会問題になっているが、それでも普通の学生や若者がSNSなどで勧誘されて深みにはまるケースが後を絶たない。その理由はいくつかあるだろうが、「若者はニュースなんて見ないから」と断言する犯罪学者もいる。

たしかに、特殊詐欺に加担すれば、運が良ければ短期間で多少まとまった金を手にすることができる。スクーターを買うぐらいはできるかもしれない。しかし、そう長くは続かない。なぜなら、彼らがやらされるのは『受け子』や『出し子』といった、いわば消耗品の役どころだからだ。グループでももっとも末端の、使い捨てのパーツだ。

「可能性はあるな」

真壁が注文したのはローストビーフ丼だ。ご飯を少なめにしたのは、お代わりが自由らしいので、宮下に分け与えなくて済むからだろう。学生街の飲食店は、大盛りやお代わりが無料の店が多く、宮下には好ましいエリアだ。

「でも、今朝の会議でその話は出なかったですね」

「もちろんさっきの話は聞いただろうし、そっちの線も当たっているはずだ。だが、裏を取るまでは出さないつもりだろう。ただでさえマスコミ受けしそうな事件なのに、『学生の闇バイト絡み』なんて漏れたら、えらい騒ぎになる。おまえさんも、得意げに『こんなの仕入れました』とか報告するなよ」

「了解です」

とりあえずそう答えたが、あまり納得はいっていない。

もちろん、自分たちが得たネタは機が熟して自分たちの手柄になることが確定してから報告する、というケースもなくはない。しかし、地下水脈に関するぬるい捜査といい、どこか意図的な〝的外れ〟という印象もなくはない。

「発端は闇バイトの仲間割れでしょうか」

真壁はうなずかず、首をやや傾げた。

「可能性がないとは言えないだろう。やつらはすぐに『家族ごと殺す』とか脅すからな。しかし、実際にはまずやらない。びびってるからじゃなく、金にならないからだ」

以前は、犯罪の手先を「バイト」と偽って募集にするにしても、「高額日当」だとか「運搬」などと言葉を濁していたが、ここ数年はずばり「闇の仕事」などと謳っているものもある。むしろそのほうが集まりがいいとも聞く。

だが、それと知りながら気軽に応募して一度でも手を染めると、二度と抜け出せなくなる仕組みになっている。仕切っているのは暴力団組員にしろ半グレと呼ばれる連中にしろ、犯罪のプロだ。二十代の若者などに太刀打ちできるはずがない。

応募してきた人間に、最初はもちろん優しく気さくな口調で説明する。「どんな仕事が希望？いろいろありますよ」といった具合だ。説明する内容はずばり特殊詐欺や強盗なのだが、聞いているとそれこそスーパーで品出しするぐらいの印象になる。

応募者が興味を示すと話は先へ進み、まず最初に免許証や学生証などと一緒に〝自撮り〟した写真を送らせる。家の外観を要求される場合もある。日頃から〝自撮り〟写真をそこらじゅうにアップしたり送ったりしている世代には、あまり抵抗感がないようだ。それに、履歴書を書いたりフォームに入力したりするよりはるかに簡単だし、カード番号や暗証番号を教えるわけでもない。

そんなふうに気軽に考えて送ってしまったらおしまいだ。そう、まさに「人生終わった」状態になるといっても大げさではない。あとは、どこまでも泥沼の深みにはまっていくだけだ。
それでも、いきなり「言うとおりにしないと殺すぞ」などとすごんだりはしない。コインロッカーから別のコインロッカーへ封筒を運ぶといった〝簡単な〟仕事をさせる。そして三万円ほどの報酬を渡す。

その上で「あれは、年寄りからだまし取った金だ。犯罪の片棒をかついだんだから、もう抜けられないよ」とはじめて脅す。そして客先へカードや現金を受け取りに行く『受け子』や、だまし取ったカードでATMから現金を引き出す『出し子』などをやらせる。

〝採用〟時には「即金」などというが、いつのまにか「月末払い」などに変わっている。すぐに金がもらえない上に、犯罪に手を染めたという弱み——本当は弱みではないのだが——を握られてしまったというプレッシャーから、次々に罪を重ねてゆく。これが犯罪のスパイラルだ。

しかも、この『受け子』や『出し子』は、リスクが高く逮捕される率が高い。下手をすると、最初の〝支払日〟が来る前に捕まる。極端な例では、十件近くの被害総額一千万円を超えるカード詐欺の『受け子』をやって逮捕起訴されたが、受け取った金は最初の三万円だけだったという例もある。

そして、特殊詐欺に対する処罰は厳しい。初犯でも実刑判決が下ることがめずらしくない。昨日までどこにでもいる若者だった人間が、いきなり刑務所に入るのだ。さらに、出所後も闇の暮らしが待っている。特殊詐欺にかかわったものは銀行のブラックリストに載り、以後口座を作ることができない。

そうなれば、正規のスマートフォンなど持てないし、きちんとした企業には就職できない。待っているのは犯罪の世界だ。

途中で、こういった事実に目が覚めたり、罪悪感に責めさいなまれたりして、若い層ほど、やめたくなるものが多い。しかし、「足を洗いたい」といえば「おまえも家族も殺す」と脅される。しかたなく続ける。そして抜け出せなくなる。抜け出せるのは、捕まったときだけだ。

「闇バイト」というのは、手を染めるほうにとっても「闇」なのだ。

しかし真壁が指摘したように、「殺すぞ」と脅しても実際に手下を殺すところまではあまりしない。慈悲(じひ)の心があるからではない。そんなことをしても金にならないからだ。

森川悠斗の手の込んだ殺し方とあまり重ならない印象だ。

「『殺さない』という抑止(よくし)の動機が、正義感や慈悲からでなくて、『金にならないから』というのであれば、裏を返せば『金になるならやる』ということになりませんか。まあ、逆もまた真ならずとはいいますが」

「さっきも言ったが、一課の連中もあの話は聞いてるだろうから、糸口があるならすでに食いついただろうな」

「ますます自分たちの出番はなさそうですね」

その後、森川悠斗が暴行を受けるに至った経緯や、水につかっていた場合の死体の傷みの進行などについて、宮下は推理を述べた。しばらく無言でローストビーフを咀嚼(そしゃく)していた真壁が、ようやく口を開いた。

「いつも言うが、そんな話をしながら飯を食って、美味（うま）いか？」

その後は、地球温暖化と海洋資源の枯渇に話題を変えた。

食事のあとは杉並に戻って、昨日の二人の男がうろついていた現場のあたりを、もう一度回ってみようということになった。

ＩＴ時代になって、捜査方法も変わった。本庁のＳＳＢＣによる、監視カメラ追跡に代表される早期検挙などはその代表例だ。しかし、緊急配備（キンパイ）の対象にもなった、ジーンズ以外黒ずくめの不審な男はまだみつかっていない。その存在も気になる。時代は変わっても「現場百回」はまだ生きていると考える、現場の人間は多い。宮下も、そしておそらく真壁もその一人だ。

埃まみれのマークＸに乗り込む。今日はやや曇天とはいえ、車内はサウナのようになっている。温暖化のことはしばらく目をつぶって、そびえ立つ都庁ビルを眺めながら、アイドリングのままエアコンをフル稼働させる。警官といえど人間だ。

汗が引くのを待つうちに、真壁と宮下のＰＳＤ型通信端末に同時に着信があった。一斉配信だ。事件に進展があったのだろう。さっそく開いて読む。

予感は当たった。それも嫌な方向で当たった。第二、第三の死体が出たという。場所は――。

「やはり神田川か。今度はもう少し下流ですね。中野（なかの）区本町（ほんちょう）――だとすると所轄が変わりますね」

「どうするつもりだ」

真壁が気にする意味はすぐにわかった。

中野区本町が現場なら、おそらく中野弥生（やよい）署の管轄（かんかつ）になる。

　しかし、森川悠斗事件の現場とあまりに近い。詳細は何もわからないが「同じ川でみつかった」というだけでも、かなりの同一性を感じる。

　日本の警察は発生現場主義だから、原理原則からすればとなり合った所轄に捜査本部が立つことになる。そして互いに競わせる、という論理も成り立つ。しかし、それでは非効率だ。双方の事件を合わせた捜査本部が立つ可能性が考えられる。その場合は、原則として本庁――警視庁内部に「特別捜査本部」が置かれ、副総監なり刑事部長が本部長を務める。

　しかし、事件の性質を考慮して実質上の本部、というより前線基地が、所轄に置かれることもまれにある。今回は、二か所の現場があまりに近いので、そうなる予感がする。

　仮にその場合、和泉署と弥生署とどちらが主導権を持つのか。

　一般の人は知らないというより、意識したことはないだろうが、警察署にも〝規模〟や〝格〟の差がある。その視点からいえば、和泉署も弥生署もほぼ同格だ。被害者二人か、最初の被害者か。

　和泉署には、昨日までに五日分の捜査の蓄積がある。宮下は、和泉署がそのまま特別捜査本部に格上げになるのではないかと思った。

　そんなことを宮下がやきもきしても始まらない。ひとまず森川悠斗事件の捜査本部が設置されている、和泉署へ戻った。

15

　和泉署の大会議室には、総員のうち三分の一ほどが集まっていた。

　招集はかかっていないし、先ほどの通知はよその管轄の案件だが、森川事件と無関係とは思えない。捜査の現場が署に近いこともあって、近場にいた捜査員が、命令はなかったが情報収集のため一旦戻ったというところだろうか。

　真の顔がどうであれ、岩間係長はそのあたりのことに目くじらを立てない雰囲気がある。

「ちょっといいか」

　その岩間係長が声を上げた。地声が大きいので、この程度の空間であればマイクはいらない。

「会議の予定はなかったが、いちいち訊かれるのも面倒なので、ここで説明する。もう少し詳しい情報はあとで一斉配信されると思うが、どうせ読みもしないで『どうですかどうですか』と訊いてくるんだろう」

　いくつか笑いが起きる。

「細かいことはまだ流れてきていない。二つの死体が出た。発見は午前十一時、中野区本町五丁目付近の神田川だ。通行人が川を見下ろして見つけた。もう少し上流ならこちらの管轄だった。それはともかく、一人は性別女、もう一人は性別男。どちらもその他の情報、推定年齢や死因などは一切不明。ただ、着衣あり、やはり顔に殴打痕があるそうだ。同一犯とみるべきだろうな」

早速、質問が飛ぶ。

「また、下水だか地下水路だかから流れ出したんですか」

「知らん」

「それぞれ本部が立ちますか？　それとも本庁あずかりになりますか」

まさに、ここへ来る途中宮下が考えていたことだ。現場の人間なら、気にならないといえば嘘になる。

「今は知らん。とにかく、まだ何も伝わってきていない。というより、そんなことは捜査に関係ない。まだ証拠のひとつも出てないんだぞ。さっさと現場に戻って自分のヤマを追ってくれ。とにかく、今回は防犯カメラがまったく役に立たん。地取り、鑑どりしかない。住人は一人残らず、通行人も一人残らず、ガイシャの友人知人もすべてだ。話せそうだったら犬でも猫でも会ってこい」

今の捜査状況では、笑いは起きない。

「ちょっといいですか」

おそらく所轄の捜査員と思われる職員が挙手した。岩間係長が「もう終わりだと言っただろうが」という表情を隠さずに、あごをしゃくって先を促した。

「ガイシャ――森川悠斗は金回りがよかったという話がいくつか出ていますが、例の闇バイトがらみの線はどうですか？」

会議室にざわざわとした波が広がる。「今はそんな話をする時間じゃないだろ」という雰囲気だ。やはり、非公式には共有されていたのだ。この職員は捜査から外されるかもしれないと思った。

岩間係長の答えは予想どおりだった。

「その話は夜の会議でだ。いいから早く行け。万が一これが同一犯で、あっちが先に犯人(ホシ)を上げたらいい笑いものだぞ」

「はい」

捜査員たちが会議室を出ていった。

その流れに逆らって、真壁がするすると岩間に近づいていく。何ごとかと見守る。

「係長」

「どうした真壁」

捜査一課の係長だから、部署が違うとはいえ真壁とはまんざら知らない仲ではないはずだ。

扇子でパタパタとあおぎながら隣席の部下と話していた岩間係長が、その姿勢のまま「まだ何か用か」という顔を真壁に向けた。

「今組んでいる宮下のことですが」

いきなり名を出された。岩間がじろりと宮下を見る。あわてて「室内の敬礼」をした。

「例の〝お守(も)り〟のない日も、自分に預けていただけませんか」

「そんなことは、おれは知らん」

スピーカーを通したような大きな声が響く。周囲にいた人間が何事かとこちらを見る。まるで宮下が不始末でもしでかしたようだ。違うんです、と訳もなく否定したくなる。

「では、自由にしても？」と真壁が念を押す。

岩間警部は「いいか」と言って、パタンと閉じた扇子の先を、まず真壁に向け宮下にも向けた。

「そもそも、おまえは別ルートでここへ入り込んだ。そっちの若いのは、高円寺北署からもぐりこんだ。正規の応援要員じゃない。おれはそれでいい。おれにどうこうする権利はない。とにかく、ホシに関することをつかんでくれれば、それでいい」

このタイプは、これ以上しつこく切り返すと怒り出すだろう。

「了解しました。ありがとうございます」

真壁は礼式無視の適当な会釈をして、くるりと反転し、宮下を促して会議室を出た。

「ということだ。お墨付きをもらった」

「新しい現場に行くつもり……」

「来た」

真壁の携帯がブーブーと着信を告げている。真壁が、その画面を宮下に見せた。《学生》と表示されている。

「もしもし。――ああ、そうです。はい、もちろん知ってますよ。――ええ」

真壁は話しながら廊下を歩いて行く。

あの、ミドルネームを持つ女子学生と出会ってまだ二日目だし、行動をともにしたのはほんの数時間だ。その短い時間にずいぶんと驚き感心もしたが、一番すごいと思うのはこれだ。

もし自分が彼女の立場で、宮下と真壁どちらに連絡をしてもいいとなったら、まず間違いなく宮下に電話する。しかし、小牧未歩は、なんのこだわりもなく真壁に電話してくる。理由はシンプルだ。真壁がヒエラルキー的に上位にいるのはあきらかなので、真壁に話をつければ一度で済む、そう考えているのだ。

彼女を、外形的に評価すれば「可愛い女子大学院生」となるだろう。容姿も服の着こなしも、コンサバティブな雰囲気だからこそ、雑誌のモデルぐらいは務まりそうだ。しかし、人をすぐに見た目や雰囲気で評価するのは、悪い癖だ。いわば職業病だ。すくなくとも行動をともにする人物に対しては失礼だ。男女を問わず。

そう思ったが、すぐに「いやまてよ」と考えを変えた。彼女なら、その「オジサン的評価」すらも、撥（は）ね返すのではなく、うまく利用するのではないか。警察庁の伯父さんを動かしたみたいに――。

通話を終えた真壁が宮下を手招きした。人通りのないところで立ち話をする。

「先方は、尋常ならざる興味をお示しだ。いろいろ根回ししてくれるそうだ」

「根回しですか。それはつまり、お隣さんの縄張りに首を突っ込むと？」

「どうみても連続事件だろう」

「たしかにそうですが。ほんとに彼女が、根回しだとかそんなこと言ったんですか？　まさか、

「失礼しました。ではまいりましょう」

「ごたごた言うと、おまえ一人に押し付けるぞ」

真壁さんが……」

16

小牧と落ち合って、車で拾うことになった。

彼女の通う大学院の最寄りである市ヶ谷（いちがや）駅からなら、乗り継ぎなどを勘案して京王線が都合がいいのではと提案し、笹塚（ささづか）駅で待ち合わせた。

向こうが指定した午後四時ほぼ正確に、笹塚駅北口の細い商店街を抜けた甲州街道（こうしゅうかいどう）に、小牧は姿を見せた。

「昨日は、いろいろありがとうございました」

後部座席に乗り込みながら、礼を口にした。今日の運転は真壁だ。助手席に宮下が座る。

「――それと、迎えに来ていただいてすみません。現場まではタクシーで行くつもりだったのですが」

珍しく、宮下より真壁が先に答えた。

「いいんですよ。タクシー代わりに使ってください。カーナビは十年前のですが」

「ありがとうございます」

素直に礼を言う。嫌味と冗談のセットと気づいていないのか、あまりに素直なのか、もちろん両方の可能性もある。

少し走ったところで『F』のメンバーから情報が入った。本庁、一課所属の内勤だ。そこに表示された内容を見て、運転している真壁に声をかける。

「真壁さん。本部は所轄に残りそうですね。まだ非公式の情報ですけど」

うっかり口にしてから「しまった」と思い、真壁の横顔を見た。表情がまったく変わっていない。たしかに、現場の警官でもなければ、どこに本部が立とうとそんなことに興味はないだろう。ならばと、気にせず話す。

「そして、本庁からもうひとつ係が来るようです」

「そうか」

この決定が早かった理由が、宮下にも想像がついた。被害者も一気に三人に増えた。そして、これまでの進展を見ても、急転直下解決をみるとは思えない。新しい風が必要だ。

「係長は誰だと思います？」

「知らん」

「出張ってくるのは、四係になりそうです」

「蔦（つた）さんか！」

さすがの真壁も、今度は多少の動揺を見せた。

蔦警部は本庁捜査一課四係の係長だ。陰のあだ名はヤギ。痩せてにこりともしない土気色（つちけいろ）の顔は、どこか重大な疾患を抱えていそうな雰囲気だが、どんなに泊りが続いてもへこたれない。三日ぐらい徹夜が続いても、あくびひとつしないという噂だ。捜査に関する粘り強さは一課内でも屈指だといわれている。事実、いくつも大きな案件を解決している。

さらに特徴的なのは、その姿勢を部下に強要しないことだ。飯を食う暇があったらあと三軒回れだとか、何か摑むまでは日付が変わっても帰ってくるなとか、その手のことは一切言わない。優しいからではない。やる気のない人間にはっぱをかけても、しょせん役には立たない。そう割り切っている。ドライの極致なのだ。だからかえってみな死に物狂いになる。

だから蔦の率いる四係の犯人検挙率は、一課内でもトップクラスだ。

会うのは——口をきいてくれるかどうかはまた別の問題だが——奥多摩分署の事件のとき以来となる。そして、あのときの一件が片付いたら辞める決意でいた真壁を、もっとも強く引き留めたのは、ほかでもない蔦警部だった。

「あんなはみ出し者は辞めさせろ」の声が吹き荒れる中、「獲物を咥えてくる犬に、行儀は二の次だ」と言い放って矢面に立った。

恩人でもあり、煙たいどころではない存在でもある。天敵ともいえた久須部警部が去った今、警察において真壁が唯一心底苦手にしている相手だ。

「楽しみですね」

いつもの仕返しで真壁をからかった。

同時に、ルームミラーに片方の目だけ映っている小牧未歩の表情を盗み見た。まったく変化はない。もちろん、部外者にはこのやりとりの意味はわからない。

「またおまえさんのお友達の噂話か」

「はい。〝待ち〟の順からいって、そうなりそうだと」

「あのう、蔦さんて、蔦善秀さんですか？」

ミラーに映った小牧未歩は、前列のシートの間に、やや身を乗り出すようにしている。

「そうですが」

宮下は即答しながらも嫌な予感がした。蔦を「さんづけ」で呼ぶ人間はそう多くない。

「もしかして、ご存知なんですか」

「はい。一度お食事をご一緒させていただいたことがあります。オムライスがお好きなんですよね」

「初耳です。蔦警部はオムライスがお好きですか」

宮下が訊き返しながらミラー越しに視線を走らせると、小牧未歩はさっと肩をすくめて小さく舌を出した。

それは「いけね」という表情に見えた。まさかと思うが、蔦本人から「イメージが崩れるから」と口止めされたのだろうか。

蔦警部の話題はそれで終わった。どういう流れで知り合ったのか非常に気になるところだが、こちらからは訊きづらい。窓の外に目を向ける。道路が多少混みあっているようだ。

ＶＩＰを乗せているから気を遣ったのか、真壁にしては珍しく裏道を縫うような走りはせずに幹線道路を行く。事故や工事などではないようで、ゆっくり気味だが進んでいる。

かなり旧式のカーナビの画面をのぞき込んだ。最近の道路事情には即していないだろうが、およその位置や方角はわかる。車は都道四二〇号、いわゆる中野通りを北上している。

ほどなく、地下を走る丸ノ内線の上を越え、すぐに短い橋を渡った。意識していなければうっかり見落としそうな細い川だが、これが神田川だ。このあたりは、二度ほど捜査で来たことがある。涸れているときは、飛び越えられそうな川幅だが、昨夜遅くに強めの雨が降ったせいか、かなり水量が多い。だから死体が流れてきた、という見方もできる。

車が左に折れ、駅の北側を過ぎたあたりで気配が変わった。現場特有のあの雰囲気だ。どうやら、東京メトロ中野富士見町（ふじみちょう）駅のすぐ北側が死体発見現場のようだ。

真壁は無言のままいったん脇道に折れ、最初に見つけたコインパーキングに埃だらけのマークXを停めた。

「ここから歩きます」

宮下が小牧未歩に説明する。小牧はすなおに従う。

地下鉄の駅のすぐ近くとは思えないほど、ごく普通の住宅街の道を進むと、ふたたび人だかりが見えてきた。黄色い規制線と、そこに立つ制服警官、その外側に野次馬たち。

昨日の現場より見物人の数が多いのは、事件が〝新鮮〟なせいだけではないだろう。話題性も影響しているに違いない。ネットニュースの速報では、フライング気味に《連続殺人事件か！》と報じているものもある。

真壁と宮下が身分証を提示すると、制服警官は敬礼して応じた。いまこのあたりにいる捜査員は、所轄の弥生署の警官たちだろう。

小牧未歩を伴って規制線の中に入る。ここまでは問題ない。

初期の鑑識活動や検視官による検視も終わったらしく、刑事らしき男たちが話をしたり、川をのぞきこんだりしている。

「あと五十メートル上流だったら、和泉署管轄の可能性がありましたね」

宮下は、タブレット端末の地図アプリで現在位置を確認し、どちらへともなく声をかけた。

もう少し西、つまり上流へ行くと、川が区の境界線になっている。その場合、死体がどちら側の岸にあったかで管轄が変わる。北側なら和泉署のある杉並区、南側なら中野区の扱いだ。

しかしこの場所なら、ぎりぎりではあるが中野区だ。

現場へ来るまで、昼の十一時に見つかったということは、その直前に遺棄された可能性もあると思っていた。なぜなら、夜間や早朝に遺棄されたものなら、もっと早い時刻に発見されたはずだからだ。

しかしいま、この水かさが増えて滔々(とうとう)と流れる川面(かわも)を見ると、やはり水の勢いで短時間に流されてきた可能性が高そうだ。

密集している刑事や制服職員たちに、あまり近づき過ぎないようやや距離を置いて話し合う。

「永福町の、最初の現場近くから流れてきたかもしれない」

宮下のひとり言に小牧が答えた。

「距離にして約四キロありますが、昨夜の雨で水量も勢いも増して、ここまで一気に流れてきた可能性は否定できないかと思います」

ならばと、宮下は小牧に向かって質問する。

「この近くに地下の水路はありますか？」

小牧はうなずいて、器用に地図を開いた。

「ここに、わりと有名な暗渠の合流口があります」

指さすあたりを見て、周囲の風景と照合する。すぐそこの橋のたもと、さきほど人だかりがしていたあたりだ。橋の上からなら、川が広く見渡せる。

「しかし、発見現場よりも川下のようですね」

小牧がうなずく。

「やはり、もっと上流からこの川を流れてきたのだと思います」

「というと、死体の状況次第では、森川悠斗と同時期に遺棄された可能性もありますね」

小牧が、わが意を得たりという表情で「あり得ると思います」とうなずいた。

公式見解がどうなるかわからないが、これだけ近くて類似性もあれば、やはり森川悠斗事件と関連づけて考えないほうがおかしい。

「わたしたちも、もう少し近くで現場を見るわけにはいきませんか」

小牧が訴えかけるような目で、真壁と宮下を交互に見た。

「もう少し、待ちましょう」宮下が答える。「久しぶりに本部が立つ公算が大きいので、所轄の人たちは気が立っていると思います。むりに接触しても有益な情報が得られるか疑問です。それに、流れているところを発見されたのなら、発見場所にあまり意味はないと思います。上流を見に行ったほうが有益かもしれません」

「そうですね」小牧はすぐに納得した。

真壁を見ると、お好きにどうぞ、という顔をしている。揃って歩き出そうとしたとき、声をかけられた。

「おたくらか。物見遊山の三人組は」

宮下は振り返って声の主を見た。初めて見る顔だ。

真壁とほとんど変わらない身長で、体つきは真壁よりがっしりしている。頭を短く刈って、武闘派の雰囲気を隠そうとしない。宮下の苦手なタイプだ。おそらく弥生署の人間だろう。

「許可を得て、見せていただいています。お邪魔はしません」

摩擦を避けるため、常に真壁より先に答えなくてはならない。もしも真壁に応対させたら、三分ともたずにトラブル発生となる。真壁が宮下を呼び寄せた理由はそこにもあるだろう。

「新手の監察じゃないだろうな」

にやにやしながら加わったのは、四十代ほどの小柄な男だ。

ここでも、現場の人間に歓迎されないことはわかっていた。宮下は、真面目に反論すべきか冗談で済ませたほうがよいのか迷った。その短い逡巡をついて、小牧が答えた。

「もしも伯父のことをおっしゃっているなら、まったくご懸念にはおよびません。イレギュラーなお願いをしたのは承知しておりますし、『一切の邪魔はしない』という約束を伯父と交わしています。もちろん、見聞した具体的な内容については、伯父を含めてどこかに、あるいは誰かに報告するつもりはありません」

「靴の中に入った小石は、自分じゃ悪気（わるぎ）はないと思っているもんだけどね」

あとから加わった年配者は陰湿そうだ。

「捜査のおじゃまをしてはいけないので、失礼します」

宮下がそう答え、真壁と小牧を身振りでうながしなんとかその場を後にした。関係者と顔を合わせないように、少し遠回りの道を選んだほうがよいかもしれない。

「真壁さんがお怒りになるのではないかと、少しハラハラしました」

小牧が、あまりハラハラしたようすもなく感想を述べる。

「鈍感（どんかん）なだけです」真壁が前を見たまま答える。

「そして、ずっと感じていましたが、宮下さんは決して感情的にならないのですね。見習いたいです」

真壁がクスクスと笑う。

「なんですか」宮下が睨んだ。

「宮下巡査部長は、本当は本官の十倍は怒りっぽいであります」

真壁の答えに、宮下も小牧も小さく笑った。

川の上流、西へ向かうとすぐに規制線から外れた。

野次馬の姿はあまり多くないが、黄色いテープぎりぎりまでマスコミらしき取材陣が詰めかけている。大げさなアンテナを屋根に載せた中継車もいる。「連続殺人」の可能性に刺激されたのだろう。

杉並区に入ったようだ。つまり、弥生署の管轄外であり、現在遊軍として参加している和泉署の管轄になる。

大きな事件になるほど、地図上の多少の越境などあまり細かく言わなくなるが、やはり境界は意識しているらしい。杉並区側にちらほらといるのは、すでに見知った顔の和泉署の捜査員たちだ。

橋があったので、その中央付近に立った。広めの歩道には立ち止まっている見物人もいないので好都合だ。

このあたりは、川との境が低い塀になっていて、その上から川面が見下ろせる。

濁った水が勢いよく流れている。川面をじっと見つめていると、なんとなく水中にひきずりこまれそうな錯覚を抱く。

下流方向に目をやった。流れがカーブしていて、死体発見現場はぎりぎり見えない。川岸に立った野次馬がそろって同じ方向を見ているがすぐに諦めて去る。

次に、上流側に目を向ける。

護岸のためがちがちにコンクリートで固められた、これという特徴のない都市部の川の風景だ。川の両側に、流れに沿うように道が続いている。車二台がすれ違うのも苦労しそうな狭い道幅だ。工場の背面やマンションなどが並び、用のある人間しか通らないという印象を持った。

「人通りはあまりなさそうですが、だからかえって死体を投げ捨てたりすれば目立ちそうですね」

見通しがいいので、目撃される危険は大きい。ただ、深夜から未明にかけては、人通りもなくなりそうだ。だが、この場所で一台も防犯カメラに写らないのは至難のわざだろう。すでに分析に着手しているはずだ。今夜中にも、このあたりの川岸から投棄したのか、上流から流れてきたのかの判断がなされるはずだ。

宮下以外の二人もそれぞれに思いを巡らせているようで、自然に会話は減り、行きかう車の音しか聞こえない。

「久しぶり」

沈黙を破った声の主を見る。こんどは見知った顔だ。以前所属していた署で、同じ時期に勤務していた西原という刑事だ。たしか、今年で五十二歳のはずだ。髪の毛が歳相応に白く、やや薄くなっている。

「お久しぶりです」

挨拶して、二人を紹介しようとすると、西原が右手を上げて制した。

「真壁さんは存知上げてます。一度、応援に出たときにご挨拶しました」

真壁のほうでも、軽く会釈する。

「こちらのかたが、いま話題の小牧グレースさんですか」

西原が目を細めて、小牧を見る。ただ、さっき悪態をついた刑事に比べれば、悪意も好色的な好奇心もほとんど問題のないレベルだ。

「話題なんですか？」

小牧が当惑したように訊き返す。

「そりゃあ警察庁の、それも長官官房審議官のお身内のかたが臨場されると聞けば、下々の者は身だしなみを整えるぐらいはします。まして、刑事系の部署は男所帯ですからね」

嫌味な口調ではなかったが、小牧は「すみません」と頭を下げた。

「ご迷惑をおかけするのではないかと迷ったのですが、またしても川に流れ出た遺体と聞いて、どうしてもニュース報道以外のことを知りたくなってしまって、我儘を言ってしまいました」

西原は再び右手を上げ、まあまあ、と答えた。

「むこうでウチのやつらに絡まれてるのを見ましたが、よけいにややこしくなるから口は挟みませんでした。そんなに悪気はないから許してやってください。久しぶりに本部が立ちそうなんでピリピリしてるんですわ」

「仮に立った場合、本庁のどこが来るか聞いてますか」

宮下の問いに、西原は軽い口調で答えた。

「さっき、うちの課長が『四係らしい』とか言って苦い顔をしてましたな」

真壁と目が合う。その仏頂面を見て笑みがわいた。西原も〝ヤギ〟こと蔦警部の噂は知っているらしく、苦笑している。

「わたしはあんまりスパルタ式は好かんのですけど」

「スパルタというのともちょっと違います。部下に強制はしませんから。そういう雰囲気に持っていくんです」

余計苦手だなどとぼやく西原に、差しさわりのない範囲で、今わかっていることを教えてくれないかと頼んだ。

そのとき、前後に買い物の成果を山積みした女性が乗った自転車が通り過ぎた。それを機に、四人とも橋からはずれて脇の道に入る。西原が口を開く。

「今のところ、ほんの概要しか自分らにも知らされてないです。すでにご存知かと思いますが、被害者は男女、どちらも成人で、二十代後半から四十代あたり、どちらも着衣にこれという特徴はなし。ただ、けっこう腐敗が進んでるようです。現場での検視では、一週間ほど水につかっていたのではないかという見たてと聞きました」

めずらしく、真壁が質問した。

「和泉署の事件と類似性があると思いますか」

「今はまだなんとも」

今日の昼前に見つかったばかりで、まだ解剖も済んでいない。あまりあれこれ訊いてみても、そう答えるしかないだろう。

そろそろ持ち場に戻るという西原と別れて、三人でさらに川上方面へ歩く。ややや水量が増しているとはいえ、穏やかな流れの川面を眺める。ここを男女の死体が、まるで流木のように流れてきたのだろうか。

だれも知らない暗黒の地下空間に大量の死体の山があり、すぐそばを流れる冷たい地下水脈に一つまた一つとこぼれ落ち、はるかに流れ下ってぽっかりと明るい地上の川に浮く。そんな光景を想像してしまった。

森川悠斗の殺人死体遺棄が、現状の見込みどおりだとすれば、死後すでに一週間ほど経つことになる。もしも、今回の男女が、最初の森川悠斗と同時期に殺されたのだとしたら、そして直後に遺棄されたのだとしたら、この暑さだ、相当腐敗は進んでいるだろう。

宮下は、第一の被害者、森川悠斗のことを話題にした。

「ここでわかっていることを整理しましょう」

小牧ははっきりと、真壁はあいまいにうなずいた。

「当日、被害者森川は、杉並区成田東（なりたひがし）の自宅から出かける際、顔を合わせた母親に『アルバイトに行くのか』と訊かれて『そうだ』と答えている。その予定であったことは、すでに本部の連中がアルバイト先であるコンビニ店の店長などから裏を取っている。

しかし被害者は出勤しなかった。連絡もなかった。これまでも突然休むことはあったが、少なくとも事前に電話連絡はあった。仕事仲間や客とのトラブルがあった事実は確認されていない。以上が、アルバイト先での聞き取り結果などから判明した概要です」

「聞き取り対象は複数でしょうか」小牧が問う。

「もちろん、店長以下、複数の従業員から聞き取りしています」

昨夜の会議で得た情報を小牧に説明する。

被害者は、これまで週に一、二回、一回につき三時間程度の短めのシフトで入っている。可能な限り店に出て、少しでも多く稼ごうとしていた気配は感じられない。

店まで徒歩では少し遠い。通勤の足として使っていたのが原付のバイクで、これは親の援助なく自力で買った。このバイクは事件後、自宅マンションの駐輪場に停めたままであることが確認されている。また、マンション駐輪場及び周囲の防犯カメラの分析から、被害者は徒歩で出かけ、そのまま帰らなかったことが判明している。

宮下は自分の意見を付け加える。

「なんらかの理由で、親に『バイトに行く』と嘘をつく可能性はあると思います。しかし、バイト先には『休みます』と連絡を入れるだけでいい。無断欠勤のほうがあとあとやりづらくなる。なぜ連絡しなかったのか」

宮下の発言に、小牧が応じる。

「出かける直前に誰かから連絡がきた可能性がありますね」

「つまり、しなかったのではなく、できなかった」

被害者のスマートフォンは見つかっていない。電源も入っていない。通信会社に履歴をあたっているようだが、これは分析に意外に時間がかかる。まして、メールやメッセージならともかく、電話ではその内容は残らない。

昨日、森下のサークル仲間から聞いた「ヤバいバイト」の件は説明しない。小牧はおそらく何かを隠しているし、それならば、なおさらこちらは手の内を明かす義務はない。

宮下と小牧のやりとりを、少し先に立って歩く真壁は聞いているのかいないのか、周囲をぼんやりと眺めている。宮下が続ける。

「ただ、自分たちは厳密には部外者なので、もしかするとコアな情報は伏せられているかもしれません」

先を行く真壁が立ち止まった。話し込んでいた宮下と小牧も止まる。

「二つに分かれてる」

川を見下ろして、真壁がつぶやいた。道路と川の境界のコンクリート製の塀はまだ続いていて、このあたりに来るとその高さがけっこうある。子供が乗り越えぬようにとの配慮だろうか。宮下はどうにか見えるが、身長が百六十センチ前後と思われる小牧では、川面まで見下ろせるかどうか、というほどの高さだ。

その小牧が背伸びしながら確認する。

「合流点ですね」

宮下がタブレットの地図で確認しようとすると、先に小牧が説明した。

「上流に向かって右側が善福寺川（ぜんぷくじがわ）、左が神田川です。このあたりでは、どちらかといえば善福寺川のほうが水量が多いかもしれませんが、合流後は神田川の名前になります」

「そんなこともゼミで？」

「いえ、趣味です」

風景写真を撮るのが趣味です、というような口調だ。

「とすると」真壁はまだ川を眺めたままだ。「仏さんはそのゼンコウジ川から流れてきた可能性もあるわけだ」

「善福寺川です。善悪の善、幸福の福、寺に川です。わたしもここへ来るまでは、もし開渠——えっと説明しましたっけ? 地表を流れる川です。その〝普通〟の川から流れてきたのだとしたら、そして最近遺棄されたのであれば、善福寺川の可能性もあると思っていました」

「根拠は？」真壁が冷やかす風でもなくごく普通に問う。

「今も言いましたが、そちらのほうが水量が多いことと、先日の神田川の事件現場近くには警察関係者が多いので、夜間であっても遺棄しづらいと思うからです」

「それで、現場を見てご意見は？」

宮下が、問いかけるようにひとりごとを口にした。

「遺体の腐敗が進んでいるというお話でしたので、やはり神田川を流れてきたのではないでしょうか。先ほど宮下さんがおっしゃったように、被害者森川さんが捨てられた近くから。ひょっとすると時期も同じかもしれません。——ぜひ、遺棄地点を特定したいですね。それを解明することが犯人を突き止める最短距離だと思います」

「本当にご存知ないですか」

そう喉まで出かかったが、口をついて出たのはまったく別の言葉だった。

「ところでこのあと、どこかへ寄りますか？」

小牧が、ぜひアルバイト先の話を聞きたいと答えた。

17

「ほかのかたにお話ししたのと同じ内容の繰り返しになりますけど」

長尾（ながお）という名の店長は、遠慮がちに口を開いた。

「もちろん、それで結構です」

宮下は笑みを浮かべて答えた。昼に会った三人の学生たちが、似たようなことを言っていたのを思い出したからだ。

真壁と小牧と三名で、最初の被害者、森川悠斗のアルバイト先だったコンビニエンスストア『スリーリンクス』永福四丁目店まで聞き込みに来た。森川は、連絡がとれなくなった日、この店にアルバイトに来る予定だった。

店長みずから店頭で作業していたので、こちらの身分を名乗り、用件を伝えた。幸い客の数も少なく、ではこちらへと、トイレ脇の通路を抜けて奥へ通された。狭い控室は四人も入ると窮屈（きゅうくつ）な感じだ。宮下は立ったままでいる。

ぎりぎりの人数で回しているのだろうが、長尾店長は迷惑そうな顔もせず、むしろ話が蒸し返しになることを恐縮している。今日の聞き取り対象は優等生が続く。

しかし刑事としての本音をいえば、悪態をつかれてでも有益な情報を得るほうがいい。

「同じ話のつもりでも、繰り返すうちに『ああ、そういえば』と新しく思い出すことがめずらしくありませんから」

再度宮下が促すと、店長は森川の人となりなどを話し始めた。やはりもう何度か繰り返したからだろう、ときおり挟む質問にもほとんど淀みなく答える。

こうした聞き取りの目的が情報収集にあるのはもちろんだが、目の前の人物が事件にかかわっているかどうかの見極めもする。視線に落ち着きがなかったり、妙に饒舌だったりすると、〝グレー〟のリスト入りする。

完全にシロとまでは断言できないが、この店長はリストから外してよさそうだ。

店長の話によれば、森川悠斗は「ごく普通の」大学生という印象だった。普通に出勤してきて普通に勤務し、普通に帰っていく。作業内容はごく一般的なもので、レジや商品の補充などだという。

小牧が目で「わたしも質問していいか」と真壁に問い、真壁がどうぞという表情でうなずいた。

「『ごく普通の』というお話ですが、何かささいなことでも『おや』と思ったことはありませんでしたか？　たとえば、特定の宗教にすごく熱心だったとか、ときどき異様に興奮するとか、持ち物に高級ブランド品があったとか」

長尾店長は、そうですね、と考え込んでしまった。よほど記憶に残るような特徴はなかったらしい。少しの間をおいて、ようやく顔を上げた。

「風変わりと言っては失礼かもしれませんが、今どきの子にしては親切だったですね」

「親切？」宮下が訊き返す。「具体的にどんなふうに親切なのでしょう」

「たとえば、レジ袋が有料になってマイバッグが定着しました。お客様がご自分でバッグに詰めるとき、とくにお年寄りなどではこれに手間取ることがあります」

わかります、お年寄りだけでなく自分もそうです、と宮下がうなずく。

「そうすると、後ろに並んでいるお客様が舌打ちされたり、露骨に『遅せえな』とか口にされたりすることがあります。そんなとき、森川君は袋詰めを手伝ってあげたりしていましたね」

「手伝うのが普通ではないんですか？」

宮下の問いに、店長は苦笑しながら顔を左右に振った。

「うちの場合、本部からのマニュアルでは、原則としてマイバッグのお客様の袋詰めを手伝ってはいけないことになっています」

「どうしてでしょう。参考のため」

宮下が再度問うと、店長が苦笑した。

「理由は聞かされていないですけど、『ペットボトルでスイーツがつぶれた』とか『弁当の汁が出た』とか、クレームが続いたからだと思うんですよね。ただ、チェーンによって方針は違うようですが」

その方針の是非を今ここで問題にしてもしかたないが、これまで疑問だった、袋に詰めてもらえない理由がようやくわかった。気が利かなくてぼんやり立っているわけではなかったのだ。

「森川さんはそのマニュアルに違反して、袋詰めを手伝っていたんですね」

「はい。まあ、違反といえば違反ですが、わたしも注意したことはありません。それに……」

「失礼します」

店の制服を着た女性店員が入ってきて、予想しなかった大人数に驚いたような顔をした。

「ああ。はい、これでしょ」と言って、店長が机に載っていた伝票の束のようなものを手渡した。

「ありがとうございます」

胸に『水沢（みずさわ）』と名札を付けた女性店員が、出て行こうとするのを店長が呼び止めた。

「あ、水沢さん」

「はい」呼び止められて、やや緊張気味に振り返る。

「今、森川君のことを話していたんだけど、彼のことで何か覚えてることある？」

突然質問を受け、見知らぬ男女三名を含めた全員が自分を見ていることに気づき、水沢という店員は顔を真っ赤にさせた。

「あの、わたし、そんなに親しくはなかったので――」

店長が誘導的に訊いた。

「彼って、親切だったよね」

「えっ。――ああ、はい」

「ほらこの前さ、お婆さんがレジ前で小銭をばらまいちゃったとき、森川君、一緒になって拾ってあげてたじゃない」

「あ、はい」言葉数が少なく、しかもあいまいなのは、この世代の特徴だ。

「彼の悪い評判とか聞いてる？」

「あ、いえ」

あまり得るものはなさそうだと判断したのか、店長は「ごめんね、もういいよ」と解放した。

水沢は捜査員三人にちらりと視線を走らせて、会釈して出ていった。

「そんな感じですから、恨まれるとかはあまり考えられないですね」

宮下が質問を変える。

「森川さんのシフトは短めだったようですね」

長くて三時間だった。

「そうですね」と思い出しながらうなずく。「うちは慢性的に人手不足なので、もうちょっと入ってくれないかと頼んだことがあります」

「で、なんと？」

「何かほかにやりたいことがあるような口調でしたけど、はっきりは覚えていません。すみません」

「これはちょっと答えづらいかもしれませんが、ここ最近、暴力的な客がトラブルを起こしたようなことはありませんでしたか？」

　また少し考えて首を左右に振った。

「クレームがないといえば嘘になりますが、あんなひどいことをされるようなトラブルはなかったと思います」

　さらに、従業員どうしの揉(も)めごとなどがなかったことを確認して、店長への聞き取りは終わった。続けてほかの店員からも話を聞きたいという願いを、これも快諾してくれた。

「でも、今シフトに入っているのは、さっきの水沢君だけですけど」

「それでは、再度水沢さんをお願いできますか。手早くすませますので」

　先ほどの「ああ、はい」に少し引っかかった。

「わかりました」

　嫌な顔をすることもなく店長は出て行き、ほどなく水沢店員が戻ってきた。

「お忙しいところ、何度もお手間をとらせて申し訳ありません」

　代表して宮下が質問をする。森川について知っていることなどをひととおり簡単に訊いて、本題を切り出した。

「ところで、さきほど何か言い淀んだように感じたのですが」

「えっ」虚(きょ)を衝(つ)かれたような目で宮下を見て、ほかの二名も見て、少し困ったようにうつむいた。

「ここで聞いた話は決して口外しませんので、ご安心ください」

水沢店員が顔を上げて答えた。

「なんだか、悪口みたいになっちゃうんですけど――」

「森川さんの、ですか？」

はい、とうなずく。

「亡くなったかた、それも被害に遭われたかたの話題になると、みなさんその点を気にされるのですが、事件解決が何よりの供養になると思いますよ」

宮下の説得に、ようやく水沢が口を開いた。

「さっき、店長がお年寄りに優しいみたいに話していたんですけど、ちょっと違うところも見たので」

「違うところといいますと？」

真壁も小牧も、応対は宮下にまかせるつもりらしい。

「店長が言ったのとはべつのときに、やっぱりお婆さんがレジをすませたあと、お財布のお金を床にばらまいちゃったことがあるんです」

「自分もやります」

水沢の強張っていた顔にようやく笑みが浮いた。

「そのときも、森川さんはカウンターを出て、一緒に拾ってあげてました。それでお婆さんがお礼を言って店を出たんですが、森川さんはそのあとすぐトイレに行って、たぶん手を洗ってきたんだと思います。乾かすみたいに手を振りながら、『あのババア、触りやがった。普通に腐るだろ』って言って笑ったんです」

「腐る――。そんなことを言って、ほかのお客さんに聞かれませんでしたか？」

「ちょうどそのときは、ほかにお客さんがいなかったので」

「なるほど、裏表があるということですか」

「そのあと、そのお婆さんが戻ってきて『五百円玉が落ちていませんでしたか』って訊いたんです」

「でも、探したけど見つからなかった」

宮下の補足に水沢はうなずき「それと」と続けた。

「これって、ほんとに証拠とかないんですけど、前にロッカーからお金が盗まれたことがあって、バイトの女の子なんですけど、たぶん盗(と)ったの森川さんじゃないかって言ってました」

「そう思う理由は訊きましたか？」

「その子が言ったのは、出勤してロッカーにお財布の入ったバッグ入れて、レジに出たあとすぐに何か忘れ物を取りに戻ってバッグを開けようとしたら、ちゃんと閉めたはずのバッグのチャックが少し開いてて、まさかと思って財布を確認したら五千円札がなくなってたって。それで、そのときバックヤードらへんにいたのって、森川さんだけだったって」

「なるほど。――その、お金を盗られたというバイトの子から話を聞けますかね」

「もう辞めちゃいました」

残念のため息が漏れそうになるが、よくあることだ。宮下が質問を続ける。

「そのバイトの子は、盗まれたことを店長さんに相談したようでしたか？」

また少し迷って、話してもいいと判断したようだ。

「わたしのほかは誰にも言ってないって言ってました。証拠とかないし、森川さんて、かかわるとちょっと怖そうだったので」

「怖そうとはどんなふうに？——たとえば、暴力的とか」

「そういうのじゃなくて。なんていうか、家とか突き止められて、ＳＮＳとかにさらされそうな感じっていうか」

「現にそんなことをされた子はいましたか？」

「いえ。なんとなく雰囲気です」

「なるほど。よくわかりました」

そろそろ終わりにしようかと思ったが、まだなんとなくもじもじしている。

「ほかに何かありますか？　どんなことでも結構です」

「あの、ほんとに、わたしが言ったって秘密にしてもらえます？」

「もちろんです。絶対に口外しません」

口外しないのは名前だけで、内容によってはほかの聞き取り対象にそのままぶつける。

「あの、わたし、森川さんにバイトを誘われたことがあって——」

「バイト？　どんなバイトでしょう」

彼女が宮下に心を開いたらしい空気を、ほかの二人も読んだようで口を挟んでこない。

「なんていうか『もっと割のいいバイトしてみない』って。わたし最初、風俗かと思って、そういうのは無理ですって断りました。そしたら――」

「そしたら?」

「『そういうのじゃないよ』って笑いました。『電話をかけるだけだよ。それも、セールスとかじゃなくて、アンケートみたいなものなんだ。アンケートを装ったセールでもなくて、ほんとに訊くだけ。家族構成とか、年金で生活は苦しくないですか』とか、って」

「それで、やってみたんですか?」

水沢は小さくしかし急いで顔を左右に振った。

「やっぱりなんだか怖くて」

「怪しい感じだった?」

「はい。さっき言ったお婆さんのこととかもあったし、目がちょっと冷たい感じで」

「そのほかに気づいたことはありますか」

「そうですね。――そういえば、ロレックスの時計をしてました」

「ロレックス?」

つい声が大きくなってしまった。もし本物ならば、原付スクーターの比ではない。

「自分で買ったんでしょうか」

また顔を左右に振る。

「訊かなかったですけど、ぴかぴかの新品じゃなかった気がします」

「中古で買ったか、誰かにもらったか。——偽物(にせもの)かどうかはわからないですよね」

「はい。——あ、あのそれと」

「何でしょう」

「さっき言った『もっと割のいいバイト』ですけど——」

「それがなにか？」

「よく考えたら、たしかその翌日ぐらいに、『あの話、なかったことにして』って言われました」

「なかったことにして？　その理由を言ってましたか」

「いいえ。ただ『やっぱり普通にバイトするのがいいよ』って」

客が増えたらしく店長が呼びにきたので、礼を言って仕事に戻ってもらった。

念のために、辞めたという元アルバイト店員の名前と連絡先を店長に訊くと、手が空くまで待たされたが、嫌がるようすもなく教えてくれた。ただ、よほどでなければ連絡をするつもりはない。

「さて、どうしましょう」

店を出て、停めておいた車に戻りながら宮下が切り出す。時刻は五時半になろうとしている。

真壁がぼそっと言った。

「最初に言っておくが、晩飯にはまだ早すぎるぞ」

小牧が「チャンドラーですね」と言ったが、宮下には意味がわからなかった。あとで調べようと思った。

18

「有意義なお話を聞けましたね」

小牧がグラスの水を一気に半分ほど干して、いきなり事件のことに触れた。

『スリーリンクス』永福四丁目店で、被害者森川悠斗に関する情報を得たあと、目に留まったセルフ式のカフェに入った。宮下としては食事の店でもよかったのだが、真壁に先回りして釘を刺された。

「まずは飯抜きで語ろうか」

真壁と小牧がアイスコーヒーを、宮下は小牧に笑われながらタピオカミルクティーを注文した。なんだか三人集まると必ずカフェに入るなと思ったが、こう暑くては、しかたないだろう。

三人それぞれストローを差し、吸い上げる。渇いた喉に冷たい飲料が心地いい。あらためて宮下が会話の口火を切る。

「『普通にバイトするのがいいよ』という発言は少し気になりますが、今の若者は何にでも『普通に』をつけるから、真意は読めないですね。たいした意味はないかもしれません」

「たしかに『普通に感動した』とか普通に言いますね。――宮下さんは、被害者はいわゆる『闇バイト』に手を出していたと思いますか」

タピオカを飲み下して、宮下が答える。

「得ていた収入のわりに金回りがよさそうです。さすがにロレックスは真贋（しんがん）も含めてちょっと別扱いとしても、スクーターは正規に購入しているようですから。それと、水沢という店員にもちかけたのは『かけ子』っぽいですね」

真壁に目顔で了解を取ってから、三人の学生から聞いた「ヤバいバイト」のことを、かいつまんで説明した。小牧は興味深げな表情で聞いていたが、あまり驚いた様子はなかった。

「だとすると、宮下さんがおっしゃったみたいに、単なる口癖だったのかもしれませんが、あえて『普通にバイトするのがいい』と言ったということは、『普通じゃないバイト』をしていた可能性がありますね。水沢さんを気遣ったというより、自分自身に吐いた。たとえば、仲間割れとか、恨みを買ったとか」

「充分考えられます。ただ、自分たちが昨日や今日得た情報は、捜査員たちはとっくに知っていたはずだといえます。そちらの方向に手掛かりがあるなら、すでに摑んでいる可能性が高いです。教えてはくれませんでしたが」

「それはつまり、わたしたちが正規の捜査メンバーではないからでしょうか?」

腹を立てたようすもなく、単に確認というい う口調だ。

珍しく真壁が先に、しかも苦笑しながら答えた。

「それは大きいと思います。大変失礼ながら、伯父上はともかく、小牧さんは完全に部外者です。これまでは、かなり太っ腹に情報を与えてもらえたと、自分はむしろ驚いています」

真剣な表情で耳を傾ける小牧に、宮下が補足した。

「捜査員に緘口令(かんこうれい)をしいてさえ情報は漏れます。ましてこれだけの騒ぎになると、特に新聞系の記者のねばりはすごい。ついぽろっと『特殊詐欺か』などと漏らさないとも限らない。仮に特殊詐欺がからんでいれば、わざと間違った捜査をしているように見せかけて、核心に迫ることもある。だからやむを得ないのです」

小牧は素直に「わかりました」とうなずいた。

「小牧さんが何か気づいたことはありますか」

宮下が話を振った。小牧は、はい、と答え、少し考えてから話し始めた。

「じつは、アルバイト先のコンビニに行く前から、感じていたことがありました」

「感じていたこと？」

「気になったのは、店の立地です。被害者が両親と暮らしていたマンションは、ＪＲ阿佐ケ谷(あさがや)駅からほぼ真南に二キロ弱あります。最寄りのバス停まで少し距離がありますし、便もそれほど多くなさそうです。だからそれ以前は自転車を、バイク購入後は駅までの往復にも使っていたのだと思います。ちなみに、今は夏休み中ですが、通学定期は京王井の頭線の永福町駅から京王新宿駅まででしたね」

「はい。裏がとれています」

宮下はそう答えながら、この人は面白い、と思った。コンビニの位置は、まさに宮下が気になった点であり、真壁も同様ではないだろうか。しかし、余計な口を挟まず、続きを聞く。

「彼はどうしてそんなルートを選んだのでしょう。森川家から南に位置する井の頭線方面には、ほとんどバス便はありません。わたしも何度かアルバイトをしましたが、仕事場は、なにか特段の事情がなければ、学校の近くか、自宅の近くか、通学経路の途中で選びます。仮に同じ『スリーリンクス』の系列だけでも、その条件に合う店が少なくとも四軒あります」

やはり素人にしておくには惜しいと思いつつ、あえて反論する。

「単に、採用を断られたからでは？」

こういう場合はディベート式に話を繋ぐと新発見があったりする。

「可能性はあります。しかし、求人サイトで検索してみたところ、その四店とも募集していました。さきほどの店長もこぼしていましたが、今はどこも人手不足だと思います。ただ、たまたまそのとき断られた可能性はあります」

「なぜ森川さんは、通学経路でもない、したがって定期もない、バス便も不便な、つまり普通の感覚からすると方向違いの店を選んだと思いますか」

「方向違いとばかりはいえないんじゃないか」珍しく真壁が口を挟んだ。「そのルートだって時間にそれほど差はないし、定期代にしろ単発にしろ、電車賃は安く済む。節約していたのかもしれない」

小牧が、虚を衝かれたという顔をしている。その事実に驚いているのではなく、真壁も同じことに疑問を抱き、すでに調べてある点についてだろう。言い回しに気を遣いながら反論する。

「たしかに『駅から駅』のルートだけで考えればそれもありですが、京王線の新宿駅は、いってみれば西口の真ん中あたりです。森川さんの通っていた大学は同じ西口でも、都庁よりさらに北にあります。圧倒的に丸ノ内線の西新宿のほうが便利で近いんです。定期代は親に出してもらっていたようですし、たまにならありかもしれませんが、通学とアルバイトという日常的な組み合わせとしては不自然だと思います」

小牧の意見に、真壁は再反論しない。もちろん、同様の結論に至ったのだろう。

「では、小牧さんは被害者があの店を選んだことに、どんな理由があるとお考えですか？」

「わかりません」とあっさり首を振った。そしてすぐに続ける。「ただ、ひとつ気になったことは、あの店はほかの二店に比べて繁華街や駅のすぐ近くではなく、住宅街の一角にあります。それも、わりと古くからある住宅街で〝高級〟とまではいいませんが、そこそこに裕福なお宅もあります。そして開発売り出し当初からお住まいの住人が多い」

「なるほど」

宮下は声に出してうなずいたが、真壁は何も言わずに、グラスに残ったアイスコーヒーをズルズルとすすっている。これは興味を失ったのではなく、むしろその逆だ。

古くてそこそこ裕福な住宅街にある共通点。それはたとえば、独居もしくは夫婦二人暮らしの家が多い、世代的に「タンス預金」を貯めている、外壁などのリフォームはしても防犯的には数十年遅れた構造になっている、「警戒」はするが積極的な「セキュリティ」という意識は低い、などだ。

犯罪者からすれば、こういった住宅街は高級食用魚の養殖場だ。糸を垂らせばすぐに釣れるし、網で掬（すく）えば大漁もある。

小牧が続ける。

「そして、あの水沢さんの証言が気になります。『いい人だが裏表があった』という点が」

宮下が引き取る。

「そして〝新品ではない〟ロレックス。二、三万も出せば、ぱっと見にはわからないような偽物が手に入ります。だから偽物の可能性も否定はできません。しかし、今の大学生がわざわざ中古に見えるロレックスの偽物をつけるでしょうか」

質問式の結びになったが、誰に対してというより、自問のつもりだった。小牧がそれに答えた。

「だからこそ本物だった。買ったのではなく人に貰った。あるいは――。あるいは、どこかで盗んだ」

19

夕刻、小牧と別れたあと、宮下と真壁は和泉署へ寄り、夜の捜査会議に顔を出した。

冒頭、管理官が熱の入った発言をした。

「諸君もすでに承知と思うが、本件現場からわずか数キロの、同じ水系に死体が出た。しかも男女の二体だ。これはあきらかに国家治安に対する、そして何より我々警察に対する挑戦である。一日も、いや一時間でも早く解決しなければならない——」

続けて、本来、第二第三の死体の案件については、中野弥生署の管轄となり、特別捜査本部を設置する場合は本庁内に設けるのが通例である。そして今回も名目上は本部を本庁内に置き、副総監が本部長となる。マスコミ対応、記者会見も本庁内で行う。

しかし、この和泉署が実質的な捜査本部になる。本部機能の移動の手間や、連絡時間のロスを鑑みた判断であり、諸君にはそれを肝に銘じて捜査活動に当たってもらいたい。

そんな趣旨の説明をした。

続けて、第二、第三の死体の特徴について説明があった。解剖前なので、現場での検視と監察医による検案までの情報に基づいたものだ。しかも、現時点での管轄は弥生署なので、こちらに入ってきている情報は少ない——。

一名は、性別女、推定年齢二十代後半から四十歳前後、もう一名は男性、推定年齢三十代から四十代半ば。

どちらも死因は不明。かなり腐敗が進んでいる。その状態からして、森川悠斗と同時期に死亡し、水中に遺棄された可能性がある。四肢や指に欠損はなく、若干の刺青を確認、詳細はわからず。着衣あり。所持品なし。そんなところだ。予断は禁物だが、まず同一犯とみるべきだろう。

そして最後にこう付け加えた。

「明日にも、本庁からもうひとつ係がやってきて、捜査に加わることになる」

会議を終えると、宮下はいつになく疲れていた。疲れた原因はひとつふたつではないし、いちいち列挙してみるのもばからしい。

真壁の顔を見ると、似たような心境であることがわかった。しかし「疲れましたね」などとは決して口にしない。真壁がもっとも嫌う会話だ。

「今日はここでお開きにしましょうか」

宮下が提案すると、真壁は「そうだな」と答えた。そしてそのまま別れた。疲労にも増して、宮下は近年にないほど空腹だったし、真壁は食欲がなさそうだった。

宮下は和泉署の近くに、大盛りが売りの洋食店をみつけてあった。すでに午後八時半だが、調べでは午後九時閉店となっている。小走りで店に寄った。

開いていた。チェーン店系ではない、昔ながらの夫婦や家族でやっているような店だ。ドアを引いて開けると、洋食店特有の匂いが漂ってきた。

「いらっしゃいませ」

七十歳は超えていそうな女性が、声をかけてきた。女将（おかみ）だろうか。

「いまからでも大丈夫ですか」

「お食事だけなら」

さっそく増量ハンバーグと大盛りライスを注文し、腹を満たした。会計を済ませるとき、午後九時を十分ほど過ぎていたが、嫌な顔もせず見送ってくれた。

それ以上は寄り道せず、マンションへ戻ることにした。

考えるのはもちろん、事件のことだ。

第二、第三の被害者については、あまりに情報が少ないので、あれこれ考えてみても意味がない。それよりも、あの二軒の空き家があった一角、とくに男たちがのぞいていた『今井』の家のことが気になっている。

得ている知識といえば、右隣の重村という高齢女性に聞いた、「以前は『今井』という高齢の女性が一人で住んでいた」「入浴中に心臓発作で亡くなった」「今は空き家になっているようだ」「葬式のころには人の出入りもあったが、それ以降は見かけた記憶がない」といった程度だ。

嘘をついている雰囲気はなかったが、証言に使えそうなほど信憑性もなさそうに感じた。

そして、家の裏手の小径はあきらかに暗渠の特徴を示していた。しかし、紙の地図でもネットで調べても、あのあたりに暗渠があるという明示はない。何かの理由で記録から消えたのだろう。そしてそれは、そうめずらしいことではないようだ。

いずれにせよ、あそこに地下の水脈があるのかどうか、あの鉄製の蓋を持ち上げてみればわかることだ。

あの怪しげな二人組も気になる。お仲間さんだろうということで、真壁と宮下の意見は一致した。だが、所轄はもちろん一課の刑事でもなさそうだ。近くではっきり見たわけではないが、真壁も知らない顔だと言っていた。

では、一体何ものなのか。

待ち合わせに遅れてきた小牧未歩の存在も気になる。上着についていた雑草の種は、あの《今井》という空き家で付いたものではないのか？　道路を歩いていただけなら、絶対とはいえないが、あんなものが付着する可能性は少ない。

それに「くしゃみ」だ。小牧が近くの席に座ったとたん、くしゃみを連発した。あの《今井》の家には、宮下が苦手にしているブタクサの黄色い花がたくさん咲いていた。

小牧の人的背景を考えると、あの二人は警察庁の関係者なのだろうか。そして、理由はわからないがあの今井家で密会していた？　まさか〝お守り〟役がもう一組いたということか。というよりも、あちらが本物ではないのか。

そんなあれこれを考えると気になってしかたがない。もう少し調べてみたくなった。死体がさらに二つ増えたことで、捜査方針が動くことは間違いない。

その点に関して、真壁ともう少し突っ込んだ話をしたいが、その前にいくつか調べておきたいことがある。

真壁と別れた時刻には、当然ながら役所の通常窓口は閉まっていた。したがって、住民票関係はまだ調べることができていないが、制限時間内だったので、法務局のホームページから「登記情報提供サービス」にアクセスした。そして、今井家の登記簿情報の閲覧はできた。

現在の所有権は、宮内當子（みやうちとうこ）という人物になっている。現住所は静岡県掛川市で、今井家との関係は不明だ。

要するにわからないことだらけだ。完全に秘匿されているわけではないのに、ぼんやりと霧につつまれたような印象だ。


《今井》と表札のかかった家がある一角に差し掛かった。部屋でじっとしていることに耐えられず、出てきてしまった。時刻は午後の十一時近い。

一か所に佇(たたず)んでいたり、きょろきょろしていては怪しまれる。通報などされて職務質問を受けたりすれば、あとがいろいろと面倒だ。なるべく目立たぬよう、ただの通りすがりという設定に決めた。

決めたのはいいが、と内心苦笑する。どんなに装ってみても、こんな時刻にこのあたりをうろうろしていれば、自分が警官なら職務質問するだろう。

昨日と同じ場所で立ち止まり、角からそっとのぞく。あの二人組を含め、怪しげな人影は見当たらない。しかし警察がその気になれば、少し離れた民家の一室なりガレージなりを借りて、望遠鏡で監視するぐらいのことはする。

もしも見つかったら見つかったときだ、と腹をくくった。法に触れることをするわけではない。そう、法に触れることだけは避けようと決めた。清廉潔白(せいれんけっぱく)でいくのだ。

住宅街なのでぽつりぽつりと街灯はあるが、あたりは全体にうす暗い。

まずは今井家の正面に立った。建物にまったく灯(あか)りはついていない。人の気配もない。やはり無人のようだ。家全体が、夜の暗がりにひっそりと身をかがめているようにも感じる。左隣の田辺家も同じだ。

重村の話では田辺家には、割と最近まで人は住んでいたとのことだ。たしかに庭などはそれほど荒れた印象はない。

こうした区部の、それも中流以上の世帯が暮らした一帯でさえも、いまでは住人の高齢化と都心における過疎化という問題をかかえているところが少なくないらしい。だから、二軒続けて空き家でも珍しくないのかもしれない。住人が死亡したのち、相続人がいなかったり、逆に多すぎたり、あるいは行方がつかめなかったりなどの、さまざまな理由で「ほったらかし」になっている状態だ。田辺家の登記簿情報は調べていなかった。

もしかすると、田辺家もかかわりがあるのかもしれないが、今は今井家だ。

どうしてこの家が気になったのか——。

まずひとつ。未歩が老人を家まで送り届けてやって時間に遅れたという話だ。なんとなく作りものの臭いがする。作り話をするということは、何かを隠そうとしているということだ。

そしてもう一点。彼女が口にする「大学の修士論文の参考に見学に来た」という話も、あまり信じられなくなっている。あの熱意と暗渠や水路に関する知識は「大学院生の論文の参考」を超えている。あきらかに、今回の事件に焦点を当てて何かを調べている。

顔を上げ、ぐるりと周囲を見回した。どの家も、雨戸なりシャッターなりが閉じられて、暗い影になっている。二階の窓にはいくつか灯りも見えるが、カーテンの隙間から見張られている気配は感じない。やはり、住人に老人の比率が高いエリアなので、夜が早いのだろう。重村の家も、一階は雨戸が閉まっていてわからないが、二階の窓、おそらくカーテンの隙間から、常夜灯のようなオレンジ色の灯りが漏れて見えている。

いわゆる「現役世代」は、使い勝手のいいマンションか、ここから少し離れたあたりで再開発している、手ごろな広さの新築一戸建てに住まいそうだ。

見られていそうもないと思うと、庭に入りたい衝動が湧いた。以前、真壁にこんなときの「手」を聞かされたことがある。

「ハンカチを使うんだよ」

「ハンカチですか?」

「ハンカチを使おうと思ったら、風に乗って人の家の庭に入ることがある。回収させてもらうしかない。ピンポンやって、在宅していればいいが、留守のときはほかのものには触れないという条件で庭に入らせてもらう」

「しかし……」

「宮下君、刑法第三十七条の条文を覚えているかな」

「はい。──自己又は他人の生命、身体、自由又は財産に対する現在の危難を避けるため、やむを得ずにした行為は、これによって生じた害が避けようとした害の程度を超えなかった場合に限り、罰しない。ただし──」

そこまで答えたところで、反論を止めた。いわゆる「緊急避難」について定めた条文だ。からかわれたのだ。真壁ならそんなこざかしいことをせずに、ずかずか入り込んで行くだろう。

その手を使おうか――。

ポケットの中に手を入れかけたが、苦笑とともにその考えを振り払い、ゆっくりとその場を去った。清廉潔白で行くと決めたではないか。

ひとまず裏手に回ってみることにして、昨日と同じルートをたどる。重村家の前を過ぎ、更地の角を曲がる。家の裏側に回る。

あらためて眺めるが、今井家が建つブロックの裏側は、相当に狭い路地だ。交差する生活道路も細いが、こちらは人かせいぜい自転車ぐらいしか通行できないだろう。

もうひとつ特徴的なのは、前回も気づいたが、この狭い路地を挟んだ両側の家が、すべて“背”を向けていることだ。街灯はさらにまばらで、暗い物陰には魔物でも潜(ひそ)んでいそうな気配だ。

このあたりのように、まとまって開発された住宅街は、ほぼ同じ方向を向いて建っているのが一般的だ。つまり、庭の向こうは道路か道路を挟んで前の家の裏手、ということになる。この路地のように両側の家の裏側どうしが向き合っているのは、暗渠であることを示唆(しさ)している。

しかも、このコンクリートや鉄製の蓋は決定的だ。

つまり、この下には、かつて、あるいは今も、水路があったかあるに違いない。宮下が持っている暗渠の記載された地図には載っていないから、よほど古いか細いのかもしれない。

小牧はここを見にきたのではないか。そんな気がしてならない。

今井家の裏に立った。街灯から少し距離があって暗いが、ブロック塀に設けられた扉が相当に古そうなのが見てとれた。一応は金属製のようだ。

清廉潔白でいくのだ——。

足元に目を向けた。昨日、真壁とみつけた鉄の板——おそらくは暗渠の蓋がある。残念ながら今夜も道具がない。もちろん、試すことはしない。この静まり返った夜中に下手なことをすれば、通報されるような派手な音をたててしまうだろう。

地面に腹ばいになり、鉄の板に耳を当てた。熱帯夜だが、ひんやりとしていた。そして——。

「聞こえる」胸の内でつぶやいた。この下を水が流れる音が聞こえる。

この家の周辺が遺棄現場ではないかという思いがますます強くなった。

すぐに立ち上がり、静かに手の汚れを払いながら周囲を見回す。静まり返っている。不自然な光が窓から漏れてもいない。誰にも見られてはいないだろう。この下に水の流れがあることがわかれば、これ以上の危険を冒して蓋を開ける必要もない。

そしてまた、今井家を見る。

誘惑にあらがえなくなった。冷たいステンレス製のドアノブに手をかけると、思ったよりも軽く回り、扉は向こう側へ開いた。

あまりきょろきょろしても怪しまれる。足元に注意してすっと敷地に身を滑り込ませた。すばやく、しかし音を立てないよう慎重に扉を閉める。

建物の正面側、重村家との境あたりに電柱があり、そこからこれだけは真新しいＬＥＤの街灯がぶら下がっている。

「煌々と」というほど明るくはないが、敷石と草の区別はつく程度に灯りが差しこむ。コソ泥にはちょうどいい光量だなと、自虐的に笑う。

　手元を照らすため、ポケットから調光のできるペンライトを取り出し、もっとも暗いレベルで点けた。雑草の生い茂るあたりに向ける。

　やはりあった――。

　小牧のジャケットについていたものと同じ種だ。もちろん、ブタクサの花も咲き誇っている。やはりここに入ったのではないかという疑念が強まる。抗アレルギーの処方薬を、しっかり飲んできた。

　地面を照らした。わずかに、誰かが歩いたような痕跡があるが、明確ではない。あのあと大雨が降っているし、草の生命力は強い。すぐに元に戻ってしまった可能性はある。

　そして――。

　ここにも見つけた。丸い金属製の蓋だ。それも二枚ある。残念ながら、これはあの鉄の板以上に素手では無理そうだ。ペンライトで、蓋の周囲の雑草を照らし、顔を近づけて観察する。

最近、何か重たい物を載せて引きずったような痕跡がある。

　蓋の上からそっと手のひらを当てる。何か感じ取れないか。意識を手のひらに集中しようとしたとき、とんとんと二度、背中を叩かれた。

「ひっ」

あまりに突然で抑えきれず、かすかに声が漏れてしまった。

宮下は、すばやく前のめりのようにして立ち上がり、身を反転させた。すぐ背後に立っていた背の高い男は「しっ」と言わんばかりに、唇に人差し指を立てた。

「真壁さん」声には出さず、口だけを動かす。極度の緊張が弛緩した反動で、くしゃみが出そうになったが、どうにか堪えた。ただ、安堵の汗はどっと噴き出した。今の小さな悲鳴も、外には聞こえていないだろう。

真壁は小さくうなずいてから、「驚かせてすまない」という意味だろう、片手で軽く拝むような形を作った。唇はぴくりともさせない。

次に、まあ落ち着け、とでも言いたげに手のひらを軽く宮下に向けた。そして顔をわずかに持ち上げ、真っ黒な影のような今井家の建物を見、すぐに視線を足元の鉄製の蓋に落とした。宮下が人の気配にも気づかず夢中になっていた蓋だ。

おまえは何を探っているのか？　そう質している。

宮下はうなずき返し、再度しゃがんで、金属の蓋を指先で軽く突いた。次に手のひらでめくりあげるしぐさをする。「最近、開けた形跡があるようだ」という意味だ。通じたようで真壁がうなずく。

真壁がついて来いというふうに顔を振った。そのあとに従う。家の裏側の出入口、いわゆる勝手口のドアに近づく。真壁はすっと膝を折り、ドアノブに顔を近づける。何かの痕跡を調べようとしている。

宮下がペンライトを差し出すと、真壁は身振りでここを照らせと指示した。宮下は最小まで絞った光を鍵穴のあたりに当てる。

壊れやすい貴重品でも触るようにしていた真壁が、すっと立ち、身振りで「ここから出よう」と告げた。

助かった、と思った。くしゃみを堪えるのも限界になりつつあった。

真壁のあとに続き、入って来た裏の門から路地に出る。真壁が、またも身振りで「鍵は？」と訊いてきた。「かかっていなかった」とこれも身振りで返す。

真壁はうなずいたが、すぐに立ち去る気配はなく、その場に立って周囲を見回している。宮下が無言で足元の鉄の板を指さすと、真壁も視線を落とした。顔を上げた真壁に、手のひらの動きで「水が流れているようだ」という説明をすると、わかったらしくうなずき返した。そして「もう行こう」という身振りをした。

無言のまま、真壁と前後して歩を進める。

何が起きたのかいまだにまったく見当がつかないが、自分たちが歩いているこの下の地下水路を、死体が流れていった可能性があるのだ。そんな考えが浮かんだとたん、何かおぞましいものが頭部にへばりついたような気分になり、あわてて髪を手でなでまわした。振り返ると、真壁と目が合った。珍しくからかうこともなく、軽くうなずき返してきた。

ようやく、普通の生活道路に出た。位置的には田辺家の側面だ。

お世辞にも広いとはいえない生活道路だが、今の路地に比べれば比較にならない開放感がある。真壁が、少し離れた場所に車を停めてあるというので、そこまで並んで歩くことにする。

真壁のほうから小声で訊いてきた。

「さっきは、庭で何を熱心に見ていた?」

「庭のマンホールの蓋に開けた痕跡がないかという点です」

しかし、その話は長くなりそうなので、先に真壁に訊いた。

「それより、先ほどのドアに何か痕跡は見つかりましたか?」

真壁が調べていた勝手口のドアノブのことだ。真壁は小声で答える。

「あの明りじゃ断言はできないが、ピッキングしたような傷は見当たらなかった」

「ディンプル錠(じょう)のようでしたね。——っくしょん。あ、すみません」

とうとう、堪えていたくしゃみが出てしまった。とっさにハンカチを当てる。

真壁は気にするようすもなく、軽くうなずく。やはり宮下と同じく、あのドアに対して意外さを感じていたのかもしれない。

これもやはり、築年数が経っている老人世帯に多いのだが、いまだにディスクシリンダー錠を使っている家が少なくない。昭和の高度成長期の頃に、ごく普通に使われていたドア錠だ。ただ、あまりにピッキングしやすいというので、製造中止になった旧式モデルもある。現在は、リフォームしたり新しく建てた家では、ほぼ例外なく使われていない。

ただし、製造中止にはなっても、使用禁止ではない。いまだに使用している家も、もちろん数多く残っている。一時期、二つあれば安全度は二倍という風説が流れて、共通のキーで二つつけている家もあるが、忍び込む側からすればあまり意味はない。

ところが今井家では、勝手口もピッキングしたり合い鍵を作ることが事実上不可能といわれている、ディンプル錠に交換してあった。家全体の古さからすると少し不釣り合いな印象はある。

「正面玄関はノブでなくハンドルタイプだった」

「はい」

それは、昨日見て宮下も気づいていた。昔ながらの握って回転させる方式ではなく、ハンドルを手前に引くだけなので、力のない人間には向いている。ただ、勝手口はそこまでする必要がないと思ったのか、昔ながらの回転式ノブだ。それにしても――。

「ドアまわりだけ、最近のものですね」

「何かを警戒していたのかもしれない。そしてそれは具体的な誰かだったのか、漠然とした不安だったのか」

「鍵穴周囲に目立つ傷はないようだったが、しかし、つい最近家の中に誰かが入ったか、入ろうとしたようだ」

「えっ」

「ドアノブが綺麗（きれい）だった」

「ドアノブが――。あ、そうか」

夜の暗がりだからこそ、逆光を当てれば埃が浮かび上がる。それがなかったという意味だ。

指紋を残さないために、ノブを拭いたり握るときに手袋をはめれば、付着した汚れも落としてしまう。毎日使っているドアなら目立たないが、空き家のドアノブが綺麗なのは不自然だ。入ったか入ろうとした人物は、まさか、そんなことをチェックされるとは思わなかったのだろう。

「引き返しますか？」

意気込む宮下に、真壁が意外な返答をした。

「建物の中に入るのか？」

「場合によっては」

真壁が歩きだした。まずいことを言ったかと気になる。くっ、くっ、という音が聞こえてきた。どうやら笑いを堪えているようだ。

「何か」

「いや。勇ましくていい。ただ、入るのはもう少し手順を踏んでからにしよう」

深夜だというのに、どこからかカレーの匂いが漂ってきた。このところ、鼻炎気味で匂いに鈍感になっているが、それでもカレーの刺激臭ははっきりと感じる。しかも、和風だしのようだ。カレーうどんかもしれない。そう思った瞬間、胃がぐうと鳴った。真壁には聞かれずに済んだはずだ。

住宅街の中にある、小さなコインパーキングが見えてきた。真壁は車をそこに停めていた。精算機で手続きを済ませ、汚れほうだいのマークXに乗り込む。真壁がハンドルを握り、するするとパーキングから出した。最初に停まった信号で、真壁が訊いた。

「さっき、今井家の裏庭でおまえさんが熱心に見てた、あのマンホールの蓋みたいなのはなんだと思う？」

「マンホールの蓋だと思います」

真壁が宮下を見て、右の眉を上げた。

「やっぱり変わった」

信号が青に変わり、車はまた走り出す。

「すみません。冗談や皮肉を言ったつもりはありませんでした。マンホールとは、直訳したとおり人間用の穴です。つまり作業員が入るための穴は、すべて『マンホール』と呼べると思います」

「では、なんの作業用だ？　一戸建て民家の裏手の道路にもよくあんなのがあるが、庭にあるのは初めてみた。道路のものより一回り小さいし、ひとつじゃなかったな」

「はい。二個確認できました。中クラスが二つ。――あれはたぶん、個人宅用の浄化槽ではないかと考えます」

「個人宅用の？　おれは建築にも下水にも詳しくないが、それはどの家にもあるのか」

「いいえ、現在では、日本の都市部における下水道インフラは世界屈指といえるほど完備されていまして、たとえば東京の区部ではほとんど見なくなったと思います。――ただ、常識程度の知識しかありませんので、詳しくはわかりません」

「知ってる範囲で説明してくれ」

「はい。――現在、都市部では生活排水はダイレクトに下水管に流します。そのまま下水処理場へ流れていって、そこで処理水に変わります。さきほども言いましたが、世界に誇れるシステムです」

「そこはわかった」

「しかし、ここまで完備する以前、つまり簡単に言えば昭和や平成の初期のころは、自前の浄化槽で処理水に変えてから河川に流す決まりがあったようです。特にトイレの汚水ですね。清潔好きな日本人が、トイレの水洗化を早めたくて、各家庭や数軒ごとに、浄化槽を設けたようです。現在でも、地方や、あるいは都市部でも大型商業施設であったりすると、義務付けられているかもしれません。すみません、推定が多くて」

「じゃあ、あれは古いものが残っていたと？」

「このあたりではおそらく使われていないと思います。蓋もかなり古そうでしたし……」

「わかった。そこまででいい」単刀直入に訊く。あそこに死体を捨てたら、神田川に流れ着くか？」

「単刀直入に答えます。ノーです。あそこから落としても、死体のように大きなものは流れ出ません。そのための浄化槽ですから」

「そうか」と納得したようだ。

「遺棄地点の可能性としては、やはり裏の路地にあった鉄の板のほうが高いと思います。下から水の流れる音が聞えました。おそらくあれが暗渠の蓋だと思います。――ただ不思議なのは、庭のマンホールの蓋を、最近誰かが開けた痕跡があったことです」

「開けた痕跡？」

「はい。周囲の草がつぶれて、何か重いものを引きずったような跡がありました」

「どんな理由が考えられる？」

「もっともありそうなのは、死体遺棄現場と考えた誰かがすでに調べてみた」

真壁は「なるほどな」とうなずいたが、あまり納得していないようだった。

ほどなく、あまり車通りのなさそうなところで停止した。ハザードランプもつけず、エンジンも切ってしまった。

「死体遺棄の経路である可能性がないなら、浄化槽の話はもういい。それより、ひとつ訊きたいことがある」

「なんでしょう」

「おまえさんは、そもそもあの家のどこに興味を抱いた？　夜中に令状もなしに忍び込むほど」

どう答えるべきか、真剣に悩んだ。真壁には、嘘をついても通じない、言い終える前にばれている。このごろの真壁には、相手にそう思わせる威圧感のようなものすらある。あの頃と変わったのは真壁のほうだ。宮下は自分が抱いた違和感のことを、正直に簡潔（かんけつ）に説明した。小牧の言動は、大学院生の物見遊山には思えないこと、その彼女があの家の庭に入ったと推理したこと。

その理由を説明しようとしたところで、真壁は再び車をスタートさせた。進行方向に視線を向けたまま、明日のランチをどうしようというような口調で訊いた。

「おまえさん、鼻はきくか？」

「刑事としての勘という意味でしょうか」

真壁が、ふん、と小さく鼻先で笑った。

「そっちの性能はよくわかってる。おれが訊いたのは、本物の嗅覚のことだ」

「あ、ああ。匂いのことですね。——人並みだとは思うんですが、今、夏の花粉症でして。——っくしょん」

抑えていたのだが、話題にしたとたんにまたくしゃみが出た。

「そういえば、さっきもしてたな」

「はい。おそらくブタクサです。薬で抑えていますし、杉や檜みたいに遠くまで飛散しないので、ふだんはあまり出ません。しかし、今井家の庭にたくさん生えていて、入った瞬間からむずむずしはじめて——っくしょん」

真壁は、鼻で軽く笑ったが、すぐに真顔になった。

「昨日、あの帰国子女探偵が遅れて入ってきたとき、おまえさん、やたらとくしゃみしてたな」

「はい」

気づいていたのか。

「それがつまり、あの家に興味を持った理由か」

「自分はそう思います。小牧のジャケットについていた雑草の種も全く同じものがありました」

「そうか」と言って視線を宮下に戻した。

「おまえさん、カレーうどんの匂いはわかっても、ほかはだめか」

やはりカレーが気になったことは気づかれていた。

「あのぐらい強ければ感じます」

「おれは、幸い鼻炎はないし、昔から、人より多少匂いに敏感だ」

「はい」

真壁が、こんなふうにどうでもいいことを前置きに持ち出したときは、かならず驚くような結論が待っている。

「シャンプーなのか、リンスとかコンディショナーとかいうやつなのかわからないが、とにかく、髪を洗う時に使う化粧品の匂いがした。おそらく、女性用として売ってるやつだろう」

「今井家の庭で、ですか?」

「そうだ」

「申し訳ありません。気づきませんでした」

「かすかだったからな」

もしかすると、と思いながら問う。

「それに、どんな意味があると考えますか？」

信号待ちになった。真壁は前方を睨んだまま、小さくため息をついた。

「どんな意味があるかはわからない。しかし、おれは最近同じ匂いを嗅いだ。日頃あまり嗅いだことのない香りだ。外国製かもしれない」

「えっ、それはまさか――」

「あの帰国子女探偵からも、何度か同じ匂いがした」

「それはつまり――」

その先は口にするまでもない。カフェでは宮下も気づいたが、花粉に囲まれては無理だった。途中で言葉に詰まった宮下の顔を、真壁が見た。その目に感情は浮かんでいない。

「おれたちの嗅覚をむずむずさせるのは『そもそもあの女は本当のことを言ってるのか』という疑問だろう？　『全部が嘘の可能性もある』ってな」

たとえ犯罪に手を染める日が来ても、やはり真壁には追われたくない。

20

午前七時三十分、すでに外の樹では、やけくそのようにセミが鳴いている。

《神田川連続殺人・死体遺棄事件特別捜査本部》

一読では暗記できそうもないほど長い〝戒名（かいみょう）〟が、会議室の入口に掲示されている。すでに《殺人》の文字が入っているということは、事故死や自死の可能性が極めて低いと判断したからだろう。

宮下は、首筋の汗を一枚目のハンカチで拭いながら、和泉署の建物に入った。

会議は八時からだが、その前に汗を引かせておきたい。そう思ったが、引くどころが、風もないのでますます流れ出してきた。

「まいったな」

思わず声に出てしまう。税金で、税金で、とすぐに苦情が来るので、公共施設はどこも冷暖房を抑え気味だ。まだ冬は厚着という対応策があるが、夏の暑さはこたえる。

会議開始まで、まだ三十分近くある。どこか目立たない場所に席をとって、配られている資料があったら読もうと思って少し早めに入った。

「うわ、すごいな」

入った瞬間、宮下は暑さへの愚痴も忘れ、ついそう漏らしてしまった。

倍とまではいかないが、昨日に比べて五割増しほどの頭数だ。お隣の弥生署からの応援組もいるようだ。彼らの複雑な心境はわかるので、あまり接触しないようにするつもりだ。

宮下よりも気の早い捜査員たちが、すでにちらほら着席している。ホワイトボードまわりの整備をしたり、資料を机に置いている職員たちもいる。会議前の重厚な時間だ。

真壁や小牧の姿を探して見回した。まだ来ていないようだ。後方の席に座って待つことにする。

「雛壇（ひなだん）」と呼ぶ、お偉いさんたちが座る上座の横長のテーブルにも、すでに数人が腰をおろしている。その中に見知った顔をみつけた。

「ほんとに来た」

つい声に出してしまった。そばにいた刑事が、その意味がわかったらしく宮下を見てにやっと笑った。

ほんとに来たのは「ヤギ」こと蔦善秀警部だ。

係長として警視庁捜査一課の四係を率いている。身内の職員はそんな言い回しはしないが、警察付きの記者たちの中には「泣く子も黙る」などと大げさな形容詞をつける者もいる。

泣く子は黙らないかもしれないが、じっと見られただけで機嫌のよかった子が泣き出しそうな、陰鬱（いんうつ）な印象を与えるしかめ面であることは間違いない。「ヤギ」の異名もそこからついた。オムライスが好きらしいという情報は、つい最近得た。

中央の席はまだ空いている。その向かって右には管理官が座り、さらにその隣に蔦が座っている。右手が本庁組、左側が和泉署組という区分けのようだ。

蔦はときおり何か書き込みながら、資料に目を落としている。正規の応援部隊でなくてよかったと、いまごろになって胸をなでおろす思いだ。

「なぜ指示が守れない」

そんなふうにあの男に睨まれたら、まさに赤子のように縮こまるしかない。

捜査員側のテーブルも、どんどん埋まってゆく。

最後列に陣取り、幹部とは目を合わせないようにして資料に集中していると、すっと人の近づく気配があった。

「おはようございます」

抑えた女性の声に、はっと顔を上げる。にこやかな顔で立っているのは、小牧未歩ではなかった。

『F』の仲間の一人で、この署の交通課で内勤をやっている女性警官だ。今回の件では、まだ情報はもらっていない。

「あ、おはようございます」とごく普通に返す。

「応援ですか」

「そんなところです」

女性警官は、がんばってくださいと会釈して、前方に座る誰かにメモを渡し、戻って行った。かすかに洗髪用品の匂いが残った。

――あの帰国子女探偵からも同じ匂いがした。

昨夜の真壁の言葉が耳にこびりついて離れない。もし、真壁の観察と宮下の勘が当たっているなら、小牧は人通りも絶えた深夜の住宅街で、雑草が生い茂る空き家へひとり忍び込んだことになる。

まさか、建物の中に侵入したのだろうか。

いや、それはないと否定する。いくら彼女が素人離れしているとはいえ、プロの錠前師でもないのに、ディンプル錠のドアから侵入できるとは思えない。それに、強引に破ったならそれなりの痕跡が残るはずだ。真壁がチェックしてみつからなかったということは、それはピッキングやそれ以上の荒っぽいことはされていない、と証明されたようなものだ。ドアノブがきれいだったのは――つまり握った痕跡があったのは――開かないかと握ってはみたが、締まっていたので諦めた、ということではないか。

それにしても、彼女は何が目的であの家に行ったのだろう。あの家には何があるのだろう。仮に何か企みがあるとして、なぜわざわざ真壁や宮下などという、敵になるか味方になるかもわからない刑事を同行するように手配したのだろう。そして、マンホールの蓋をはぐったのは彼女なのだろうか。

違法性はもちろんだが、それ以前に大いに危険だ。「女だてらに」などという死語を持ち出すつもりはないが、現実的に小牧は屈強な肉体派ではない。おそらく百六十センチ前後の身長と、やや痩せ気味の体形だ。武道の心得があるかどうか聞いていないが、凶器を持った暴漢に素手で対峙できそうには見えない。

拳銃でも隠し持っているなら別だが――。

まさかな、映画の見過ぎだ、と苦笑する。

「なにニヤニヤしてる。このくそ暑い朝に」

こんどこそ、顔を上げなくても誰だかわかる。

「おはようございます」

宮下がそう答えて席を空ける前に、真壁は強引に隣に腰を下ろした。最後列の一番窓際だ。雛壇からもっとも遠い席だ。

時刻を確認する。定刻の八時まであと七分ほどだ。真壁でさえ来ているのに小牧の姿がないのは不自然だ。

「彼女、来ていませんね」

別に気にしているわけではないのですが、と聞こえるような言いかたをした。

「連絡がきた」無愛想な答えだ。

「え、そうなんですか。何があったんですか」

不安がよぎってそう訊くと、真壁はぼそっと答えた。

「急用で来られないそうだ」

急に緊張が解ける。もはや、お嬢様というよりお姫様に近い。

「電話ですか、メールですか」

「夜中の一時ごろだったからな。電話番号宛に送るメッセージとかいうやつだ」

ぼそっと言い放って、スマートフォンの画面を宮下に見せた。

《大学院で急な用事ができました。本日はうかがえません。申し訳ありません》

表示された時刻は、空き家の冒険が終わった一時間ほど後だ。

「新たな事件発生でしょうか」

宮下は冗談を言ったつもりだったが、真壁はくすりとも笑わなかった。

「偏差値が高い人種の考えることはわからん。ひとつだけたしかなのは、おれたちは今日一日、刑事らしく過ごせるということだ」

「例の、今井家のことですが――」

宮下がそう口にしたとき、主役が登場した。

事実上の特別捜査本部としての再立ち上げという意味もあってか、稲山（いなやま）捜査一課長の臨場だ。ざわざわとした空気が流れる。

和泉署の刑事課長が、引き続き司会役を務めるらしい。マイクなしでも通る声を張り上げた。

「定刻となりましたので、これより捜査本部会議を始めます。全員、起立！」

ざっという音が響き、号令に合わせて礼をし、着席する。初々しく警察学校を卒業して二十年、三十年経つ職員もいるだろうが、この動きに乱れはない。

刑事課長から紹介を受けて、稲山一課長が訓示を垂れる。内容はこれまで聞いたものとほぼ同じだ。

社会の注目、警察の威信、正義、秩序、安心、信頼、誇り、そんなキーワードが継ぎ目のないレールを思わせる流れで、語られる。ほとんどの職員にとっては、初めて見る、あるいは久しぶりに見る、一課長なので、しんと静まり返っている。

最後に、今回の事件の特殊性に触れる発言があった。

建て前上の特別捜査本部は本庁内に立て、副総監が本部長に就く。マスコミ対応もあちらでする。しかし、実態的な本部はこの和泉署に継続して置く。すなわち実動するのは諸君をおいてほかにない――。

そんな、捜査員たちを鼓舞する発言で締めて挨拶を終え、蔦警部にバトンタッチした。最終的な責任者や決定権者は、副総監、刑事部長、あるいはもう少し現場近くでは一課長や管理官かもしれないが、日々の現場の指揮をとることになるのは、本庁では係長職にある警部だ。

「蔦です。よろしく」

ここまで捜査に尽力された岩間係長と協力して、一刻も早く解決に至りたい。そんな挨拶をした。岩間係長とは同じ警部どうしで同格だが、キャリアは蔦のほうが長い。蔦が主導する形になるのだろう。昨夜、真壁にそのあたりのことをそれとなく訊いたが、「あの二人、仲は悪くないだろう」と言ったきりだった。

そのとき会話のついでに訊いてみた。

「いわゆるここだけの話、蔦さんはどちらの目的で来ると思いますか」

どちらとはつまり、さらに強固に〝何か〟を隠蔽しようとするのか、あるいはことここに至っては事件解決を最優先させるのか。いったい、どんな使命を帯びて着任するのだろう。

「さてどっちだろうな」真壁はひと呼吸言葉を切ったが、すぐにどうでもいいことのように続けた。「ま、いずれにしても、おれたちはしょせん〝遊軍〟だ」

真壁もなかなか腹の中を明かさない。

「本題に入ります」

蔦らしい、乾いた口調だ。

「配布した資料には、検視および検案の結果、現在までに判明していることを記載している。解剖は本日の予定。間に合えば夜、ないしは明朝の会議でということになる。

詳細は配った資料を見ていただきたいが、そうは言っても読まない人間がいるため、時間の無駄と知りつつ重要と思われる点にのみ触れる。鑑識に振ってもいいが、このままわたしが話す」

蔦の本領発揮だ。見た目では判断できないが、体調は良さそうだ。犯人と捜査員にとっては、あまり楽しい先行きではないということだ。

資料に目を落としながら、蔦の発声を聞き取る。

やはり死後五日から一週間ほど経っているとみられ、しかもその間水に浸かっていたようでかなり腐敗が進んでいる。死因などは現時点では不明。

資料に添えられた写真を見た。今日、小牧未歩が来なかったのはよかったかもしれないと思った。死後何日も経過した死体はどれも悲惨ではあるが、水中にあったものは独特の様相を見せる。宮下も、初めてみたときはしばらく夢に出てきたし、ある種の料理が食えなくなった。

二名とも死亡時期は同一か近いと思われる。顔面に殴打の痕と思われる変色がみられる。女が三本、男が二本、前歯が折れている。ほかに目立つ外傷として、森川悠斗と同じく左手。第三指から第五指までが、甲側に曲げる形で折られていた。

年齢は、女が二十代後半から四十歳前後、男は三十代から四十代半ばあたり。ピアスや頭髪などについては資料参照。男に刺青なし、女の左肩に刺青あり――。

蔦が補足する。

「外見的にはこれが重要な特徴である。添付の写真を見て欲しい。蝶が二匹絡み合うように飛んでいる。それぞれの羽の文様が飾り文字のアルファベットになっている。黒く大きい方が《R》赤くやや小さい方が《N》で、これは被害者自身と、親密な関係にあった人物を表す可能性がある。その相手がもう一体の男であるかどうかは不明。なお――」

ここまで、どちらかといえば淡々とした口調だった蔦の声が、急に大きく明瞭になった。

「聞き込みの際、この刺青に関して記憶の有無を問うのはかまわないが、蝶であることや描かれた文字については厳秘とする。言うまでもないが、秘密の暴露のカードとして使える為だ。了解か？」

いきなり問いかけられて一拍間が空いたが、すぐに「はいっ」という野太い声が地響きのように伝った。

「細かい捜査方針は、このあと和泉署の課長から指示があると思うが、森川悠斗の死体が流れ出た地下水脈に同時に遺棄された可能性がある。これまで途中にとどまっていたものの、まず台風で森川悠斗が流され、一昨日の豪雨でさらに二名が流されたと考えるのが妥当と思う。つまり、まだ増える可能性もある。数名を充てて、この地下水脈――暗渠とも呼ぶが、この水路の正確な情報入手を最優先と考える」

21

「さて、どうしますか」

会議室から出るなり、真壁に訊いた。

外は今日も猛暑だ。署の建物内にいるうちに、ある程度の打ち合わせをしたい。ただし、あまりくつろいでいる姿を見せると、言われなくてもいい嫌味を言われたりする。自動販売機前はあきらめ、通路の隅の目立たぬ場所を探し立ち話をする。

会議は、蔦の要点説明のあと、引き継いだ和泉署の刑事課長からの細かい捜査方針の説明や、鑑識からの補足報告などがあり、最後に受け持ちを割り振って終わった。地下水路の解明に、四人が充てられた。うち二名は区役所や都庁へ行って、再度確認する。「再度」というのは、もちろんすでにやっているからだ。しかし、通り一遍の資料ではなく、古い地図なども当たってもらうよう指示された。

「見つけるまで帰ってくるな」とは、和泉署の刑事課長の言だ。

そんな雰囲気の中心苦しいのだが、真壁と宮下に任務はない。正規の捜査員でも応援要員でもないので、お守りの対象がいなくなったからといって、今日一日だけ地取りに駆り出されたりはしない。そこが多少心苦しい。

「やはり、あの蔦さんの口調からでは、空き家のことや暗渠のことを知った上でのことなのかどうか、判断つきかねますね」

「まあな」

「自分たちはどうしますか。二軒の空き家を遠張りでもしますか」

「そうだな」

真壁は、あまり気乗りしないような返事をした。

「もしも自由がきくなら、現地へ行く前に調べたいことがいくつかあります。まずは、例の今井家についてですね。具体的には住民票の内容でしょうか。昨日報告しましたが、登記簿はすでに確認しています。その一人暮らしの女性が亡くなったあと、相続したのは静岡県在住の宮内當子という人物のようです。

可能であれば、この女性に連絡が取りたいです。なぜ空き家のままにしておくのか。隣家の女性の話が本当なら、いわゆる『事故物件』になりますから、売ろうとしても売れないのかもしれない。あるいは、なにかほかに事情があるのか」

「そうだな」

今度はなぜかにやにやしている。言いたいことがわかった。

「すみません。若干イレギュラーな手法になります」

住民票は、少なくとも窓口へ行かなければならないが、いけば入手できる。

ただし、どちらも「個人」としての前提だ。警察の職務としてとなると、その旨を告げて筋は通さねばならない。建前としては——。

真壁が笑みを浮かべたまま答える。

「まあいいさ。土産さえ持ち帰れば、上もその程度でグズグズ言わないだろう」

「ありがとうございます」

「だったら、さっさと行こう。区民事務所で用は足りるだろうから、寄り道程度で済む」

「了解です」

真壁は「ところで」と言って、上着の内ポケットから抜いた紙を、ぽいっと投げて寄越した。

真壁はバッグというものをほとんど持ち歩かない。その代わり、真夏でもスーツの上着は離さず、いくつかあるポケットをサコッシュの代替品にしている。

今そこから抜いたのは、紙を折りたたんだものだ。

短く断りを入れて、それを広げてみた。

「これは——」

《巡回連絡カード》をコピーしたものだ。

宮下も地域課勤務の時代、ようするに「交番」の制服警官だったころに、これの収集ノルマを課された。

受け持ち地区を「巡回」して、住人や企業などの情報を集め把握することは、地域課の警官の重要な任務のひとつだ。

特に個人のものは、住所はもちろん世帯全員の氏名、続柄、電話番号、非常時の連絡先など、ある意味では住民票よりも広く個人情報が載っている。「任意」という建前なので強制力はないが、日本人は基本的に国家に従順だし、警察に悪感情を抱いている率は低い。宮下の経験でも、応じてもらえるほうが多かった。ただ、まれにこの情報が漏れたり、あろうことか警官自身が悪用したりして、その存在が問題になることもある。その一方で、この情報があるから、不審者の割り出しや検挙率の高さに繋がっているという面も否定できないだろう。

それはともかく――。

「どうしてこんなものが？」

交番勤務の警官が把握するのはむしろ職務だが、同じ警官とはいえ部外者が勝手にコピーしていいものではない。真壁がむすっとした口調で答える。

「秘密を調達してくれる友人がいるのはおまえさんだけじゃない」

「だけじゃないって、許可は取っていないんですか？」

「黙っていればわからない。発覚しなければ犯罪ではない」

「真壁主任。さすがに、それは――」

「ばれたら懲戒ものだ。首にはならないだろうが、また奥多摩分署へ二人して逆戻りだ」

「それは――」

そのとき、真壁の無表情が消えて、くすくす笑いに変わるのを見た。

「まさか」笑っている真壁に質す。「また嘘ですか」

「おまえさんの覚悟を知りたくてな。だけど、おれには芝居は無理だ」

「いつもそうやって人を騙(だま)して面白いですか。ひどいな」

「そう怒るなよ。――もちろん、筋は通してる。和泉署の地域課長と昔同じ署にいたことがあってな、少しだけ貸しがあったから、現場界隈(かいわい)の巡回連絡カードと聞き込みの結果が知りたいと頼んだ。あの一帯だけに限定して。それと、何か出たら手柄は譲ると言って」

たしかに、巡回連絡カードのほかに、聞き込みの内容を簡潔にまとめたものもある。

「しかし、持ち歩いて紛失なんかしたらやはり責任問題だ。おれが持っていると危ない。おまえさんが記憶したら、シュレッダーしておいてくれ。責任をもってな」

真壁に聞こえるように深いため息をついてから、わかりましたと答えた。

せっかく真壁が入手した、肝心のその情報に目を通す。

聞き込みといっても犯罪の捜査ではなく、単に周辺の家をしらみつぶしに訪問し、聞き取った結果だから、記載内容は形式的なものだ。

結論からいえば、今井家は昨年の四月七日に、当時一人暮らしであり、つまり世帯主であった今井朝乃が死亡して以来、ずっと空き家のようだ。その後、一時的にも誰かが居住した形跡はみとめられない。ガス、水道などの封印も当時のまま更新されていない。また、居住当時から《非常時の連絡先》は空欄になっている。この点は強制力がないからしかたない。

昨夜も少し気になったが、左隣の田辺家もやはり無人だ。こちらは四か月ほど前に、当時の世帯主であった田辺晴亮(はるあき)六十歳と、その妻田辺英子(えいこ)五十七歳が、引っ越している。重村藤子の情報によれば「定年を機に」らしい。延長雇用はなかったのだろうか。そのあたりのことまではわからない。今年三十歳になる息子がひとりいるが、仕事の関係か、大阪に住んでいるようだ。現在の所有者は異動になっていない。

それらの話を聞いた重村藤子は、本人の言葉どおり今年七十二歳だ。単身。

「それだけ情報があれば、とりあえずは住民票はいらないだろう。止められる前に、もう一度家を見に行くか。合法的な範囲で」

「了解です」

現地についた。

このようなケースでは、まず一度車で家の前を通り過ぎるのだが、ほとんど車通りもなく、道幅も狭い。あんなところを面の割れたこの二人の乗った車が通ったら、関係者には選挙カーと同じぐらい目立ってしまう。

少し離れた場所に停めて、徒歩で近づくことにする。

典型的な住宅街で、四台分のスペースしかない小さなコインパーキングに空きがあったので、そこにマークXを停めた。

一昨日と同じブロック塀の角で立ち止まり、スマートフォンのレンズだけをのぞかせて様子をうかがう。

「いませんね」

出て行こうとしたときだ。今井家の門を開けて中から人が出てきた。あわてて、数歩下がり、塀の陰に身を隠す。

「門から出てきました」

「例のやつらか？」さすがに真壁の声も低い。

「一瞬でしたが、ボールを取りに入った小学生には見えませんでした」

こんなときだが、真壁の顔に笑みが浮いた。

レンズだけのぞかせて様子を見ていると、三人の男が、小声でささやきあって去っていった。

「こんどは三人。——行ったみたいです」

しかし、立ち去ったふりをして観察していることは、充分あり得る。だがその対象は宮下たちではないだろう。

「行こう」

「戻ってきたら？」

「たとえ張っていても、この場では出てこないさ。狙いはおれたちじゃない」

たしかに、もし接触してくるとすれば、それは「邪魔をするな」と脅すためだ。騒ぎになって困るのはむこうだろう。

「行きます」

「行こう」

堂々と歩を進め、よけいな芝居はせず、まっすぐに《今井》と表札がかかった家の前に立った。

「ところで、なぜ表札を外さないのでしょう」

「所有者は静岡県に住んでるんだろ。それで、住人は去年七十三だったんだよな。相続したのが姉妹だとしたら、そこそこの歳だろう。表札を外しにここまでは来られない」

「そうですね。あるいは、そもそも売りには出していないのかもしれません。除籍簿が見たくなりました」

除籍簿とは、家族が全員死亡して在籍者がいなくなった戸籍のことだ。遡って過去の親族を調べる糸口にはなる。

「蔦さんにでも頼むんだな」

「そうします」

そもそもは、昨日の夜に真壁が「小牧未歩と同じシャンプーの匂いだ」などと言わなければ、この一件に関する興味はもう失せていたはずだ。

真壁には言わないが――いや、言えないが――あれからずっと引っかかっていたことがある。真壁は「そもそも彼女は本当のことを言っているのか。全部が嘘の可能性もある」と指摘した。宮下の中で幾度となく頭をもたげそうになった疑念に無理矢理蓋をしていたが、真壁があっさりそれを解き放った。

だからいま、こうしてここにいる。そして宮下にはもうひとつ、まったく同じような疑念がある。真壁が使った理屈をそっくりそのまま拝借する。

そもそも真壁は、本当に彼女のシャンプーと同じ匂いを嗅いだのか——。

「入るぞ」

現住者がいないことがほぼ確定的で、不審な気配がするなどの妥当な理由があれば、常識的な範囲で令状なしでも敷地に入ることは許される。たとえば、ホームレスが住みついて、ガスコンロを使って料理し、トイレも勝手に使っていたという例もある。近隣の住人に相談を受けたとでもなんとでも理由はつけられる。

門を開け、敷地に踏み込む。やはり膝丈から腰ほどの高さの雑草が生い茂っている。今日はかなり高性能のマスクを持参した。それを着ける。

真壁は玄関ドアを念入りに調べている。手は触れようとせず、可能な限りの方向から観察している。

腰を伸ばしながら、世間話のように言う。

「やっぱり、正規の鍵を使って入った者がいるな。割と最近だ」

「ほんとうですか。——見てもいいですか」

「お好きに」

もちろん、真壁の見立てを疑っているからではなく、勉強のためだ。そんなことは、いちいち説明する必要がない程度には、気心は知れている。

金属は、外気にさらされれば、埃や汚れがつくし純金でもなければ被膜（ひまく）ができる。そこに硬いものが触れ合うと、必ず小さな傷を残す。だから久しぶりに鍵を使えば、どんなに神経を使おうと、かすかに痕跡が残る。たしかに鍵穴のあたりに、ごく小さいながらも真新しい傷が確認できた。

「どうします？」

「さすがに、令状がなければ鍵をこじ開けるわけにはいかないだろう」

そう言いながら、古びた正方形のコンクリート製の敷石を踏んで庭側に回った。

ほぼすべての庭木が、根元のあたりで伐採されている。親戚か行政かはわからないが、ジャングルのようになってしまわないように刈ったのだろう。ただ、日を遮るものがなくなったおかげで、雑草は我が世の春とばかりに茂っている。

雨戸の閉まった窓のすぐ外側は、コンクリートの踏み台になっており、幅一メートルほどの簡易バルコニーという雰囲気だ。晴れた日に靴を脱いでこの上を歩けば、痕跡はほとんど残らないだろう。

草むらの中で真壁が立ち止まった。宮下も真似る。驚いた小さな羽虫が、一斉に飛びたって散る。顔の前の虫を手で払いながら、二階を見上げる。

二階のベランダは、古い戸建て住宅によくある、鉄骨の上にすのこ状の樹脂材を並べたものだ。経年劣化で、変色し、歪み、ところどころ欠けているのが下からもわかる。窓はすべて雨戸で覆われている。

「二階によじのぼる勇気はあるか？」

「命令とあれば」

宮下は半ば真面目に答えたのだが、真壁は軽く笑って「やめておこう」と言った。

さらに進み、裏手、つまり勝手口に回る。ブロック塀になっており、昨夜、チェックしたドアがある。今度は日中の明るいなか、再度真壁が点検する。

「やっぱり、最近誰か入っている。こっちは、玄関より雑にやってる」

「つまり、別な人物ということですか？」

「科捜研じゃないからそこまではわからない。——それより」

そう言って真壁は、やはりこれも昨夜見たマンホールの蓋を見た。

「念のため、開けてみますか？」

捜査とは、言い換えれば可能性をつぶすことだ。

「できるか？」

「たぶん。少しお待ちください。——あ、キーを貸していただけませんか」

真壁は何をするのかとも訊かず、放ってよこした。

それを受け取り、車に戻りトランクを開ける。さすが真壁の車だ、何も積んでいない。薄い床板をはぐると、予備タイヤと工具類が出てきた。ジャッキ用の、先がフック状になった金属棒を持って戻る。

真壁にキーを返し、フック型の部分を、マンホールの溝に差し込む。ぐいっと体重をかけると、蓋がわずかに持ち上がった。思ったより重い。棒がしなる。腕がぶるぶると震える。

「三でいくぞ」

「了解です」

「一、二、三」

　蓋がずれて、穴が半分ほど見えた。

「もう一度。——一、二、三」

　穴がほぼ完全に現われた。

　二人、顔を突き合わせるように覗き込む。暗い穴の奥に、わずかに水がたまり、青空を背景に、二人の頭のシルエットを映している。

　もしや、と想像したようなものは何もなかった。大きな期待はしていなかったが、拍子抜けの気分は否めない。

　宮下がぼつりと漏らす。

「閉じましょうか」

　二人で力を合わせて元通りに蓋をした。かなりの重さだ。少なくとも、小牧が一人でこれをやったとは思えないし、宙に浮かせたのでもなければ、その痕跡が残っているはずだ。

　宮下がバッグからウエットティッシュを取り出し、真壁に差しだす。手についた汚れを拭いながら、訊いた。

「裏路地の鉄板はどうしますか」

　せっかく金属棒を持ち出したのだから、あれも開けてみるか、という意味だ。

　真壁は少しだけ考えて、首を小さく左右に振った。

「今はやめておこう。さすがにこの真昼間では目立つ。もう少し、こそこそと調べまわってみたい。それに開けてみるまでもないさ。おまえさんが発見したあそこが、遺棄現場に間違いない」

入ってきた表門から出て、左右を見回す。どこかで見張っているようすは感じられない。だからといって、いないと断言はできない。

念のためと、隣の田辺家の前に立つ。

「こちらもごく普通の空き家に見えますね」

宮下の言葉に、真壁が家を眺めまわしながらうなずいた。門から敷地を覗き込む。

「人が通った跡がありますね」

道ができるほどではないが、何度か人が歩いた形跡が残っている。

「入ってみますか」

「ここまできたならな」

もはや意味はないと思うが、つい習性で左右を見回して門を開けた。先に真壁を通し、宮下も続く。同時期に分譲されたもののようで、全体の造りが今井家に似ている。

「玄関のドアは、出入りの痕跡がないな」

こちらは、今井家よりも旧式のディスクシリンダー錠だ。当初から付け替えていないのかもしれない。真壁が見立てたあと、宮下も確認したが、たしかに鍵穴を使った痕跡は見えない。

やはり隣家と似たような造りの庭に回る。こちらはまだ無人になって日が浅いからか、たしかに雑草は生えているが、それほど荒れた印象はない。樹木の枝も乱れていないし、もとから植わっていたらしい多年草のサルビアやキク科の植物が花をつけている。

「どう思う？」

いま口にしようと思ったことを、先に訊かれた。繕ってもしかたがないので、本音を語る。

「今井家以上に、ごく普通の空き家に見えます。この人が通った跡は、自分たちと同じように、念のため調べたというところじゃないでしょうか」

そこまでにして外に出た。

「もう一軒行きます」

一昨日話を聞いた重村藤子に、もう少し訊きたいことがある。

インターフォンを押すと、前回よりはだいぶ少ないやりとりで、玄関を開けてくれた。

「すみません。何度もお邪魔しまして」

宮下が詫び、じつはちょっと見てもらいたいものがある、と説明した。

「この男性に雰囲気が似た男性を、この近所で――特にお隣の今井さんのお宅の前で見たことはありませんか」

そう言って、一昨日、買い物帰りの話し好きの女性に撮らせてもらった、彼女の夫の写真を見せた。一か月ほど前に、川をのぞき込んでいたという不審な人物に似ていると言っていた。

「ああ、この方はときどき見かけます。お名前までは知りませんけど」

それは見かけるだろう。近所の住人なのだから。そうでないことを理解してもらう。

「すみません、この方ではなくて、似ている男性なんです」

重村藤子はさあ、と首を傾げていたが、「ごめんなさい。よくわからないです」と謝った。それはそうだろう。

詫びと礼を言って去ろうとしたところを、呼び止められた。

「あ、刑事さん」

「はい」と振り返る。

「ついでにこんなこと言ったら申し訳ないんですけど、誰に相談していいかわからなくて」

「どんなことでしょう」

「ひと月ぐらいまえだったかしら、お隣の今井さんの家をじっとのぞき込んでいる男の人がいたんです」

うんざりするほど暑いのに、首筋や二の腕に鳥肌が立った。

「それはどんな人でした？」

重村藤子は、ゆっくり思い出しながら、ざっとした印象を説明した。あの主婦が目撃した男と矛盾しない。

久しぶりに、胸の中で「ビンゴだ」と叫んだ。

「怪しい雰囲気だったんですね？」

「見かけは悪そうな人じゃないんですけど、そんなのが三回ぐらい続いたから気味が悪くなって、町会長さんに電話して来てもらって、声をかけてもらったんです」

「それで？」

「怪しいものではないです。この家が空き家なら買いたいなと思って。とか言ってたらしいです」

「そうですか。買いたいと」

「でもね、町会長さんのお話だと、そんなにお金は持っていそうもなかったって。駅まで少し歩くけど、このあたりでもけっこうな値段がするみたいですよ。うちだってこんなにおんぼろなのに税金ばっかり……」

愚痴を遮った。

「高級住宅街ですよ。それで、その後も来ましたか？」

「来たかどうかわからないけど、わたしは見てないです」

「ほかに、何か気づいたことはありますか」

「うーん」と考え込んでしまったので、今度こそ去ろうかと思ったとき「そういえば」と顔を上げた。

「町会長さんが『あまりお金持ちには見えない』って言ったとき『だって、女物の時計をしてる。どこかで拾ったんじゃないか』って言ってたの」

車に戻って、真壁に何か指示されるまえに宮下から切り出した。

「もし、小牧さんのお守りが午後もないのなら、このあとは別行動にさせていただけませんか」

真壁が嫌そうな顔をしたので訊く。

「何かまずいですか？」

「そうじゃない。最近、おまえさんと考えることが似てきたと思ってな」

結局ここで別れ、夜の本部会議で落ち合うことにした。

22

突然、今井朝乃は衝撃で眠りから引き戻された。

いったい何が起きたのか、とっさには理解できない。

目が開かない。呼吸ができない。いや、息はできる。しかし声が出せない。体が重い。動かせない。これはどういうことなのだろう。まさか、自分は死にゆくところなのか。

そんなとまどいが、突風のように頭に吹き込んできた。大声で叫ぼうとし、もがこうとするが、声も出せず、ほとんど身動きもできない。ベッドのスプリングがギシギシと音を立てる。そうするうちに、脳も徐々に覚醒し、状況がわかってきた。

誰かに強い力で押さえつけられているのだ。鼻から荒く吸う空気がゴム臭い。これは、手袋をはめた手でふさがれているに違いない。目が開かないのは、粘着テープのようなものを貼られたらしい。

「うぐ、うぐ」

やめてと叫ぼうとする声が、喉まで上がって、言葉にならずに鼻から抜けてゆく。

「あんまり暴れるなよ。ばあさん」

上から降ってきた声に、全身に鳥肌が立つ思いがした。男の声だ。つまり侵入者だ。もちろん犯罪目的だろう。これは夢などではないのだと、現実的な死の恐怖が湧き上がる。

腹のあたりが異様に重たいのは、この声の主がまたがるように乗っているからだ。腕も押さえつけられている。足首のあたりは、別な手につかまれて動かせない。つまり、犯人は複数ということだ。

「でかい声も出すな。――わかったか？」

腹の上の男が低い声で警告する。小刻みに何度もうなずく。お願い乱暴にしないでと願いながら。

「いいか、絶対に大声を出すなよ。出した瞬間に殺す。脅しじゃないからな」

そう言われた恐怖だけで、意識が遠のきそうになる。しかし、ほおの内側の肉をきつく噛んで耐えた。

「わかったのか」

またうなずくと、ゴム臭い手がそっと離れていった。大きく息を吸う。その反動で、喉につまっていた叫び声が飛び出そうになったが、歯を食いしばってなんとかこらえた。

「よし。そうやってれば、乱暴はしない」

とにかく、息を整え、落ち着かなければと自分に言い聞かせる。

あなた、助けて——。

心の中で叫ぶ。答えはない。心臓が胸から飛び出そうなほど、痛いほど、強く脈打っている。大丈夫だろうか。薬を飲んだほうがいいかもしれない。ここしばらく調子が良かったが、こんなに動悸が激しくては、どうにかなってしまいそうだ。

薬、薬。薬が欲しいが、強盗にそんなことは頼めない。持病があるなどと言ったら、むしろ脅しに利用されそうだ。とにかく、興奮したり取り乱したりしてはいけない。夫がそばにいたら、きっとそう言うだろう。

——とりあえずは落ち着こう。

二度、三度と深く静かに呼吸をするうちに、徐々に息苦しさも治まり、ばらばらにちぎれていた思考の断片がつながっていく。

そうだ。あの二人は無事だろうか。悲鳴のようなものは聞こえない。まだ存在に気づかれていない可能性もある。

この犯人たちの目的は何か？　朝乃が一人暮らしだと思って侵入したのだとすれば、性的なことが目当てとは思えない。おそらく金品目的の強盗だろう。戸締りはしたはずだが、古い家だからどこかに侵入できる抜け道があったのかもしれない。

さっき菜緒子とも話したばかりだ。このあたりは、住宅地として造成されてからの歴史があり、大企業の重役だとか、芸能人だとか、そこそこの資産家も住んでいる。

朝乃の夫は公務員で、裕福と呼べるような給料ではなかったから、この家に住むことに、多少の後ろめたさのようなものを感じていた。しかも、家のほかにも夫の親から継いだ遺産がそこそこにあった。

ふだんから慎ましい生活を心がけていた理由の一つには、そんなことを勘ぐられたり、やっかみの気持ちを持たれたくないからというのもあった。

「金持ちに見られたくない、なんてさ、自意識が強すぎるかな」と、二人で笑ったことも何度かあった。

詐欺には気をつけようとあれほど注意していたのに、まさか強盗に押し入られるとは――。

絶望感に体が痙攣（けいれん）しそうだ。

それにしてもやはり気がかりなのは、木村親子だ。

朝乃が寝ている部屋は二階にある。押し込み強盗も振り込め詐欺などと同じで、事前にある程度の下調べをしてから入るのだと、ニュース番組でやっていた。だとすれば、朝乃を独居老人だと思って押し入った可能性が高い。

この犯人たちが二階のベランダから侵入したなら、木村親子にまだ気づいていないかもしれない。しかし、庭で猫が唸っただけで目が覚めてしまう自分が、二階の雨戸をこじ開ける物音に気づかないはずがない。

だとすれば、やはり一階のどこかから侵入したのだろう。それも、窓を割ったりドアを破ったりと乱暴に入ったのではないはずだ。そうだ。合い鍵を作ったのかもしれない。簡単には複製できないタイプだと聞いていたが、犯罪者の手口も進化していると聞く。もし玄関から入ったのなら、まず最初にあの和室をチェックするはずだから、木村親子は見つかった可能性がある。

無事でいるだろうか。菜緒子は若いし、朝乃からみても女性的な魅力は平均以上にある。いや、美人だし肉感的といってもいいだろう。もうすでに何かされただろうか。だがそんな気配は感じない。家の中はとても静かだ。だとすれば、今は拘束されているのだろうか――。

「手を前で合わせろ」

その言葉と同時に、押さえられていた両腕が自由になった。

「え？」

最近では珍しく、数回呼吸するほどの短い時間に、それだけのことを考えた。

「両手を、胸の前で合わせろ」

拝むような形で両手を合わせた。あっと思ったときには、細く硬い紐のようなもので、手首を絞めつけられた。名前は知らないが、ドラマなどで見る、あの細いビニール紐のようなものだろう。それがきつく皮膚に食い込んだ。

「痛いっ」

そう声をもらしたとたんに、左ほおに衝撃を受けた。拳で殴られたのだ。頭がぐらんと揺れ、また意識が遠のきそうになった。

「ううっ」

「静かにしろと言っただろ。よけいなことをしゃべるたびに痛い目に遭わせる。――おまえ、足をやれ。早く」

　おそらく、足を押さえている人物にそう命じて、腹の上の男が下りた。

　思わず頭を持ち上げようとして、額(ひたい)を棒のようなもので押さえつけられた。もしかすると包丁かナイフの柄(つか)かもしれないと思うと、力が抜ける。いつの間にか、両足首も縛られてしまった。動かせない。こんなことをしなくても、あらがって逃げようという勇気も気力もないのに。

　腹の上にいた男の声が質問する。

「金庫はどこだ。それと暗証番号を教えろ」

　これは正直に答えたほうがいい。

「ク、クローゼットの中です」

「どこの」

「そこにあります。その中の下の、右下のほうです」

　喉から出たことばはかすれていた。

　今井家にある唯一の金庫は、朝乃が寝ている洋間の、クローゼットの中に置いてある。軽く布をかけてあるだけだから、すぐに見つかるはずだ。

　空気が動くのを感じ、クローゼットの扉を引き開ける音がした。やはり複数人の気配がする。犯人たちは無言でやりとりしているようだ。

「番号」

男に問われ、プッシュボタン式キーを解除する六桁の数字を口にした。亡き夫の生年月日だ。

乱暴しないで。殺さないで――。

目を覆われ何も見えない不安の中で、絶望的な気分になる。

やはりこれは、犯罪者集団が計画的に押し入った結果なのだ。下調べも準備もしてあるようだ。だとすれば、財布の中の札を何枚か抜いた程度では満足してくれないだろう。だが、金ならいい。ぜんぶあげてもいい。痛いことはしないで。命だけは奪わないで。

金庫の電子音が鳴り、開錠を告げた。乱暴に中のものを取り出し、床にぶちまける音がする。通帳のほかに保険類の証書なども入っているが、それらをばさばさと選り分けているらしい。

重苦しい時間が流れた。数十秒か、数分か。しばらくがさがさと何かを探す音が続いたあとに、あの男の声が質した。

「通帳とカードが一枚しかない。しかもはした金の通帳だ。ほかにあるだろう、もっと貯めてるやつが。そっちのカードや印鑑はどこだ。ついでに、印鑑登録カードも出せ」

「ぜ、全部、金庫です」

額を押さえていた棒が、すっと持ち上がり、振り下ろされた。額の中心に激しい衝撃を受ける。頭蓋骨（ずがいこつ）がどうにかなりそうだ。

「ひっ」

「てめえ、舐（な）めてると殺すぞ」

殴られたせいか、死を実感したせいか、言葉がすぐに出ない。喉がひりつくほど渇いている。

犯人が続ける。

「金庫にないから訊いてんだ。全財産が入った通帳だよ。どこかに隠してあるだろ。どこだ。言え」

「ほんとうです。隠すところなんかありません。――ひっ」

股間に激しい衝撃を受けた。思いきり強い力で殴られた。

「お願いです。乱暴は……」

「どうせ話すんだから、痛い思いをしないうちに言え」

呼吸を整え、はなをすすりあげて、なんとか答えようとするところに割り込んだ声がある。

「やっぱりクレジットカードはないっす。銀行のカードもそれ一枚です」

若い男の声だ。もう一人の犯人だ。どこかで聞いたような気もするが、若い人の声はみんな同じに聞こえる。

「おい、腕を押さえろ」

最初の男のやや低い声が命じた。拝むような形で拘束されている手首のあたりをつかまれた。何をされるのかわからない激しい恐怖に襲われる。男が左の小指を包むように持った。それと同時に、またしてもゴム臭い手が口を押さえる。目を覆われたまま、やめて、と胸の内で叫ぶ。

ごきっという音が聞こえた気がした。一秒の何分の一かずれて、手の甲側に、あらぬ角度で曲げられた小指に激痛が走った。悲鳴が押さえられている手を押しのけて漏れた。

「うーっ、うーっ」

何かを訴えたいが言葉にならない。頭の中が真っ白になり真っ黒になって、わけがわからなくなったとき、三番目の人物の声が聞こえた。

「悪いこと言わないから、痛い目に遭う前に、お金、全部出しちゃったほうがいいよ」

瞬時、指の痛みを忘れるほどの衝撃だった。これは、この声は菜緒子のものだ。

さっきから、かすかに朝乃が使っているのと同じシャンプーの匂いがするように思っていたが、気のせいではなかった。なぜ、菜緒子がここにいるのだろう――。

もしかすると、脅され、協力させられているのか。しかし、今のしゃべりかたはそんな雰囲気ではなかった。激しい痛みとショックで頭が混乱している。

「菜緒子さん、あなた……」

「ごめんなさい、今井さん。あんなに親切にしていただいたのに」

「どういうことなの、この人たちは誰？　誰か人を呼んでちょうだい。警察……」

「うるせえばばあ」

「指が、痛いの。お願い……」

殴られた。腹に乗って脅していた男の声だ。

「だめなの。できないの」

「菜緒子さん、それじゃああなたも――」

くくっという笑い声が聞こえて来た。菜緒子が笑っている？

「菜緒子さん？　ねえ、菜緒子……」

「うるせえんだよ、くそばばあ。気安くなんども人の名前呼ぶんじゃねえよ」

菜緒子の声の悪態とともに、脇腹のあたりを蹴られた。

「どういう……」

「うるせえっつってんだよ。自業自得だ」

最初から脅している、やや低い声の男が吐き捨てるように言う。この男がリーダー格のようだ。それにしても「自業自得」とはどういう意味なのか。

「ねえ、菜緒子さん。そこにいる？　ああ、痛い。――これはどういうこと？　やめるようにお願いして」

痛みに耐えながら、懇願する。ついさっきまで、リビングで向かい合って楽しく話していたではないか。朝乃の過去を語り、彼女たち親子の未来について語ったではないか。どうして強盗に協力するのか。やはり脅されているのか。そうか、あの子が人質にとられているのか――。

痛みを頭から追い払うようにして、質問する。

「ねえ、さくらちゃんは無事なの？　ねえ、菜緒子さん」

「うるせえよ。おめえの知ったこっちゃねえだろ」

あの子もこんな目に遭ってはいないだろうか。

間違いない。ははと笑うのは、やはり菜緒子の声だ。しかし声は同じだが、今までとは完全に別な人格のようだ。脅されただけでこうなるとは考えにくい。信じがたいことだが、初めから一味だったのか。出会ってから話したことは、すべて嘘だったのか。身の上話もなにもかも――。

「こっちがはいはい聞いてりゃ、夫が旅行に行っているとかセキュリティ会社がどうだとか、嘘ばっかこきやがって。亭主はとっくに死んでんだろ。ばかにすんな、くそばばあ」

すべて言い終える前に、また股間を激しく殴られた。同性にしかわからない痛みだ。

「ううっ。やめて、菜緒子さん。おね……」

今度は頭。

「ぐっ」

男の声が大きくなった。

「ぐだぐだとよけいなことしゃべってねえで、訊かれたことに答えろよ。マイナンバーカードは財布に入ってた。そのほかに、メイン口座の通帳とカードと印鑑、それと印鑑登録カードはどこだ。家の権利証だってあるはずだ」

「どうしてそんなこと……」

「さっきさ『協力できることはしますよ』とか言ってたよな。偽善者っぽく」

菜緒子が朝乃の口真似をして冷たく毒づく。その言葉に乗って煙草の煙がただよってきた。だれか煙草を吸ったのだろうか。灰を床に落とさないで欲しい。

リーダー格の男が、くすくす笑うのが聞こえた。「さっさと言えよ」という言葉と同時に、今度は左手の薬指をつかまれた。ごきっと音がして、意識が遠のいた。

煙草の匂いがする。

夫の匡春（ただはる）が帰ってきたのだ。来てくれるだろうと思っていた。この人はわたしのことばかり心配していたから。

それにしても、また家の中で煙草を吸っているのか。もうずいぶん前に、家の中では吸わないと約束してくれたのに。

「あなた、煙草は……」

「これが最後の一服だ。これを吸い終えたらおれはすぐに戻るよ。あとは好きに暮らしてくれ」

顔を見せるなり、いきなりそんなことを言う。

「そんないじわる言わないで。もう少し吸ってもいいから」

答えながら、ああそうか、これはまた夢かと自覚する。最近、熟睡できず、うつらうつらする枕元に匡春が現れて、決まって似たようなことを言う。もう少しのんびりと、楽しい思い出話でも語ってくれればいいのにと思う。

二人には、世間の平均からするとやや多めの資産があった。

給与収入以外に、匡春の親から――正確には、数代前から引き継いだ資産だ。

たとえば不動産は、この家のほかに、静岡県にも少しばかり土地がある。ほとんどただに近いような賃料で市に貸し、上には公民館分館が建っている。

そのほかに、朝乃は実物を見たことがないが、株や国債（こくさい）などの有価証券類があるそうだ。時価で上下するが〝億〟の単位だという。紙切れだから飾るわけにも磨(みが)くわけにもいかないし、へそくりにもできないから扱いに困るよ、と匡春が笑ったことがある。

それ以外は現金だ。二人には子供がなかった。夫の勤めがあまりに激務だったので、共働きは望めず、朝乃はいわゆる専業主婦として家にいた。

匡春には、世間でいうような「浪費癖」がなかった。酒はたしなむ程度で、ゴルフの趣味もなく、車や骨董品蒐集(こっとうひんしゅうしゅう)といった道楽も、ギャンブルの習慣もない。毎日、残業で忙しく、休日出勤も珍しくない。長期間の旅行など望むべくもなく、年に一度ほど、一泊二日程度の温泉旅行に行くのが、夫婦のほとんど唯一の楽しみだった。

ただ、正確な年数は忘れてしまったが、親戚の親子と同居したことがある。母親と小学生ぐらいの女の子だった。あの時期は楽しかった。人生で一番輝いていたようにさえ思える。

しかしやがて彼女たちも引っ越していき、女の子も大人になって次第に縁遠くなってしまった。

またふたりきりの生活に戻った。

この家は、匡春の両親が改築したとたんに、二人続けて病死したため、当時住んでいた官舎から移った。だから、ローンも家賃を払う必要もない。そんなふうに恵まれているという思いからの反動だろうか、

「世の中には、真面目に生きているのに、日が当たらない人が大勢いる」

匡春はそんなことをよく口にした。

「だから、きみが存命のうちから清貧の生活を送れとは言わないが、二人とも亡きあとは、すべての財産を寄付しようと思う」

そう言って、寄付先のリストを作り、遺言書（ゆいごんしょ）のようなものまで作った。匡春の定年後、有価証券類は換金し、専用の口座に積み立てていった。まさにその処理が終わるころ、それが役目でもあったかのように、匡春はあっけなく病死してしまった。

不動産だけは、ひとまず姉か弟へ相続し、その処分はあの人たちにまかせる。それ以外の動産は、親戚には残さず、夫の遺志どおりに処分してしまうつもりだった。

朝乃も、貴金属やブランドものなどには、まったくといっていいほど興味がない。夫の遺族年金だけでも日々の生活には充分だ。だから、相続税を払うよりはと、「きみの死後に」という匡春の言葉を無視して、少し早めに貯金の大半をリストに従って寄付してしまった。それまで預け入れてあった貸金庫も、一番小さいものに変えた。今は、いざとなったら、介護付きの施設に入れる程度の蓄えしかない。

なんとなく肩の荷が下りたような気がしていた矢先に、こんなことに巻き込まれた。

「指が変なふうに曲がって痛いの」

暢気に煙草を吸っていた夫の表情が曇った。

「災難だね」

「そんなに軽く言わないでよ。拷問されているのに」

「ひどいやつらだが、ぼくにはどうにもできない」

「そんな言いかたこそひどいじゃない。あなたならこんなとき、きっと親切にするだろうと思ってやったことなのに。――それにしてもまさか、人生でこんな目に遭うとは思わなかった」

「親切が仇か。たしかに、その点については責任を感じる。もしかすると、最初からこれが目的で近づいたのかもしれないね。計画的に」

「計画的って、菜緒子さんの顔にあった、あの殴られた痕も？」

「メイクかも知れない。今は手が込んでいるというからね。あるいは本当に暴力を受けていて、そのほこ先を転じるためにきみを差し出したのかもしれない。――とにかく、この家に多少の資産があると、どこかで誰かに聞いたんだろうね」

「ほとんど寄付しちゃったのに」

「それを説明したらどうだろう」

「聞く耳があるとは思えないけど」

「とにかく、ぜんぶ本当のことを話したほうがいい。命が何より大事だ。そして……」

夫のアドバイスを聞き終える前に、覚醒してしまった。

げほん、げほんと咳込んだ。顔のあたりがびしょ濡れだ。事情がわかった。水をかけられたらしい。気を失っていたのだ。

戻ってきたくなかった。あのまま、あっちの世界で夫とのんびり昔話でもしていたかった。

「メインの通帳や印鑑は貸金庫だろう？　こんなガタの来た家には置いておけないからな。な、そうだろう？」

主犯格の男の声に、うなずいた。

「はじめから正直に言えばいいんだよ。貸金庫なら、カードとキーがあるはずだ。どこだ」

もう隠すつもりはなかった。全部言ってしまおう。楽になりたい。

「キーは――。キーは――」

そこで言葉に詰まった。キーはどこだったろう？　貸金庫なんて、夫の死後、相続や寄付でごたごたしたときに何回か使っただけで、その後は近づいてもいない。どこだ？　思い出せない。

「どこだ？」

わからないと答えるとまた痛い目に遭わされそうだ。先にカードだ。

「ええと、カードは――。カードは――」

だめだ。それも思い出せない。あまりにショックなことと痛みが続いて、忘れてしまった。

女の声が急ぎ立てる。

「早く言ったほうがいいよ。お望みどおり、家より先に逝っちまうかもよ」

あれ？　この女の声はどこかで聞いたことがある。ずっと前から知り合いだったような気もするが、友達ではなかったと思う。そもそも、この人たちは誰？

なんだったかな。たしか、何かしている途中だった。そうだ、そろそろ寝ないと。ええと、どうしてわたしはこんな格好をしているのか。

あれ、あの人はどこ？　匡春さん。匡春さんてば――。

左手の中指が反対側にねじれて、信じがたい痛みに襲われ、目の前が暗くなった。

リーダー格の男が短く何か言って、ふっと笑った。

「ええと、ええと」

「早く言えよばあさん」

23

宮下は、午後八時からの会議に少し遅刻した。調べ物に手間取ったからだ。

真壁は先に来て最後列に座っていたので、その隣に腰を下ろした。

ちらりと宮下に視線を向けたが、もちろん私語は交わせない。

真壁がメモ帳として使っている小さなノートに、何か書きつけて、すっと宮下の前に滑らせた。

《○アンキョ　×今井マンホール　ヤギ》

これは「蔦警部に暗渠らしき路地の存在は報告し、今井家で見たマンホールのことは報告していない」という意味だろう。それはもっともだ。路地を歩くのは自由だが、今井家に忍び込んだ理由を蔦に説明するのは面倒だ。

どういう反応だったのか大いに興味があるが、さすがにここでは訊けない。了解という意味でうなずいた。

会議ではこれという進展がなかった。解剖は女のほうのみで、男は明日に回すことになったらしい。こんなに世間を騒がせている事件なのに、と思いたくなるが、監察医務院もぱんぱんなのだ。

先に行われた女の解剖結果について、細かい追加情報はあったが、決め手になりそうなものはほとんどなかった。

年齢三十歳前後から四十歳程度。四肢および指に欠損なし。ただし、指は前回指摘のように外側に向けて三本骨折させられている。生活反応が出たため、生前に折られたこともわかった。また、前歯が三本欠けており、殴打によるものと考えられる。刺青については朝の報告のとおり、蝶に英字のRとN。確認できる範囲で外科手術痕なし。特徴的な火傷(やけど)痕、黒子、母斑等なし。出産経験あり。

宮下は、最後の出産経験ありが気になった。女性の遺体は、たとえ白骨化していても「出産経験あり」と判断できることが多い。なぜなら、子供を産むと骨盤に「妊娠痕」や「出産痕」と呼ばれる窪みや溝が残るからだ。つまりそれだけ大変な作業なのだ。

そんな思いをして産んだ子は、今はどこにいる？　誰かが面倒をみているだろうか。それとも、家で腹をすかせて待っているのだろうか。いや、そもそも生きているのか。

特徴的な点についていくつか質疑応答があったところで、蔦係長が話題を変えた。

「つい先ほどだが、第一の現場から数百メートルの場所に、暗渠らしい路地を発見したという情報を得た。だれか、これからすぐに行けるものはいるか」

蔦の声には、その内容の割に抑揚がなかったが、捜査員たちの間にはざわめきが広がった。すぐにほとんど全員が挙手した。蔦は、地取りをやっている一課と所轄のコンビを三組指名した。

「聞き込みはかまわないが、あまり遺棄現場だと匂わせるようなことは言わないでくれ。野次馬が集まると困る」

はいと答える大きな声が聞えた。

会議を終えて捜査員たちが退出しはじめると。その流れに逆行するように、真壁は蔦のところへ行った。宮下は遠慮して後方で待つ。

短く会話をし、お互いに何かを納得したようすで話が終わり、真壁が戻ってきた。

「とりあえず出よう」

真壁の車に乗り込む。

「喫茶店にいくまでもないだろう。ここなら話を聞かれる心配はない」

「そうですね」

真壁がエンジンをかけ、アイドリング状態でエアコンを入れた。

先に宮下のほうから話題を振る。

「蔦さんの反応を見ると、やはり、すでにあの路地に暗渠があることは知っていたようですね」

「まあな」真壁の返事はそっけない。

「捜査員たちはどうでしょう」

「おれに訊かれてもわからないが、おそらくごく一部しか知らなかっただろう。知っていればもう少し顔色に出たはずだ」

「真壁さんが蔦さんに報告したのは、もしかすると——」

その先は言わなかった。もしも蔦が〝上〟から口止めされていたなら、その足枷を解き放つために、わざと真壁はほかの職員がいる前で報告したのだ。

「捜査員がみつけてしまったので、これ以上とぼけるのは得策ではない」という口実を、蔦に与えるために。

「そんなことより、おまえさんの収穫を聞こうじゃないか」

「小牧グレース未歩氏の素性（すじょう）がわかりました」

真壁はわずかににやりとしただけで、続きを待っている。

「警察庁の審議官殿の姪ということで、前提として信用していましたが、出会って以来『ほんとか？』と思うことがしばしばありました。そして真壁さんの『彼女の言うことが全部嘘だったら？』という言葉で思いつきました。

昼前に別れたあと、明京大学まで行きました。電話では切られてしまうと思いまして。身分を明かして、大学、大学院ともに、現役の学生、院生あるいは卒業生の中に『小牧グレース未歩』の名があるか、調べてもらいました。学校側も最初は難色を示していましたが、重大事件にかかわることと、名簿に名前があるかないかだけでいい、それ以上は絶対に訊かない、という条件で受けてもらいました」

「やっぱり変わったな。それで？」

「結論を言いますと、過去五年の卒業生まで遡（さかのぼ）っても、いませんでした。ミドルネームの有無を問わず。彼女は年齢不詳なところがありますが、さすがにそれより年上とは思えません。つまり、そもそもの身分からして虚言です。そこが嘘ならほかもすべて嘘だと考えるべきです。そでは何者なのか。あれは、素人（しろうと）ではないと思います。しかし刑事課の刑事には見えない。それに、もし本庁の刑事で、身分を隠したいと思っているなら、一課のエリートである真壁さんを指名するはずがない。だとすれば公安だろうか。たしかに公安ならば、そう書かれた名札をつけていない。あの今井家をのぞいていた怪しい連中にも、つながりそうな気がします。しかしいくら高官の姪だからといって、あの若さで単独行動をするほどの重要任務についているとは思えない。いや、そもそも審議官の姪というのも本当なのか。疑いだせばきりがありません。

そこで、この五年間の入庁職員の名簿を調べました。正確には調べてもらいました。『F』の協力を得て。結論を言いますと、こちらにも小牧未歩の名はありませんでした。ならば、警察庁か政府の諮問（しもん）機関の職員か、と考え、これは琵琶湖（びわこ）にゴムボートで漕ぎ出すみたいだなと思い始めた時でした。これを見つけたんです」

そう言って、スマートフォンの画面を見せた。

「ごく簡単に説明しますと、ここの署の防犯カメラに映った彼女の顔のアップ画像を何種類かデータでもらい——もちろん非公式にです——それを『画像検索』にかけました。あまり癖のない顔立ちなので、うんざりするぐらい候補が出てきましたが、その中からようやくこれをみつけました」

口に出せば数秒だが、画像のチェックには相当な労力を要した。もちろん、そんなことは真壁には言わない。

問題の画像だ。

警察庁の入るビルの前、桜田通りの歩道の上で記念写真を撮っている観光客の写真だ。その一部を拡大する。観光客の後ろを、チラリとこちらに視線を向けてビルから出てきたスーツ姿の女。それは小牧未歩だった。

「警察庁（サッチョウ）か」

真壁がため息交じりに洩らした。

「残念ながら、どこの部署かまではわかりません」

「今日の午後だけでそれを調べ上げたならすごいぞ」

耳を疑った。真壁に褒めてもらったのはいつ以来だろう。——いや、初めてだ。

「真壁さんのほうでは何かありますか」

「おれか、おれは……」

コンコンとノックする音で、会話は遮られた。いつのまに近づいたのか、埃だらけのマークXは、険しい目つきの男たちに囲まれていた。

24

「警視庁の真壁さんと宮下さんですね」

真壁が窓を数センチほど開けると、ノックした男がそう尋ねた。

「そちらは？」

「失礼」

そう言って身分証を掲げてみせた。《警視庁組織犯罪対策部組織犯罪対策総務課》となっている。とても一読では覚えられない。

「総務課――。失礼ながら、事務方さんですか」

「実動部隊も若干名いるんですよ。存在は知られていないですが。たとえば、一課における真壁さんのように」

それで問答は終わった。

「それで、ご用件は？」

「お目にかかりたいという方がいます。おそらく、お名前はご存知かと」

そういって、真壁の車からは背後方向になる、駐車場の一番奥まったあたりに顔を振った。距離にして十数メートルほどだろうか。

あきらかに「同業者」が乗っているとわかる二台のうち、一台はミニバンタイプ、もう一台はセダンタイプのそこそこの高級車で、どちらも黒塗りだ。「合法ですか」と訊いてみたいほど窓が真っ黒に見えるのは街灯のせいだろうか。

　セダンの前部ドアが二枚同時に開き、二人の男が出てきた。いかにもＳＰといった雰囲気の、ごつい体つきの男たちだ。一名が後部座席のドアを開けると、そこからさらに一人の男が登場した。

　夜になっても一向に気温が下がらないこの蒸し暑さの中、いくら夏物とはいえ、紺のスーツの上下をきちんと身に着けている。さすがにノータイだが、ポケットチーフを差しても似合いそうな雰囲気だ。特別にきつい目で周囲を睨みまわすわけでもなく、部下に横柄(おうへい)な態度をとっているわけでもないが、静かな威圧感のようなものがある。

　宮下には、それが誰だか想像がついた。

「あれは、もしかするとですね。そこだけは真実だったんですね」

　ささやく宮下に、真壁が普段どおりの声で答える。

「らしいな。おれも会うのは初めてだ」

　その人物が、こちらを見て会釈した。

「あちらまで、ご足労願えますか」

　犯罪対策総務課の〝実動部隊員〟が馬鹿丁寧に言った。真壁も同じ程度の慇懃(いんぎん)さで答える。

「地の果てでもうかがいますよ。――宮下君、行こうか」

　主役の人物まで二メートル半ほどに近づいたところで、一旦制止させられた。

「失礼します」

男たちが寄ってきて、二人のボディチェックをしようとした。

「やめなさい」

その人物が制止した。男たちの動きがぴたりと止まった。

「お誘いしておいて、失礼ですよ」

その人物は真壁と宮下を交互に見て、迷うことなく真壁に視線を据えた。

「あなたが、真壁さんですか」

低く、静かだが、意志が強そうな声だと感じた。

「はい。警視庁捜査一課、真壁修です」

真壁は、脱帽時の敬礼をし、名乗った。男はうなずいて次に宮下に顔を向ける。

「そしてあなたが宮下さん」

「はっ。警視庁高円寺北署刑事課、宮下真人であります」

真壁と同じく敬礼し名乗った。

男はむしろ遠慮気味な声で名乗った。

「警察庁長官官房の高橋です。姪の小牧未歩がお世話になっています」

そう言って、軽く頭を下げた。穏やかで冷静だ。驕(おご)った雰囲気はみじんもないが、同じぐらいに気弱さも感じない。

審議官といえば、階級では警視監だ。階級外である警察庁長官を除けば、その上には警視総監しかいない。つまり道府県警の本部長と同格だ。宮下たちにとっては、雲の上というより、成層圏（せいそうけん）を飛ぶ人工衛星のような存在だ。

「外はまだ暑い。喫茶店に行くのもなんだし、少し、車の中で話しましょうか」

「はい」

いざなわれて、ミニバンに乗った。あらかじめ、二列目三列目のシートが向かい合わせになっている。まさかこのまま、どこか地下の取調室に連れていかれるのか、そんな空想をしてしまう。

高橋審議官は、そばにぴたりと寄り添っているＳＰ風の部下に声をかけた。

「あなたがたには悪いが、しばらく三人だけにしてもらえませんか。どこかそのへんでお茶でもしてきてください」

部下は素早く頭を下げて、離れていった。もちろん、お茶はしないだろうが。

「たしかに、あれが取り囲んでいたら暑苦しいよな」真壁が耳打ちした。

「聞こえますよ」可能な限りの小声で返す。

審議官が振り返った。

「聞こえています。彼らの名誉のために言うと、暑苦しいのはたしかだが、役にも立ちます。まあ、そんなことはいい。狭いところで申しわけないが、さ、どうぞ」

「失礼します」

二列目のシートを示されたが、真壁は迷わず三列目に座った。宮下は意識したことがないが、それがマナーなのだろうか。さすがに宮下は、審議官に先をゆずった。審議官が向き合う形の二列目に座ったところでスライドドアに手をかけた。

「運転手がいないのも不安ですから、自分は運転席に」

返事を待たずに閉め、運転席に回った。本当は、顔を突き合わせての会話では呼吸困難になりそうだと思ったからだ。どのみち、会話は真壁が主体となるだろう。ならばこのほうが気が楽だ。

冷房をきかせるために、エンジンは切らずにその場でアイドリングをしている。高官みずから条例違反を犯しているのだから、今後は罪悪感が薄れる。

「未歩から、連絡はありますか?」

審議官の問いに、真壁が答える。

「今日の未明というべきでしょうか、午前一時十二分に連絡をいただきました」

ルームミラーで様子をうかがっていると、真壁はそう言って、スマートフォンの画面を見せた。

「小牧未歩さんからのメッセージです」

《大学院で急な用事ができました。本日はうかがえません。申し訳ありません》

今朝、宮下も見せてもらったあれだろう。

「大学院の用事が、午前一時に決まるというのは変だと思いましたが、失礼ですが少し変わったところがおありでしたので、そのままにしました」

「おっしゃるとおりです」

　審議官が微笑んだようだ。

「しかし、そもそも大学院生ではなさそうだということを、たった今も、宮下と話し合っていました」

「その点に関しては、お詫び申し上げる。のちほど説明させていただきます」

　意外な展開に、宮下は脈が速くなるのを感じた。審議官が問う。

「その後、連絡は？」

「いえ。来ていません」

「なるほど」

　だめと承知で期待した、そんな雰囲気だ。今度は真壁が問う。

「審議官のほうには来ていますか」

　二人の表情をうかがう。真壁はしっかり相手を見据えている。サイドウインドーにぎりぎり映る、審議官の横顔も見た。真壁の問いに、淡々とした印象だった審議官の眉間に皺が寄ったように感じた。スマートフォンを取り出し、操作している。

「これをちょっと見てもらえますか。今朝の午前七時十二分に来たメッセージです」

　真壁に画面を見せている。

　宮下も我慢できずに覗き込んだ。

　宮下のために真壁が読み上げた。

「ショートメッセージというやつですね。《元気でいます。あと二日ほど自由にさせてください》《どこにいる？　無事か？　なんとか連絡を》これだけですね」

「そう。最初のものが小牧未歩からで、あとのほうが、わたしだ。しかし、未歩からのメッセージはとても本人が打ったとは思えない」

「何か気づかれたことは？」

「この一通を送る間だけ、電源を入れて、すぐにまたオフにしたようだ。その後は一度も通信ができない。電話も何度かけてもつながらない」

「自分も試みましたが、同じでした」

さすがに真壁でも口にしづらいのか、短い空白を挟み、遠回しな表現で続けた。

「――これはつまり、自由に連絡をすることが困難な状況下にあるとお考えですか」

審議官はあっさりと、しかし低い声で認めた。

「拉致されて自由を奪われているか、場合によってはさらに深刻な状況下にあると考えるべきでしょう。最新型のスマートフォンなら、電源を切ってもGPSで追えるものもあるらしいが、設定を変えたり金属の箱に入れたり、いろいろ妨害する方法もあるようだ」

核心に迫ってきたせいか、審議官の口調に統一感がなくなってきた。

「ここにある《あと二日》の理由に心当たりがありますか」

真壁の問いに答える、審議官の声がさらに低くなる。

「本件一連の三遺体は、同一犯ないし同一グループによる犯行の可能性が高いと聞いています。

だとすると、二日以内にさらなる事件が起きる、いや犯人側からすれば起こす可能性が考えられます」

「つまり、それまで邪魔をするな。こちらには人質がいるぞ、ということでしょうか」

「まあ、あまりにあからさまなので、そう考えるのが妥当でしょう――」

「今のお言葉には、何か含みがあるように聞こえます」真壁が問う。

「これ、という意図はないのかもしれないとも考えています。なんとなく意味がありそうなことを送って、あれこれ深読みさせる」

真壁がくすっと漏らすのが聞こえた。

「失礼ながら、やはり審議官殿と小牧未歩さんは、血のつながりがあると思料いたします」

「真壁さん」さすがに割って入った。

「いや、いいんだ」と審議官「やっぱり、きみは面白いな」

真壁は質問を重ねる。

「どう対処されるお考えですか。引っ込んでろとおっしゃるなら引っ込んでおりますが」

審議官は「そうか」と言って少し笑った。そして考えている。

これでも、宮下が知っている真壁にしては、かなり丁寧で愛想がいい口のききかただ。審議官もあまりそういうことにこだわるタイプではないらしく、長いつきあいの部下に対するような、やや砕けた応対に変わってきた。

「いや、笑っている場合ではないな。姪が監禁されている可能性があるんだからな。質問で返して悪いが、きみはどう思う」

「率直な意見を申し上げてよろしいのでしょうか。忖度は苦手ですが」

「頼むよ」

「わかりました。仮に自分が審議官殿の立場でしたら、もちろん調べます。マスコミや一般人向けには隠しますが、犯人には気を遣いません。なぜなら、相手もこれだけのことをやっているのですから、ばかではないはずです。警察組織が、やめろといってやめるはずがないのは承知でしょう。こちらの出方を見ていると思います」

さすがに忖度しない真壁でも遠回しな言いかただ。可愛い姪を心配する伯父の前で「だって、小牧未歩が邪魔なだけなら、その場で殺して暗渠に流せばよかった」とは口にできない。

「なるほど。それで？」

「なまじ動きを見せないと、かえって疑心暗鬼を生みます。せっかく実動部隊が出張ってきたのですから、かれらに嗅ぎまわってもらったらいかがでしょうか」

「姪の安全はどうなる？」

「いま申し上げたのは原則論です。相手によります。いきなり、最悪のことはしないと思いますが、わかっているだけで、三人を暴行し、おそらく扼殺し、地下水路に投げ捨てた奴です。楽観視はできません」

「ひとつ訊いてもいいだろうか」審議官の声がこれまででもっとも強張った。「責任を取れとは言わないが、今回のことは、一部きみたちの失態でもある。お守りを頼んだのだからな。どうしてそう涼しい顔をしている」

「審議官殿が涼しい顔をしていらっしゃるからです」

「なんだって？」

さすがに声の調子が変わった。

「真壁さ……」

また割って入ろうとした宮下を、真壁本人が軽く手を上げて制した。

「お気に障られたようでしたらお詫びいたします。しかし、自分はこれまで、身内が行方不明になった人間を何人も見てきました。今の審議官殿のように、落ち着いているかたは初めてです。連続暴行殺人犯にさらわれたのにもかかわらず、です」

「落ち着いて見えるか？」

「どう思う、宮下巡査部長」真壁が訊く。

巻き込まないでください。

「いえ、自分は決して……」

「まあいい。続けて」

あろうことか、審議官がとりなしてくれた。

「落ち着いていらっしゃる理由は二つ考えられます。一つ、姪の命などどうでもいいと思っている。二つ、なんらかの理由で、すぐには小牧未歩さんの身に危険が及ぶ心配はないと判断された。そして、おそらく後者であると考えます。そこでさきほどの意味なしメッセージの結論に至ったと思料いたしました」

車内を沈黙が覆った。審議官が小さく息を吸う音まで聞こえた。

「面白いな。ほんとにおもしろい。今回のことでは頭も胃も痛んだが、ようやく少し気が晴れた。——そうか。よし。心が決まった。ひとつ頼みがある」

「ご存知かとは思いますが、指揮系統が違います。しかし命令されれば従います。始末書には慣れています」

「小牧未歩さんをですか」

「まあ、そうあてこすりみたいに言わないでくれ。——きみらにも探して欲しい」

「そうだ」

「さきほどの優秀なみなさんがいらっしゃるじゃないですか」

「失礼を承知で言う。〝武器〟はいろいろ取り揃えたほうが心強い」

「ロケットランチャーにも切り出しナイフにも、使い道はあると」

「そういうことだ」

「わかりました。しかし、少なくとも『何が起きているのか』を把握しませんと、話になりません。そもそも、小牧未歩さんはいったい何者なのか。何を調べていたのか。今回の犯罪に関して、我々には知らされていないことで、何か知っていることがあったのか。

次にあの三つの死体です。彼らは何者なのか。それぞれ関係があるのか、接点があるのか。そして何より犯人に心当たりがあるのか」

　真壁の口調に「騙された」という怒りは感じない。すでに、何か裏があると予想していた。それに、警察捜査の手口がきれいごとばかりでないのは、おそらく審議官よりも真壁や宮下のほうが知っている。

「わかった。ある程度の予測はついているようだし、ここまで来たのだから、話そう」

　宮下は、喉がむずがゆくなり、緊張で渇いていることに気づいた。

「その前に――」

　審議官はそう言って、脇の席に置いてあったコンパクトなクーラーボックスからペットボトルを取り出した。

「喉を潤しながらにしよう。残念ながら麦茶しか選択肢がないが」

　真壁に渡し、運転席の宮下にも差し出した。

「ありがとうございます。いただきます」礼を言って受け取る。

　最初にキャップをひねった審議官が、ひと口ふた口飲み下して、回想するように話し始めた。口調がすっかり変わっていた。

「まず最初に断っておくが、わたしは内心そんなに落ち着いているわけではない。さっきは真壁君の推理を立てて、ご明察のように言ったが、内心を外に出さないのは職業病だ。いちいちあせっているところを部下には見せられないからな。ほんとうをいえば、というより、一人の伯父としてなら、今すぐ自分でしらみつぶしにそこらの家へ聞き込みをしてまわりたいぐらいだ」

「それは、大変失礼を申し上げました」

「だから、本当はのんびり話している気分ではないが、さっきの連中はかなり優秀だ。わたしがやきもきしてみても、蚤(のみ)のあくびほどの役にも立たないだろう。それに、きみが言うことも一理ある。協力を頼むからには、事情を正直に説明しないとな。

さて、話をどこから始めたものか、迷っている。そもそもあの子がこの案件に首を突っ込むことになった理由については、少し後回しにしよう。――そしてこれもまたあの子が先導したと認識しているが、結果的にきみたちも関心を持った、あの《今井》と表札のかかった家について、まずは説明する。あの家には、去年の春まで今井朝乃という女性が住んでいた」

すでにそれは知っていたが、まさか《巡回連絡カード》を見ましたとも言えず、黙ってうなずく。そして、審議官が未歩のことを「あの子」と呼ぶその口調にわずかに違和感を抱いた。

「このあと説明するが、この今井朝乃はわたしの親戚でもあった」

「えっ」

思わず声を上げた宮下にかまわず、先を続ける。

「去年の四月のある朝、男性の声で一一〇番通報があった――」

25

「ばばあ、立て」

リーダーらしい男の声に、今井朝乃ははっと我に返った。目隠しをされたままなので様子はわからないが、誰かが腕を持って引いた。上半身が布団の上に起き上がる形になった。

「目隠しは取るなよ。取ったら目玉つぶすからな」

返事をしようとしたが声にならないので、あわてて何度もうなずいた。左手の指が、痺れるように痛い。

「立て」

足を押さえていたらしい男の声が命じた。やっぱりどこかで聞いた気がする、少し優し気な声だ。

「早く歩け」

そう言いながら後ろから蹴ったのは――思い出した。木村菜緒子の声だ。いまだに信じられない。公園でさくらと一緒にベンチに座り、顔に青痣を作って、明日生きるあてさえなさそうにしていたあの彼女と、同じ人間だとは思えない。

「下に降りるぞ」

若い男の声が命じる。やはり聞き覚えがある。どこの誰だったろう。最近、肝心なことほど思い出せない。

腕を引かれ、背中を押され、階段の縁に立った。壁に右手を当てて、位置を確認する。気をつけなければならない。二年ほど前に、足を踏み外して腰と肘を打ち、しばらく病院通いしたことがあった。そのあと、滑り止めのシートは張ったが、ときどきそれでも踏み外しそうになる。指が痛くて、手すりはつかめない。

「降りろ」若い男の声がして、背中を軽く押された。

一歩ずつ、一歩ずつ。自分にそう言い聞かせながら、右足を出しては左足を添え、という歩を繰り返す。

「早くしろ、くそが」

半分ほど降りたとき、菜緒子の声がして、いきなり尻を蹴られた。その勢いでつんのめるように転がり落ちた。どたどたという大きな音が響き、どんなふうに転げたのか自分でもよくわからないほど、ぐるぐると回転しながら一階まで落ちた。

「痛い――」

そう漏らすのがやっとだった。背中、ほお、腕、脛(すね)、体中のあらゆる場所を打ったり擦りむいたりした。

「ばかやろう。死んだらどうすんだ」

リーダー格の声が菜緒子を責めた。

「だって、わざとらしくちんたらやってるからさ」

「死んだら訊きだせないだろうが」

「死なねえよな、ばあさん」

「大丈夫か」

若い男の声が頭上から響いた。ようやく思い出した。頭を打った刺激で思い出したのかもしれないが、いまの「大丈夫か」のイントネーションに聞き覚えがあった。

一か月ほど前だったろうか。ときどき立ち寄るコンビニで、買い物を済ませたあと、店の前で袋の中身をぶちまけてしまったことがあった。そのときすぐに、若い男の店員が駆けだしてきて「大丈夫ですか」と声をかけて、中身を拾い集めるのを手伝ってくれた。

この声は、あのときの親切な男の子だ。いや、違う。あんな親切な優しい子が、こんな一味に加わるはずがない。若い子の声はみんな同じに聞こえる——。

「さっさと立て」

リーダーの声がして、腕をぐいっと持ち上げられた。それと一緒に臭気が広がる。

「うわっ、最悪」若い男の声。

「なに、このばばあ。漏らしてんじゃん」あきれたような菜緒子の声。

「ちっ、風呂場連れてけ」リーダーの声。

誰かに引っ張られるようにして、風呂場に連れていかれた。洗い場のタイルが素足に冷たい。

「早く脱げ」

リーダーが命じた。まごまごしていると、「早くしろ」とまた菜緒子が蹴った。よろけて転んでしまい、何かに額をぶつけた。口の中にすっぱいような味が広がる。おそらく、シャワーの栓にでもぶつけたに違いない。

「痛い——」

そううめくのがせいいっぱいで、動くことができない。

「脱がせて逃げないようにしておけ。それと、汚ねえから、水でもかけとけ。おれはもう少し家の中を探してみる」

「ええ、まじ？　わたしやだ。きみ、やって」

「おれも嫌ですよ」

蹴られたり脅されたりしながら、下着まですべて脱がされた。そこに立ったまま、シャワーの水をかけられた。

「冷たいです」

「いちいちうるせえよ。殺すぞばばあ」菜緒子の声だ。

四月の冷たい水が、容赦なく朝乃の皮膚を責めた。

26

高橋審議官は淡々とした口調で回想する。

「通報は非通知設定だったが、もちろんこちらでは把握できる。誰が通報してきたのか、今はそれはいい。通報の内容は、今井家の住所を正確に告げた上で『自分は今井朝乃の知人だが、二日ほど前から彼女の姿を見ない。二階のひと部屋とトイレは灯りがついたままだ。水を使う音もする。なのにインターフォンに応答がない。そして、いなくなる直前に来客があったようだ』という趣旨だった。話しぶりは簡潔で要領を得ていた。

すぐに所轄が動き、地域課の警官が来て調べた。家に姿はなかった。外回りから見ても、押し入ったような跡はない。ならば、客が来て、どこかへ出かけたのだろうと判断した。最近、細かなことで隣近所に関する苦情が多い。その一種だろうと判断した。しかし、ある事情があって、この情報がわたしのところへも来た。

わたしがすぐに手配し、きみたち刑事警察とは別の流れの捜査員たちが、すぐさま現場に向かった。令状はないが家の中を調べた。すると、ごく最近まで複数の人間がいた形跡がある。煙草の吸殻を見ると、少なくとも二人、ひとつは口紅がついていたので、おそらくは男女がいた。だが、朝乃の姿がない。さらったのだとすれば、少なくとも車で乗りつけて、運び込まなければならないだろう。そんな目立つことをしたなら、通報者がそう言っていたはずだ。ならば、まだ家の中にいるはずだと、もう一度くまなく調べた。結局、彼女は自宅から死体で発見された。あきらかに他殺だった」

「風呂で事故死ではなかったんですね」

宮下はつい声に出し、話の腰を折ってしまったが、審議官はとがめることもなく、うなずいた。

「そう、それは外向きの発表だった。その理由もこれから説明する。遺体はひどいありさまだった。ある事情があって写真を見たが、今でも夢に見ることがある。——どこで見つけたか？そう、それが重要かもしれない。家屋の中ではなかった。ある捜査員が、庭の勝手口に近いあたりにマンホールの蓋があって、最近動かした痕跡があることに気づいた。急遽、蓋を開けてみた。捜査員たちも、一瞬息を飲んだそうだ。中に溜まった水の中に朝乃の遺体が押し込んであった」

「あの単独浄化槽の中に！」

思わず声に出してしまって宮下が恐縮すると、審議官はそうなのだと応じた。

「いくら亡くなったあととはいえ、あまりにむごい。非道だ。——ただ、朝乃の遺体は、腐敗が進む前だったので、比較的詳しいことまでわかった。死後一日半、つまり通報どおりなら、拘束されてから半日程度は生きていたことになる。朝乃はこの間、拷問を受けていたのだ。死因は複合的な原因による心臓麻痺と結論された。全身に殴打の痕があって、特に顔がひどく腫れあがっていた。手と足に結束バンドによるものと思われる傷が残っていた。身体の自由を奪った上で暴行を加えたのだろう。前歯も欠け、左手の中指から小指までの三本が甲の側に折られていた。煙草の火を押し付けられた痕も数か所あった。その後の調べで、その状態で浴槽にしばらく放置されていたこともわかった」

審議官はそこで一度言葉を止めた。辛くなったからか、喉が渇いたからかはわからない。ペットボトルからふたたび何口か麦茶を含んだ。

手足を拘束して、激しく暴行し、さらに浴槽に放置し、死後はすでに使われなくなっていたとはいえ、もとは汚水処理用の浄化槽の中に押し込まれていた——。

「ひどすぎますね」

宮下が思わず漏らすと、真壁がちらりと視線を向け、再び審議官に訊いた。

「いまうかがった朝乃さんの状態と、森川とかいう大学生、昨日みつかった男女が繋がるわけですね」

「犯人は、あきらかに一年前に朝乃がされたことを、再現している。朝乃はこれだけの苦痛を味わったのだぞというメッセージ性を感じる」

「あとから見つかった二名の身元はわかっているんでしょうか」

「二人の特定ができたようだ。ほんの少し前に連絡が来た。知人の証言で、女の刺青が決め手になったようだ。まだ裏付け作業中なので発表はしていない」

「どこの誰ですか」

「男は高野亮太(たかのりょうた)、三十八歳、職業不詳。女は内縁関係にある木村菜緒子、三十四歳、職業不詳。現在居所及び子供の行方については調査中」

「つまり森川、高野、木村の三人は、今井朝乃さん事件の犯人グループの可能性があるということでしょうか」

「われわれが、密(ひそ)かに追っていた朝乃の件では不詳だったが、その後の別の案件で、犯行時に本名を名乗っているらしいことがわかっている。世の中をなめきっている」

「そうですか。――ところで今回の件は、たとえば犯罪グループ内の内輪もめとかでしょうか」

またしても口を挟んでしまってから、宮下は後悔した。この二名を相手にして、あまりにも「いわずもがな」の推測だからだ。真壁はその点には触れず、自分の疑問をぶつけた。

「犯人推定の前に、まだ腑に落ちない点がいくつかあります。――まずなんといっても、その今井朝乃さんの事件が、自分には初耳だったことです。そんな事件がおきれば、しばらくマスコミの話題は持ちきりだと追いますが。――おまえさんは記憶にあるか？」

いきなり話を振られたが、宮下は間髪を容れずに「いえ」と否定した。まったく聞いた覚えがないと疑問に思いながら、審議官の説明を聞いていたのは事実だ。

それほどの猟奇殺人事件なら、相当な騒ぎになったはずだし、この仕事をしていて記憶に残っていないはずがない。

審議官があっさりと答える。

「公表しなかったからな。警察関係者でもごく一部の人間しか知らない。一課の人間ですらほとんど知らない」

「そんなことがあり得るんですか」

宮下の率直な質問に、審議官は「あり得るんだよ」と答えた。

「秘匿した理由を教えていただけませんか」

宮下は、深い興味を持ってその答えを聞きたいと思ったが、一方で非常に気がかりなことがあった。

今、そんなことを話していていいのか、という思いだ。小牧未歩が拉致監禁されている可能性が高いと言っていながら、こんなところで過去の事件をなぞっていていいのか。こうしているあいだに、取り返しがつかないことにはならないのか。

しかし、とも考える。真壁ではないが「何が起きたのか」を知らねば、捜索のしようがないのも事実だ。審議官は先を続ける。

「こうなっては、少なくともきみたちには話すべきだろう。じつは――もう言ってしまってもいいな――地域課の警官が引き上げたあと、令状なしに徹底的に調べたのは警視庁公安部の連中だ。

今井朝乃の夫だった今井匡春は、今から約七年前、つまり朝乃事件の当時からすると、六年前に死亡している。死因は膵臓（すいぞう）がんだ。病院での死で、その点に不審なところはない。ただ、少し特殊な事情があった。匡春氏の現役時代の職業だ。――警察庁警備局長だった」

さすがにこのことは真壁も知らなかったらしく、驚いた気配が伝わって来た。審議官が続ける。

「きみたちに説明するまでもないだろうが、警察庁警備局といえば、日本の公安警察の頂点だ。もちろん、映画や小説で『公安』の代名詞のように描かれている、警視庁公安部もその指揮下にある。すでに引退し、死去しているとはいえ、そのトップにいた男の妻が、そのような残虐（ざんぎゃく）な殺され方をしたと公表しては衝撃が大きすぎる。

そこで少なくとも〝背景〟がないか確認するために、公安が出張った。政治的な意図は感じられなかったが、朝乃は『病死』という扱いにした。まあその手法については問わないでくれ」

もちろん問うつもりはない。その手の話はときどき聞く。

「そして調べるうちに、さらに衝撃が走った。単なる押し込み強盗ではなく、手口が特殊詐欺だったらしいことがわかった。つまり、犯人たちは力ずくで押し入ったのではなく、一味の女——今回みつかった木村菜緒子——と少女を、朝乃が自分から招き入れたらしいのだ。

これだけ警察が『特殊詐欺に注意しましょう。騙されないようにしましょう』と喧伝(けんでん)していながら、そんな事実が世に出ては以後の士気にもかかわる」

「しかし」と反論したのは真壁だ。「面子(メンツ)がどうとか言ってる場合でしょうか」

「きみの言いたいことはわかる。常識だ。しかし、どちらかといえば一般人の常識だ。今井朝乃に絡んだ事情はそれだけではなかった」

「まだほかに？」

「そうだ。秘匿しようとした理由は、今井匡春の妻だからだけではなかったのだ。影響を受ける人物がほかにもいた」

「まさか——」

宮下も同じことを考えたが、声に出したのは真壁だった。一回の会話で、真壁がこんなふうに何度も驚くのは見たことがない。

「たぶん、いま真壁君が考えたことが当たっている。きみらでも『警官一族』などと聞いたことはあるだろう。あれは何も現場の警官だけに限ったことではない。上層部にも、親族関係、姻戚関係にある事例が珍しくはない。今井匡春には、一歳年下の弟がいた。その名を今井雄太郎(ゆうたろう)という。聞いたことは？」

「四代前の警察庁長官です。たしか今年の春頃に鬼籍に入られたと記憶しております」

思わず宮下が答えると、審議官が「さすがだね」と柔らかい声で答えた。

「今年の四月に亡くなった。享年七十五歳。やはり病死だ。まだ若かったが、もう十五年ほど脳梗塞(のうこうそく)の後遺症と戦っていた。そして、今井朝乃事件のときはまだ存命だった」

あえて口にはしないが、宮下は、実は今井匡春の名も知っていた。それればかりか、さらなる関係を想像し、息苦しくなっていた。

真壁が問う。

「今井家をめぐる特殊状況についてはざっと把握できました。もうひとつ大きな疑問がありまする。なぜ、未歩さんは今回のことに関心を持ち、言葉は悪いですが首を突っ込まれたのでしょう。最初はどこにでもいそうな大学生の死体遺棄事件に過ぎなかったのに。まるでその後に連続殺人事件に発展するのを予想していたかのようです。

彼女は何者です？　最初は、論文の取材に伯父の公権力を利用して捜査現場の邪魔をするなと思いましたが——あ、失礼いたしました」

少しも失礼と思っていない口調で謝った。

「いや、いい」

「宮下がたまたま写真を見つけたんですが、もしかすると彼女も警察庁の職員ですか？」

審議官は腹を立てたようすもなく答える。

「小牧未歩がわたしの姪だというのは、嘘ではない。しかし、あえていうなら〝義理〟の姪だ。

血はつながっていない。妻の妹の娘だ。妻の妹はコマキという日系アメリカ人と結婚し、アメリカ国籍も持つ娘に『グレース』というミドルネームをつけた。——まあ、そのあたりは本筋とは関係ない。その後、離婚したが感情的な理由ではなかったので、コマキを名乗ったまま日本に戻り、未歩は日本国籍を選んだ。

肝心なのは、未歩の母親は今井雄太郎の娘という点だ。つまり、未歩は今井雄太郎の孫でもある。大伯母と呼ぶらしいが、今井朝乃は未歩にとって祖父の義姉なのだ。顔も何度か合わせている。それだけではない。日本に来てこちらの生活になじめなかったころ、未歩はずいぶんと朝乃に可愛がられた。一時期同居していたこともある」

「小牧未歩さんが姪ということは——」またしても言わずもがなを口にしそうになる。

「そう。わたしは、今井雄太郎の義理の息子ということになる」

「そういうことですか」

入り組んでいて、一度には図式が頭に描けない。要するに、警察官僚一族だ。

「昨年の事件当時、未歩は大学四年になったばかりだったが、学校をやめて犯人を捜しだす、と言ってきかなかった。さすがにそれは思いとどまらせた。もともと警察庁が志望先だったから、そのまま入庁して犯罪をなくすことに力を注げと諭し、本人も了承した。そして今春から、警察庁に採用になった。希望がかなって、刑事局の組織犯罪対策二課に配属になった。ここは、暴力団犯罪や特殊詐欺などの凶悪な組織犯罪に対する、防犯や捜索のための施策の企画立案をする部署だ。

そして配属になったとたんに、今回の事件が起きた。今井家のすぐ近くで起きた猟奇的な事件で、その状況から朝乃殺害と関係がありそうだ。そう考えたら、じっとしていられなくなったようだ。上長に休暇を申し出て、首を突っ込みたいと言い出した。それで、わたしのところに話が回って来た。組対二課なら、まんざら無関係でもないだろうとこじつけて、法案企画立案のための出張取材という形をとった。――それがすべてです」

宮下は聞いていて、裏に隠されていた事実に驚きながらも、完全には腑に落ちてゆかない思いも抱いていた。真壁はどう思ったか知らないが、「論文」から「縁戚（えんせき）としての関心」に格上げになった程度だ。

その宮下の内なる声が聞こえたのかのように、審議官は「さきほどの話を少し補足しましょう」と言った。

「未歩とその母親が帰国したが、未歩は生まれてから米国で育った。母親の教育で日本語は流ちょうに話せたものの、いわゆるカタカナ語、たとえば『ウォーター』などをつい本場式に発音してしまうので、いじめにあった。勘ぐり過ぎかもしれないが、母子家庭であることを、ほかの親連中が何か子供に吹き込んだのかもしれない。

今井雄太郎は当時、脳梗塞で倒れた直後で介護が必要な状態だった。入院していたが、長女、つまりわたしの妻が通いで面倒をみていた。帰国した次女親子を引き取るどころではなかった。そこで、兄の今井匡春、朝乃夫妻がこの親子をあの家に呼び、同居し、未歩をなぐさめ力づけた。未歩は本当の祖父母以上に、匡春、朝乃夫妻に愛情を感じている。

今回のことで、職務の一線を越えるようなことがあったとしたら、まさにそこに起因しているのだと思う」

「背景についてはわかりました。もう少しうかがってもよろしいでしょうか」

真壁の問いに、審議官がちらりと腕時計を見たのがわかった。そして自嘲気味な声が聞こえた。

「姪に命の危険があるかもしれないというのに、会議の時間を気にする習性がしみついてしまった。――しかし、もう少し大丈夫です。質問を受けましょう。およそ内容の見当はつきますが」

こんな時刻から庁舎に戻って会議か、しかも、姪が行方不明だというのに。エリートも楽ではないと、宮下は同情した。

真壁は礼を言って先を続ける。

「いままでのご説明は背景、経緯です。もっとも肝心なこと、あの三人を残酷な手法で殺し、遺棄し、小牧未歩さんをさらった、その犯人の正体はわかっているのでしょうか?」

「まず、殺されたあの三名は、朝乃を襲った一味の可能性が高い。朝乃を狙った動機は、シンプルに金銭目的だ。朝乃の事件が起きるまで、このあたりでも散発的に特殊詐欺は発生していた。小金を持った老人世帯が多いからね。しかし、その後の捜査内容から判断して、襲った当初は元警察幹部の妻であることは知らなかったようだ。さっきも言ったように、昨日みつかった男女は、特定できてはいた。余罪があるからね。しかし、朝乃事件のあと身を隠していて逮捕にはいたらなかった。いわば、死体になって発見できたというべきか。

おそらく、関西や北海道あたりに出稼ぎに行っていたのではないだろうか。だが、遺留品、指紋、唾液などから、高野亮太と木村菜緒子は間違いないだろう。森川悠斗、大学生については、ノーマークだった。ここまで捕まらなかったことに深い理由はないと思う。幸運が味方したのと、立ち回りが上手かったにすぎないと考えている。

この殺された三人は、さっきも言ったが特殊詐欺グループのメンバーだ。森川は『受け子』、木村菜緒子は『受け子』と『出し子』の掛け持ち、高野はチームのリーダー兼運転手といったところ。警官を装うときなどには、直接被害者宅に顔を出すこともある。

ほかにもメンバーは大勢いる。というより、決まったメンバーのユニットはない。そのときの〝仕事〟の難易度や収入額などに応じてチーム人数の増減はある。高野の上に『指令役』がいて、いくつかのユニットを管理している。ユニットの上がりから、ケースによって二十から三十パーセントを抜いて、さらにその上の『ボス』に渡す。ユニットの駒どうしは連絡をとれないしくみになっている。あくまで『指令役』とスマホのアプリ——テレグラムが有名だが——を使って、連絡をとる。

ユニットをたとえるなら、蛸（たこ）の足というより、独立したウミウシのような軟体動物的なものだ。ひとつ潰しても、その断片や細胞がほかの個体に吸収されたりして、永遠にイタチごっこだ。海は広い。獲っても獲っても発生する」

「その『ボス』というのが、よくゲームを真似て『ラスボス』とかよぶ、詐欺グループの頂点ですね。暴力団とか半グレのリーダー格がやっている」

「概ね（おおむ）そういうことになるが、『ボス』も何人かいて、そいつらが上下関係にあるのか、横並びなのか、独立しているのか、そのあたりの実態もほとんどわかっていない。というか、逮捕者の調書を読んでも、彼ら自身も把握できていないのがわかる。『定義づけできるほどの実態はない』というのが近いかもしれない」

「その実行犯三人を殺したのは一味の誰かですか。たとえばその上の『ボス』とか」

「わからない。恥を忍んで言うが、つかめていないのだ。当時、二十三区内のいわゆる下町とよばれるような街区や、都下のやや高級な住宅街で似たような事件が多発した。これについては、きみたちも記憶にあるんじゃないか？」

真壁も宮下も、短く肯定の返事をする。たしかに、そういう事件が多発し、警察の無能ぶりが叩かれたのを覚えている。

「模倣犯（もほうはん）もいただろうが、少なくともそのうちの十一件は、同一グループの犯行だと見ている。つまり、同一の『ボス』に管轄されたユニットの集まりだ。

手口としては、まず人通りが少ない住宅街で、一人ないし二人で暮らす、ある程度資産を貯めていそうな高齢者のターゲットを探す。何らかの手段で、犯人の一人ないし複数が接触を持つ。高齢者が相手なら、親切にするとか趣味のサークルに入るとか」

「なるほど。森川悠斗がその役だったんですね」

宮下が思わず割り込む形で、口に出してしまった。言いかけた以上、最後まで続けた。

「それで、収入の割に金回りがよかったことに説明がつく。中古のロレックスは、買ったのではなく戦利品かもしれない。またあの水沢とかいうバイト仲間の女の子を誘ったのは、『掛け子』のスカウトですね。電話役は向き不向きがあるというから」

真壁が続ける。

「森川は、コンビニで、そういう高齢者を物色していた。森川のバイト仲間の『年寄りには親切だったけど、裏表があった』という証言とも合う」

審議官は「そうでもあるし、多少違う」と答えた。

「最近の特殊詐欺は、そんな手間をかけず、『名簿』や『リスト』を元にターゲットを絞るほうへ移行している。このところ増えてきた強盗(タタキ)もそうだ。だから、かれらは朝乃の件を含めて、何件か『独立』でやっていたんじゃないかとみている」

「独立？　つまり、指令役とかボスの指示を受けずに勝手に犯行に及ぶ？」

「そう。兵隊は危険の割に分け前が少ない。一割もらえたらマシなほうだ。だから自分らで丸々いただこうと思った。しかし、『名簿』を買うには〝つて〟も金も要る。だから自力で獲物を探した。

構造として、森川がコンビニでターゲットを見つけて木村が接近し、高野が加わってとどめを刺す。しかし、どうやら朝乃事件のときに〝上〟の人間にばれた。もちろん中止になどしない。いつものようにハンズフリーで指示を受けて、なにがなんでもカードのありかを訊き出そうとして、エスカレートして死に至らしめた。そう睨んでいます。

近辺で類似の犯罪は起きていたが、派手な暴力行為はなかった。朝乃が受けたほど残虐な拷問は、ほかにはない。指令役がカードを奪い取るまで絶対に止めさせなかったのは、裏切り行為に対する一種の懲罰(ちょうばつ)ではなかったかとも考えている」

「朝乃さんは、なぜそれほど、命に代えてまで渡さなかったのでしょう」

真壁の問いに審議官が、残念ながら、と無念そうに答えた。

「渡せなかったのです。高齢者の二人暮らしは物騒であることと、空き巣狙い対策もあって、匡春氏が生前に貸金庫を借りて、通帳や権利証などの重要書類はそこへ移してしまっていた。だから家には、日常的な金銭を出し入れする口座の通帳とカードぐらいしか置いてなかった。そして、一年前の事件当時、朝乃は軽度の認知症だった。だから匡春氏が亡くなったあとは、主だった財産は、わたしが管理――つまり預かっていた。朝乃は、年金の収入だけでやりくりしていたのです」

「茶化すわけではありませんが、元警備局長が妻に残した通帳を、長官官房審議官が預かっておられたと」

「当時はまだわたしは現職になかったが、まあそういうことだ。強盗どもはまさかそんな事情だとは知らなかっただろう。しかし、朝乃はべつに命と引き換えに金を守ったわけではなくて、襲われたショックもあって、おそらくは思い出せなくなってしまったと考えている。つまり、言いたくても言えなかった」

「それを知らず、犯人たちはエスカレートしていった――」

「そうだろうと睨んでいる。彼らの残虐行為のもうひとつの理由として考えられるのは、一般的にいって人間の暴力性、残虐性は、麻痺し増殖していくということだ。一連の事件で、脅しの方法も少しずつ過激になりつつあったし、指令役の命令もあっただろう。しかし、朝乃の思わぬ抵抗に遭って、一気に爆発した可能性も否定できない」

ふいに車内を沈黙が覆う。話すことがなくなったからではないはずだ。ありすぎて、どの要素をどう組み立てていけばいいのか、それに迷っているのだろう。

最初に口を開いたのは真壁だった。

「背景はおよそ理解いたしました。たびたび申し上げますが、現在最優先の課題は、未歩さんを無事に救出することだと思います。ならば、せめて朝乃さんの一件を一課にも教えてはいかがでしょうか」

「慙愧(ざんき)に堪えないという言葉は、こんなときにこそ使うんだろうね。われわれは、スタートでつまずいた。警察の、いや警察庁の面子のために事件そのものを隠蔽(いんぺい)した。最初から刑事警察と協力すればよかった。いまさら、じつはあれは特殊詐欺にひっかかったあげく、強盗殺人に至りました。それを恥じて秘匿しましたとは言えないのだ」

「わたしは今井家の裏手の暗渠の存在を上長に報告し、さきほどの会議でその存在が発表されました。今井家に捜査が入るのは時間の問題です」

「わかってる。さきほど報告を受けた。実は、蔦君は当時の事情を知っている一人だ。今回和泉署へ赴くにあたって、捜査員たちに事実を公表したいと、打診が来た。少しだけ待ってもらっていたが、とうとう真壁君たちも嗅ぎつけた、もう隠せないと先ほど報告を受けた」

話が終わりそうになったので、宮下が「自分もうかがってよろしいでしょうか」と割り込んだ。

「ここまできたのだから付き合う。会議には少し遅れると連絡すればいい」

宮下は、買い物帰りの主婦や重村藤子が見かけたといっていた男性の外形的特徴を説明した。

「ご存知ないでしょうか」

あたりはついていたが、審議官の口から聞き出したかった。

「それは、朝乃の弟だと思う。朝乃とは少し歳が離れていて、今年六十六歳になる」

「やはりそうでしたか」

親族ではないかと思っていた。

「これまでどちらに？」

どうして一年余りも経ってからやってきたのか、疑問に思っていた。

「直近三か月ほどはわからない」

「それは、行方不明という意味でしょうか」

そばで聞いていてはらはらするほど、真壁の質問には遠慮がない。

「どちらともいえる。しかし、住所不定といってもいわゆるホームレス状態とは違う。三か月ほど前まではきちんとした居場所があった」

「どちらに？」

「長野県須坂市だ」

またしばしの沈黙。こんどはさすがに宮下も〝言わずもがな〟を口にできなかった。真壁もすぐに思い至ったのだろう。

それは、長野刑務所のある土地だ。たしか収容対象は、刑期の長短はあるが、いずれにしても組織犯罪の関係者やいわゆる常習犯ではなかったと記憶している。

「お名前は？」真壁が訊く。

「宮内矩充という」

薄く小さなノートを出し、どういう字を当てるかを書いて見せた。宮内という名に覚えがあった。

「つまり、刑務所にいたので、事件直後はここへ来ることができなかった。出所したのち、ホテル暮らしなどをしながら、しょっちゅうあの家を訪れては、復讐を誓った。ということでしょうか」

「考えられなくはない」

「となれば、あの三人を残酷な殺し方で始末したのは、矩充氏でしょうか」

「可能性は否定できないが、わたしは違うと思っている。かれは、姉思いだったから怒りに燃えているとは思うが、そして、場合によっては弾みで怪我ぐらいはさせるかもしれないが、あんな残酷なことはできない。できる性格ではない」

「しかし、刑務所にいたのでは？」

実刑判決を受けるということは、それなりに重い罪を犯したということだ。

「具体的なことは許してくれ。実は、未歩がいてもたってもいられず首を突っ込んだもうひとつの理由はそれなのだ。未歩は矩充にも優しくしてもらった。あの人がこんなことをするはずがないと確かめたかったのだ」

具体的なこととは、矩充が刑を受けることになった罰条のことだろう。

「矩充は、安宿を泊まり歩いた形跡もあるようだが、知人のところに転がり込んでいたのかもしれない。本格的に調べたわけではないが、足取りはつかめていない」

「その矩充氏の居場所なり、未歩さんの拘束場所なりに、お心当たりはまったくありませんか」

はじめて、審議官の顔に苦悩が浮かんだように見えた。

「きみたちの捜査にかかっている。だから、こうして恥を忍んで話した」

「現場の捜査員たちには、どこまで説明するお考えですか」

今度は無言で首を左右に振る。

「今さら、過去のすべてなど話せない。特殊詐欺グループの内輪もめ、という筋で押し通すしかない。だから公安に助けを求めた」

「自分たちは独自の捜査をしてかまわないのでしょうか」

「お願いする。捜査本部にも、きみたちが好きに動くという話は通しておく。刑事部の人間で邪魔をするものはいない。しかし真相は秘匿してくれ。隠し通せないなら聞かなかったことにしてくれ」

「了解しました。――最後にもう一点。唐突ですが、宮内當子さんというのは、ご親戚ですか」

「朝乃の実の姉だ。朝乃や矩充の長姉にあたる。宮内というのは朝乃の旧姓だ。しかし、どうしてすでにその名を知ってる？　――そうか、登記簿か」

「はい。失礼ながら閲覧しました。――つまり、朝乃さん亡きあと、不動産はお姉さん一人が相続されたということですね」

審議官は「そういうことになる」とうなずいた。

「貯金や有価証券のほとんどは、遺言どおり遺贈した。手続きはわたしがやった。あの家の所有権のみ、一時的に姉の當子に名義を移した。その先のことはわたしの出る幕ではない。――掛川市にある當子が暮らす家へは、わたしも親戚の葬儀で二度ほど行ったことがある。いいところだよ。高台にあってね。見晴らしがいい。周囲には緑も多い。近々また行ってみたい」

「自分も行ってみたくなりました」

真壁が、嫌味以外でこんな追従（ついしょう）を言うのを初めて聞いた。

審議官が今夜一番の優しい視線を真壁に向けたのが、ウインドーにちらりと映った。

「静かなところだから、騒ぎは起こさないでくれよ」

「審議官、ここまで来たのですから、腹を割って協力させてください」

審議官は、名品と勧められた茶器が本物かどうか品定めするような目を真壁に向けた。

27

審議官に挨拶をして車を降りた。

真壁の車まで戻り、そばの通路にあったベンチに思わず尻を落とした。時刻はすでに午後の十一時近い。

めまいを鎮（しず）めるように、しばらくそのまま座っている。エアコンのきいた車内から、蒸し風呂のような夜の中に出たこともあるが、たった今聞いた話があまりに濃密だったからだ。

「どうしましょう」

いくら真壁でも、すぐに適切な答えなど出ないとわかっていたが、それでも訊いてしまった。

「おまえさんは、働いてから休むタイプか、休んでから働くタイプか？」

「働いてから休んでまた少し働くタイプです」

真壁が面白くもなさそうにうなずく。

「一度戻って支度して、午前一時に落ちあおう」

「場所は？」

「そうだな。ここでいいだろう。高井戸ＩＣまですぐだ」

「了解です」

一旦、別れた。

宮下が「下着ぐらいは替えておいたほうがいいですね」と言ったら、真壁が「そうだな」とあっさりうなずいた。それでシャワーを浴び、髭(ひげ)をあたり、買い置きしておいた新しい下着に取り替えた。

仮眠をとっていくか、着いてから仮眠をとるか、の選択については、二人とも迷わず「着いてから」を選んだ。そのため、和泉署の駐車場で午前一時に再度落ちあった。

自分の車は職員用スペースの来客用に停め、真壁の車に乗り込む。

「似合いますね」

思わず口にしてから、しまったと後悔した。真壁はそういう会話が嫌いなのだ。

今回の〝出張〟にあたり、気楽に散歩しているような格好にしようと話し合った。

真壁は、グレーのTシャツの上に、ネイビーのカジュアルシャツを羽織っている。下はジーンズに有名ブランドのスニーカーだ。

「そういう衣装も持っているんですね」

「もう一度服のことを言ったら、途中の高速から蹴り落とす」

「了解です」

合わせたわけではないが、宮下もほぼ同じような格好だった。薄いブルーのTシャツに、濃いブルーのカジュアルシャツだ。下半身はメーカーが違うだけでまったく同じ。

仕事に行くのだから、動きやすければいい。

首都高4号線の高井戸ICから首都高に乗った。車は、この間に満タンにはしてきたらしいが、相変わらず洗車はしていないマークXだ。

目的のインターまで、ナビだと二時間四十分ほどだが、三時間ほどは見ておいたほうがいいだろう。そこからさらに三十分ほどで目的地に着く。若干の休憩を込みでおよそ四時間のドライブだ。

高速道路も交代で運転することにした。まずは宮下だ。

運転していない時間は、お互いに極力休もうという話になったはずだが、やはり今回のことが頭にあって、その話題が出てしまう。

「昨日、今井家の浄化槽の蓋を開けましたね」

「ああ」シートを倒し、目を閉じたまま真壁が答える。

「まさか、あそこに朝乃さんが遺棄されていたというのは意外でした」

「そうだな」

「今回の被害者はあそこに遺棄されたのではないことがわかっていたのに、なぜ開けてみたくなったのか、自分でも不思議でした」

「おい。まさか朝乃さんの霊が呼んだとか言い出すなよ」

「わかってます」

超常的なものだとは思わないが、この仕事をしているとなんとなく勘が働くことはある。

「あの三人を殺して遺棄したのは、どっちだと思います。ボスを含めた仲間割れか、弟の矩充か」

「証拠がなさ過ぎてわからんな」

「朝乃さんが受けた仕打ちをなぞるような暴行は、矩充による復讐と考えるのが妥当ですが、審議官は違うだろうとおっしゃっていましたね」

「しかし、半グレの喧嘩ならまた話は別だが、特殊詐欺グループの内輪もめだとか制裁だとかで、複数の殺人なんて聞いたことがない。なぜなら昨日も言ったが、やつらは金にならないことは寝返りを打つのも嫌いだからだ。

最初に学生証だの免許だののコピーを送らせて、抜けたいという奴には、すぐ『殺すぞ』『家族も殺すぞ』と脅すが、本当に殺したりはしない。余計な罪が増えて一円の得もないからだ。『最後にひと仕事したら抜けさせてやる』とかなんとか言って、思い切りリスクの高い詐欺や『タタキ』をやらせて使い捨てにする。森川なんていう学生が一年以上も続いていたのはむしろ不思議だ」

「それに、警察を挑発するようなことはしないですよね。仮になんらかの理由で殺したにしても、どこか山中にでも捨てるんじゃないでしょうか。あんな閑静な住宅街の暗渠にわざわざ捨てるでしょうか。いずれ見つかるのがわかっているのに」

「そこだな。まだ立証されていないが、もし今井家の裏あたりから死体を捨てたなら、そして朝乃にそっくりな殺し方をしたなら、怒りに我を忘れた復讐と考えたくなる」

「しかし、聞いた話から浮かぶ矩充の人物像とは重ならないですね。それと、矩充も小牧未歩を可愛がっていたというじゃないですか。拉致しますか」

「拉致じゃなかったら？」

すぐに言葉が返せない。

それは、もっとも恐れていた発想だ。拉致でないとなると、すべての構図が狂ってくる。最悪の場合は、小牧も矩充の共犯ないし協力者であり、犯人側に立っていたことになる。

「そんなことあるでしょうか」

「この世は、どんなことでも起こる」

しばらく無言が続いた。真壁の仮眠を邪魔してはいけないと思い、宮下から切り出さなかった。

「ちょうど、今から二十年前のことらしい」

いきなり真壁が口を開いた。

「は？」

「あのあたりで立てこもり事件があった」

初耳だ。

「あの、というのは今井家のあるあたりですか？　ちょっと思い出せません」

「正確には、少し離れた金持ちの家に強盗に入った犯人が、予想以上の騒ぎになり、泡を食って逃げる途中に、たまたま警邏中だった制服警官と出会い、近くの民家に逃げ込んだ。犯人はその家にいた小学五年生の男の子を人質にとって立てこもった。まだ十歳だ。そのまま膠着状態になりそうだったが、テレビクルーなんかが来る前にあっさり解決してしまった」

「それで記憶にないんですね」

真壁がうなずく。

「短時間で解決し、怪我人も出なかったからな。で、面白いのはその解決法だ。隣の家の旦那が握り飯を持って家に入っていった。『あんたも腹が減っただろう。子供も可哀そうだ。握り飯でも食べてくれ。毒なんか入っていない』そんなふうに声をかけたという証言が残っている」

「ちょっと待ってください。まるで『七人の侍』じゃないですか。すでに警察も駆けつけていたわけですよね。一般人がそんなことできるんですか？」

「一般人じゃなかったんだよ」

「まさか――」

真壁が少しだけ嬉しそうな表情を浮かべ、うなずいた。

「握り飯を持って入っていったおっさんの名は、今井匡春という。数年後、警察庁警備局長になる人だ」

「まさか――」

同じせりふを繰り返した。ほかにうまい言葉がみつからない。

「事件が起きたのは、今井家の向かって左隣の家だ。田辺といったな」

空き家になってまだ数か月だろうと当たりをつけた。

「まさか、今回の件にかかわっているとか？」

「どうだろうな。恩にきているとは思うが」

「引っ越した理由は定年をきっかけにと言ってましたね」

「真相はわからない。今回の一件では、どいつもこいつも嘘をついている」

「たしかに。それじゃ事件の通報をしたのも田辺家か。その隣家にはこれ以上住みたくなかった。——それにしても、そんな昔のことをいつの間に調べたんです？　あの別行動の時間ですか？」

真壁はあっさり、いや、と否定した。

「蔦さんが部下に命じて、メールで資料を送ってくれた。さっき会議の最後に挨拶したのはそのことだ。それだけじゃない。今井家の裏に暗渠があることも、宮内矩充のことも、あの人は知ってたよ。ずーっと上のほうからの命令で黙っていた」

「それで、忖度なし人間の真壁さんが『暗渠を見つけました』と、皆が聞いているところで報告したわけですね」

今、蔦の属している捜査本部は、外形的には今井家の悲劇と関係ない。ただ、審議官の話からすると、死体はどうやら今井朝乃殺害の一味らしいということがわかってきた。蔦警部の耳に入らないほうがおかしい。それで、真壁は「おれたちでさえもう知ってますよ」とアピールし、蔦の足かせをほどいたのだ。

「緘口令がしかれたので蔦さんは思うような指揮ができず、歯噛みしていた。しかし、今井家へ直接はタッチできなくても、暗渠からたどることは止められていなかった。今井朝乃さんの事件のときは、暗渠は出てきませんからね。盲点ですね。これで、蔦さんなら一気にあのあたりを洗うでしょうね」

「徹底的にやるだろうな。それと、宮内矩充の前科がわかった。傷害致死だ」

罰条としてはそのあたりだろうとは思っていた。

「具体的には？」

「当時勤務していた会社の部下と飲みに行った。その部下がちょっとつまずいたか何かで、隣のテーブルのグラスを倒した。それがどうもガラの悪い連中だった。もしかすると、わざとグラスを倒したのかもしれない」

「常套手段ですね」

「しつこくからまれたが、矩充がむこうの勘定を持つことでいったんは話がついた。しかし、外に出たらそいつらが待ち伏せしていた。なまじ金払いがいいところを見せたからカモだと思われたんだろうな」

「それもまた、よく聞く話です」

「おそらく、スーツが汚れたとかそんな難癖をつけたんだろうな。矩充がきっぱり断ると、向こうは胸を突くとか襟首をつかむという行動に出た。体が小さかった部下が小突かれているのを見て、つい矩充は手を出した。合気道四段だそうだ。すってんころりんと転ばせたのはいいが、落ちた場所が悪かった。縁石の角で首の骨を折ってほぼ即死だった」

すっと現れすっと消えてゆく街灯の列を見た。

この世界に身を置くようになって、嫌というほど目にし耳にしてきたことだ。人生には魔が差す瞬間がある。舞台が暗転するように、ほんの五分前とはまったく違う世界に放り込まれる。

「向こうは凶器を所持していたわけでもなかった。殴るなどの暴力に出たわけでもなかった。そして矩充は武道の有段者だった。それで実刑になった」

「不運ですね」

「服役中に、朝乃さんのことは知っただろう。表向きの入浴中の心臓発作という事情で。もし真相を知ったら、脱獄していたかもしれない」

「いつ真相を知ったのでしょうね」

宮下の問いに、真壁はそっけなく答えた。

「この世界にも感情のある人間はいるだろう。言いふらすことはしないまでも、弟にぐらい本当のことを教えた人間はいるかもしれない。昔、優しくしてもらった記憶があればなおさらだ」

「まさか――」

そのあとの言葉を継ぐことはできなかった。

そういうことか。うっかり矩充に真相を語ってしまい、その結果この事態を招いたかもしれないという思いが彼女を動かし、その熱意が伯父を動かしたのか。

それきりこの会話は終わった
渋滞というほどではなかったが、週末に向かうせいか、東名高速は若干混んでいた。

富士川ＳＡに近づいたころ、寝ていると思った真壁が突然「運転を代わる」と言った。

「大丈夫ですよ。休んでいてください。その分、着いてからのご活躍を期待しています」

「デリカシーのわからないやつだな。トイレに寄りたいと言ってるんだ」

それもまた真壁一流の言い回しで、結局ＳＡで運転席を奪われ、ハンドルを握られることになった。もっとも、この〝出張〟が決まってから、途中寝られるとは思っていなかったが。

28

真壁がどの程度制限速度を超えたのか、夜中のことでもあり、助手席の宮下には正確なメーターが読めなかった。そういうことにした。

事故も起こさず、巻き込まれもせず、どうにか無事に静岡県掛川（かけがわ）ＩＣを降りたときには、さすがに少し疲れていた。

そのまま停めることなく、ＪＲ掛川駅方面へ向かう。途中、終夜営業のガソリンスタンドに寄って、燃料を満タンにし、タイヤの空気圧をチェックした。ついでにトイレも借りた。

そのまま、古いカーナビが示す北へ向かう道を、宮下がタブレット端末の地図アプリで補足しながら、街中を抜けた。

ようやく目的地へ着いたときには、午前五時を少し回っていた。空が白んできている。今朝の日の出は五時十分過ぎあたりのはずだ。日が昇れば、急速に明るさを増してゆく。

真壁は、目的の家から少し離れた場所に車を停めた。

周囲には茶畑が広がり、街並みを見渡せる場所に立つ、いかにも旧家然とした家だった。古来、見晴らしのいい場所には、神社仏閣や身分の上の者が住む。

敷地は二百坪ほどあるだろうか。正門前は手入れされた檜の生垣で、側面と裏面の三方は、人の背丈ほどの高さの白い塀で囲まれている。地方へ行くと、かなりの資産家の豪邸でもこの程度だ。東京の高級住宅街でよく見かける、要塞のようなごつくて高い塀はあまり見ない。

ただ、庭には手入れの行き届いた植栽があって、母屋のようすはうかがえない。

「中がほとんど見えませんね」

正面に回れば、生垣の隙間からのぞけそうな気もするが、それでは向こうからも見えてしまう。あまり周囲をうろうろもしていられない。腰の丈ほどの茶畑なので、身を隠す場所がない。

「いると思いますか」

「いるな。気配を殺している気配がする」

「同感です」

どこか身を隠すいい場所はないかと見回すと、百メートルほど離れているが、暗い空を背景に建つ、三階建ての賃貸マンション風の建物が見えた。ライトの具合からして、通路側がこの家のほうを向いているようだ。

「あそこに行きましょうか」

真壁も同意し、車で近くまで寄る。パーキングは見当たらないが、そのかわり停めても通行の妨害にならないような、路肩(ろかた)のスペースがいたるところにある。

マンションは管理人室があるものの、無人だった。オートロックも何もなく入れる。ぐるりと見回すと天井の隅に、防犯カメラが一台だけあった。それに向けて警察の身分証を掲げ、指を振って「中に入ります」と示した。後で問題になったときのために、正々堂々と入った記録を残しておく。

階段を早足で上がり、三階の通路スペースに立つ。

宮下は持参した双眼鏡(そうがんきょう)を出し、さっそく目に当てた。問題の家の門のあたりに焦点を合わせる。堂々とした構えの正門は重厚な木造で、経年を感じさせる。

その門に掲げられた表札が角度的にぎりぎり見える。門前を照らすライトの灯りで《宮内》という表札が読めた。この家は今井朝乃の実家であり、今は姉の宮内當子が一人暮らししている。――ことになっている。

真壁と宮下は、主犯の『ボス』と、少なくともさらわれた小牧未歩はここにいるのではないかと読んだ。

根拠は薄い。しかし、当てずっぽうや単なる勘でもない。昨夜の面会のときの審議官の意味ありそうな発言で思いついた計画だ。そしてもし、その読みが当たっているなら、宮内當子も人質にされている可能性がある。

途中コンビニに寄って、常温で置いておけそうな菓子パンやおにぎりを買った。

「朝のうちに来るだろう」

という真壁の読みは当たった。

午前七時ちょうどに、見覚えのある二台の黒い車がやってきた。

「二台？　たった二台で来たのか」

おもわず宮下が声を上げた。その二台は、宮内家の門の前の、空いた土地に停まった。

「あの家はあんな立地だから、車で近づけば丸見えになる。当然支援部隊はいるだろうが、少し離れた場所に停めて、徒歩で近づくはずだ。もっとも、身を隠すことに意味があるかどうか疑問だがな」

そんな会話をするうちに、黒いセダンから見覚えのある人物が降りた。

高橋審議官だ。昨夜会った時より明るめのグレーのスーツを着ている。あの色にしたのは、相手に圧迫感を与えないためにだろうか。彼もまた、ほとんど寝ていないはずだ。

両脇にSPがついている。

インターフォンを押すようなしぐさは見えなかったが、通用門が開いた。中で応対している人間は見えない。審議官一行は、会話もないまま中へ入っていく。

「行くぞ」

突然真壁はそう言い、走り出した。宮下も続く。階段を駆け下りる。エントランスで、出勤するらしい若い女性の脇をすり抜け、車へ走る。走ったほうが早そうだが、その後のことがある。宮下がドアを閉めたときにはもう発進していた。

「安全運転で！」

無駄と知りつつ宮下が叫ぶが、真壁は映画で見たカーチェイスのようなスピードで茶畑の脇を走り抜ける。あっというまに、宮内邸の裏手についた。裏門周辺は、やはり手入れされた低木が植わっており、その向こうはちょっとした雑木林になっている。もちろん、車の通れる道路などはない。

これは、昨夜、高橋審議官の車の中で最後の最後に真壁から持ち出した「共同作戦」だ。警察に恨みを持って挑発しているなら、未歩を連れているなら、そしてそこに金がありそうなら、行く先はひとつしかない。静岡県掛川市の宮内當子の家だ――。

警察内部では秘匿事項でも、高橋審議官個人はそう考え、なんらかの行動を起こすはずだ。まして、可愛い姪の命がかかわっている。だから、ごく少人数の部下を連れて、この家に様子をさぐりに来る可能性はある。犯人はそう考えるのではないか。

その筋書きに矛盾はないし、ほぼそれは事実だ。そして審議官自身が現れれば、もしその場に犯人がいたなら、無視はしないだろう。交渉に応じそうであれば、その先は臨機応変に――。

それが昨夜、急ごしらえで審議官と真壁が立てた作戦だ。

審議官は正面からインターフォンを鳴らして訪問を告げる。犯人がどうでるかまではわからないが、その隙に、真壁と宮下が裏手から忍び込み、小牧未歩と宮内當子、そして生きていれば宮内矩充の身柄を保護する。

　何の芸もない乱暴な計画だ。しかし、時間がない。審議官は概ね同意したが、ひとつ条件を付けた。

「たしかに裏手に勝手口はあり、蹴破るのは容易だろう。しかし、相手は凶悪犯だから、二人では心もとない。〝実動部隊〟を二名つける。裏手近くに潜ませて、きみらが進入するときに、一緒に入る」

　そういうことで、昨夜の話は決まった。

　真壁と二人で裏門に走り寄ると、裏手の雑木林に潜んでいたらしい四名の男が足早に出てきた。

「また嘘をつかれた」真壁が短く叫ぶ。実動部隊の人数のことだ。二名のはずが四名に増えている。

　彼らも昨夜と違って、それぞれラフな格好をしている。

　アルミ合金のドアを蹴破る勢いの真壁を手で制した隊員が、小形の電気ドリルのような器具を出した。鍵穴を壊して無効化させる道具だ。ジャキンという音がして一発で開いた。

　ドアを開けてまず二名が入り、続けて真壁と宮下、そして残り二名が続く。先の二名が勝手口のドアにとりかかった。あとからの二名は、後方支援と見張りを兼ねる。

「おい」

　宮下は真壁に腕をつかれ、言われたほうを見る。

「浄化槽だ！」

　マンホールの蓋が三つみえている。今井家にあったものより規模が大きいようだ。

「行くぞ」

　真壁が指を振って合図し、二人走早に近寄る。丸い鉄の蓋の周囲の草が、踏みしめられている。最近誰かが開けたということか。

「くそっ」

　宮下はそう叫ぶと、周囲を見回した。この動きに気づいた隊員が二名走り寄ってくる。

「どうかしましたか」

「蓋を開けたい。バールを。鉄の棒でもいい」

　一人は走り出していった。車までジャッキアップ用の鉄棒を取りにいったのだろう。

「ないか、何かないか」

　うわごとのように口にして、庭いじりの道具などが積んであるあたりを探す。

「これだ」

　宮下が見つけたのは、暖炉や個人用焼却炉の中を掻（か）き混ぜる、いわゆる「火掻き棒」だ。先が曲がった鉄の棒だ。もしかすると、犯人もこれを使ったのかもしれない。

「ありました」

　真壁は、宮下が手にしているものを見て場所を空ける。宮下は、蓋についた金具に棒の先をひっかける。

「いきます」返事を待たずにカウントする。「イチ、ニ」

棒に手を添えている真壁も、「サン」と同時に唸り声をあげた。

「くうっ」声が漏れ、蓋が持ち上がる。

「よしっ。一気にずらせ」

真壁の号令で、旧式で重い鉄の蓋がずれ、黒く丸い穴がぽっかりと開いた。

「開いた！」

真壁と宮下が、ほとんど同時にのぞき込む。

「いた」真壁が叫ぶ。二人いる。一人は完全に水没し、もう一人がその上に乗っている形だ。

「小牧さん！」宮下が上側の人間に大声で呼びかける。

顔は伏せる形で見えないが、覚えのある髪質でわかる。間違いない。小牧未歩だ。

合掌するように持ち上げた形の両腕も、わずかに見える肩も剝きだしだ。裸なのかもしれない。幸い、顔は水に触れていないようだ。

両手首を結束バンドで縛り、それを壁から突き出たフックか釘のようなものにひっかけてある。いまにも外れそうだ。外れれば横倒しになるかもしれない。そうすれば、あっという間に溺れる。

「引き上げないと」

「下手に動かすと、沈む可能性もある」

興奮して声を上げる宮下を制止し、隊員に怒鳴る。

「早くレスキューと救急車を」

電話は隊員にまかせ、もう一度のぞきこむ。

もう一人は男のようだ。小牧の体の下になって、全身が水没している。どう見ても、生きてはいないだろう。顔写真すら見たことはないが、これが宮内矩充のような気がした。

隊員が走り去った。宮下は穴に腕と頭を突っ込み、まずはそこに見えている人間の体をつかもうとした。

「ばか、やめろ」真壁が止める。

かまわずに手をのばす。ようやく手が届いた素肌の肩が、つるりとすべった。

たしかに真壁のいうとおりだ。たとえ届いたとしても、この狭い穴から、素手で引き上げるのは無理だ。

「小牧さん！　未歩さん！」

呼びかけるが、反応はない。

「小牧さん！」

もう一度呼びかけ、宮下は、頭の上で拝むような形に縛られている未歩の手に触れた。フックから外れないように慎重に。

「体温がある」

ひんやりしているが、死体の冷たさではない。それに、死後硬直はしていないようだ。いや、指先だから確証はないが、していないと信じる。ならば見込みはある。こんなことをしたとすれば、昨夜のはずだ。死んでいるならすでに冷たくなり、硬直が始まっているはずだ。

自分にそう言い聞かせ、指先からでも体温を送り込もうと触れ続ける。

「小牧さん」

いくら呼びかけても反応はない。

晩夏の朝の日が差し込み、剝き出しの白い肩についた汚れを痛々しく照らす。脈を確かめられればいいのだが、手首をしっかり摑む体勢がとれない。

これまでも、事件が起きるたびに己れの無力さを痛感してきたが、今はその感がことさら強い。どうしてこうなったのか。いや、今こうしている以外にできることはないのか。

「待てないな。どけ」

今まで、小牧を動かすことを止めていた真壁が、そう言うなり、宮下の肩を摑んでどかせた。

マンホールに上半身を入れようとしている。

「狭すぎますよ。フックから外れたらまずいですよ」

「わかってる」

穴の深さは未知だ。もしも不安定な状態で、たとえば何かに引っかかっていたり、半ば浮いたような状態だったなら、ちょっとした刺激で倒れたり沈んでしまう可能性もある。

「危険では?」

「そんなこと言っていられるか」

真壁はシャツを脱ぎ、袖の先を結んだ。特殊な結びで、輪の直径が調整できるようになっている。

　それを持って穴の中をのぞく。

「おれのベルトを摑め」

「はい」

「死んでも離すなよ」

「了解です」

　宮下が答え終える前に、真壁は穴から上半身を入れた。全体重をかかえてベルトを支えている宮下からは、ほとんど見えないが、あのシャツの輪を小牧の体に回して引き上げるつもりのようだ。

「くそっ。もう少しだ」

　真壁の声が聞え、その体がさらに穴の中へ滑り落ちる。

「真壁さん、もう限界かもしれません」

「泣き言を言うな」

　真壁に引きずられる形で、穴の中のようすがわかった。逆さ吊りになった真壁が、小牧の体にさきほどのシャツの輪を通し、ぎゅっと締めるところだ。

「よし、引き上げろ」

　真壁はほとんど逆さ吊りのまま、小牧を持っている。つまり、宮下が二人分の体重を引き上げることになる。泣きごとを言うつもりはないが、さすがに無理かもしれない。

「手伝います」

電話を終えたらしい隊員が戻ってきた。

「お願いします」

二人がかりで真壁のベルトを摑み、持ち上げるように引いたそのときだった。

〝ずん〟と地面が揺れた。

29

大地が震えたあと、一秒の何分の一か遅れて、激しい爆音が聞こえた。

爆発だ。見れば、建物の向こう側、つまり玄関側から黒煙が上がっている。間に建物があったおかげで、衝撃波はそれほどひどくなかった。

無意識のうちに真壁を引きずり上げていたようで、真壁は地面に尻をつき、驚きの顔で爆発のあった方向を見ている。もちろん、小牧はまだ穴の中だ。

宮下は反射的に背を丸め、両腕で頭をかばい、目を閉じ、口をあけて、二度目の爆発に備えた。しかし、ゆっくり十秒かぞえたが、二度目はなかった。

石材、湿った土くれ、折れた枝、そのほか何かわからない破片が、雨のように降り注ぐ。

「審議官――」

宮下がつぶやく。真壁、宮下と協力して小牧を救えと命じられていたらしい隊員たちと、目が合う。逡巡している。

「審議官のところへ行ってください」宮下は思わずそう言っていた。

「失礼します」と言い残して、隊員たちは爆発のあった表側に走っていった。

それと同時に、穴の中をのぞく。

「よかった」

マンホールの直径が狭いおかげで、そして下敷きになっている人物のおかげで、多少姿勢は崩れたが、小牧の顔は水面から出ている。

「もう一度やるぞ」真壁が大きな声を上げる。

「はい」

しかし、応援部隊は去ってしまった。真壁と二人で持ち上げるしかない。

「どうします」

「さっきの続きだ。おれが入る。おまえが支えろ」

「了解です」

幸い、シャツはまだ小牧の体に回して縛ったままだ。

「泣きごとは言うなよ」

「了解です」

さっきと同じ作業にかかった。しかし今度は支えるのが一人だ。

「よし、引き上げろ」

「了解」

作業が始まってすぐに腕が抜けそうになった。今、二度目の爆発が起きれば、収拾のつかないことになる。そして、一度目が家の表で起きたなら、二度目は裏で起きてもおかしくない。

「何をしてる。弁当でも食ってるのか」

穴の中から真壁の怒声が聞える。

「引いてます」

「もっとだ」

「はい」

「死ぬ気で引き上げろ」

真壁の怒声に応え、これが最後とも思える力を込めた。真壁の体がさらに持ち上がる。

「もう少し」

「くそったれ」

最後はどうなったのかよくわからない。血管が切れるかと思った瞬間、突然尻餅をついた。真壁と小牧の体が穴の外にあった。

「出た」

息を整える間もなく、シャツを地面に敷き、ひとまず小牧をその場に寝かせた。宮下はすぐに穴をのぞいた。もう一人の人物は、やはり完全に水没していて、絶望的だろう。

小牧は下着姿だった。もとは白だったらしい下着が、溜水のせいで薄茶色に変色している。

真壁が首筋に手を当て、鼻のそばに耳を寄せた。

「大丈夫だ。生きてる。これなら水も飲んでいないだろう」

「小牧さん。小牧さん」

宮下が呼びかける。真壁が、引き上げに使った二人のシャツをほどいてその体にかけた。それがわかったかのように、小牧がうっすら目を開けた。焦点が合わないのは、単にこの情況のせいだけでなく、なんらかの薬物を打つか飲まされている可能性もある。

「起きて。寝てはいけない。起きて」

ほおを叩く。

「それより、逃げるぞ。ここは危ない」

「しかし、審議官は――」

「今さら遅い。ダメならダメだ。彼女は生きている」

「中のもうひとりは？」浄化槽を目で指す。

真壁の意見は宮下と同じのようだ。

「もう手遅れだ。生きてる人間を救う」

真壁が、彼女の背中と足に手を回し、抱きかかえた。そのまま塀の外へ出る。

宮下はそのあとに続き、家屋を振り返った。黒煙は上がっているが、派手な火柱は見えない。

爆弾だろうか。いや、わずかにガス臭い。

「宮内當子さんは？」

「だからおまえはスーパーマンか。おれたちは、彼女を確実に助ける」

抱いた小牧未歩に顔を振った。

「わかりました」

割り切ることに決めた。小牧も死にかけているかもしれないのだ。安っぽい博愛主義は、全滅を招くかもしれない。先に車へ走り、ドアを開け、エンジンをかけた。

小牧をバックシートに横たわらせるのを手伝った。毛布も何もないので、二人の着ているTシャツも上からかけた。二人とも上半身裸になった。見た目を気にしている場合ではない。

ハンドルは真壁が握った。

「さっきの隊員が通報したと思いますが、待ちますか」

「いや、離れる。ここは危険すぎる」

そう言ったときには、もう急発進していた。シートベルトなどしていない。

「どこまで行きます？　病院？」

「少し広い道路に出て、そこで救急車を待つ。その旨、連絡とってくれ」

「了解」

すぐに一一九を押し「少し前に浄化槽に人が落ちているという通報があったと思うが」と切り出すと、すぐさま「もう向かっています」という答えが返ってきた。

そこで、さらに爆発もあったこと、ガスの可能性があること、複数の怪我人が出た可能性があること、浄化槽の人間を一名引き上げたが意識がないこと、もう一名中にいるが生死不明なこと、しかし危険なので退避中であること、などを自分でも驚くほど簡潔に伝えた。

真壁の車はタイヤを鳴らしながら、東京に比べればのどかな田舎の道を走り抜ける。

「うう」

小牧が呻(うめ)いた。宮下は振り返って声をかける。

「小牧さん、しっかり」

ほどなく、やや広い道に出た。ナビによれば県道だ。真壁が怒鳴る。

「後ろに一緒に座って、体をさすってやれ」

「しかし――」

「照れてる場合か」

信号待ちで車が止まった。

「よし。今のうち、後ろへ――まずいっ」

真壁が叫ぶと同時に、後方から激しい衝撃を受けた。追突されたのだ。

体がシートに押し付けられ、首が千切れるかと思うほどのけぞった。そのまま押される形で前の車に激突したため、こんどは反動で前のめりになった。シートベルトをしていなかったので、宮下はダッシュボードに、真壁はハンドルに思い切り体を打ち付けられた。

容赦ない勢いだ。もちろん、やったのは犯人の一味だろう。ならば、のんびり痛がっている場合ではない。

相当なダメージのはずだが、真壁は頭を振り、バックミラーを見ながらレバーをバックに入

引きずり出そうとしたとき、割れてなくなったリアウインドーの枠越しに、一人の男が近づ

「逃げますよ。早く」

「みや、した、さん?」

後部座席のドアは、逆に開いたまま閉じない状態になっていた。小牧の体は床に転がっている。今の衝撃のためか、少し覚醒したようだ。目を開いてこちらを見る。

宮下の助手席側は、そこまでせずとも開いた。降りて後方を見る。あの車だ。昨夜審議官と話し合った黒塗りのミニバンだ。ナンバーが同じだから間違いない。

ということは、犯人に乗っ取られたのだ。

真壁が無理な姿勢のまま思い切り蹴ると、ドアが半分ほど開いた。さらにもう一度蹴ると、どうにか降りられる程度に開いた。

「このくそったれ」

真壁はそう怒鳴り、ドアを開けようとした。衝撃に歪(ゆが)んでしまってすぐに開かないようだ。

「降りろ。彼女を守れ」

ミラーを睨んで再び真壁が叫ぶと同時に、二度目の衝撃を受けた。またしても前の車に突っ込む。突然の追突事故に、降りようとしていた前車の運転手が、二度目の衝撃で道路に転がった。

「構えろっ」

れようとした。

いてくるのが見えた。

がっしりした体格だ。Ｔシャツ一枚の上半身が筋肉に覆われているのがすぐに見てとれた。手にしているのは――。

「逃げますよ」

ようやく車内から引きずり出した小牧に肩を貸し、立ち上がらせた。真壁のように抱きかかえる自信はない。

犯人の男は確実に近づいてくる。手には、薪割りなどに使う斧が握られている、宮内家にあったのかもしれない。

真壁は、真壁はどこだ。やはりあの怪我では無理か――。

そう思ったとき、車の向こう側で立ち上がった男がいた。真壁だ。

「きさまっ」

叫び声をあげて、犯人に向かっていくが、足を引きずっている。

「斧を持ってます」

耳に入ったのか入らなかったのか、反応はない。しかし真壁の手には、警官の七つ道具のひとつ、特殊警棒が握られているのが見えた。

「このくそ野郎」

真壁が低く怒鳴った。

30

爆発は、複数の死傷者を出す惨事となった。

宮下と真壁が巻き込まれた交通事故はまた別の扱いだ。

爆発の原因はプロパンガスだった。

後の検証で判明したことだが、堂々とたずねてきた高橋審議官を犯人が玄関で迎え入れたときには、すでに栓は捻ってあった。

「まあ、どうぞ中に入って」と三和土に招き入れ、入れ替わりに自分は外に出て、オイルライターに着火し、家の中に放り投げた。

犯人は投げると同時に伏せたので、火傷程度で済んだ。審議官と一緒に入ったSPが一名死亡し、審議官も重傷を負った。犯人はその後、SPが乗って来たミニバンを奪い、宮下たちを襲った。

ただ、結局は犯人も救急搬送された。爆発ではなく、真壁と格闘したときの怪我のためだ。

高橋審議官は一命を取りとめたが、右目を失明し、衝撃で折れた肋骨が右の肺に刺さるという重傷を負った。「外傷性血胸」という重い症状だった。

静岡の病院で緊急手術のあと一週間ほど入院し、ヘリで中野の東京警察病院へ移送された。

手術は成功し、肺は失わずに済んだが、頸椎も損傷しており、今後運動機能に障害を残す恐れがあるらしい。

それでも、爆発のほとんど中心近くにいて一命を取りとめたのは、審議官のすぐ前にいて、結果的に爆風を体でかばう形になったＳＰのおかげだった。それが、死亡した一名らしい。

未歩はこれという外傷はなく、薬物もアルコールと睡眠薬だったようだ。胃の洗浄と点滴で、もちなおしたと聞いた。むしろ心の傷のほうが問題かもしれない。

やはり、応急処置後に警察病院に移送され、今も入院している。

また、あの家の世帯主である宮内當子は、ほぼ無傷で救出された。世間に向けては「異常者の犯罪に巻き込まれただけ」という説明になっている。

大きな怪我がなかったのはたしかだが、両手首、両足首を結束バンドで拘束されていたことは公表されていない。

そして、残念ながら宮内矩充はやはり死亡していた。さらに残念なことには、警察発表の被害者リストに、矩充の名はなかった。

とにかく、静かな地方都市で起きた爆破事件であり、警察の幹部や職員が犠牲になったこともあって、ニュースではヒステリックなほどの取り上げようだ。警察関係もピリピリしている。和泉署に本部がある連続殺人・死体遺棄事件と関連があるなどと知れたら、どうなってしまうだろう。

真壁は左手尺骨（しゃっこつ）にひびが入り、肋骨が一本折れ、もう一本にひびが入った。

宮下はどういうわけか、縫うまでに至らない切り傷と、打撲（だぼく）だけで済んだ。

それでも、念のためにと腹部エコーと頭部ＣＴ検査までされた。こちらも、問題はなかった。「綺麗なものです」と医師に言われた。「念のため、血液検査もしますか？」とも訊かれたが、それは断った。まごまごしていると、内視鏡まで入れられそうだ。

真壁に「いつも、よく働く方が怪我が重い」と嫌味を言われた。それだけ元気なら大丈夫だと笑って返した。

やはり応急処置を受けたあと、東京に戻された。警察の車で送ってもらえた。こんなことは初めての体験だったが、例によって、真壁が何かこれ以上の無茶をしないか、上層部が心配したのだろう。

帰京後は入院とはならず、帰宅が許された。怪我の程度が軽かったからか、ベッドが足りないためなのかはわからない。

自分の部屋に戻ったが、翌朝から取り調べを受けることになっている。もちろん、まだ爆発や追突の余韻も冷めず、ほとんど眠れない一夜を過ごした。

真壁は取り調べを受けることについて不服そうだったが、あれだけの騒ぎになったのだから、当然といえば当然だ。問題は、組織内的にこの問題をどこの部署が処理するのかだ。流れでいくと公安扱いの案件になる可能性も高いと覚悟していた。その場合は少々面倒くさいことになりそうで気が重い。

結果は、意外にも警視庁警務部に拘束された。奥多摩の事件のときと同じだ。それだけでなく、担当する調査官までまさにあのときの担当と同一人物だった。

「お久しぶりです」

宮下よりちょうどひと回り年上の調査官は、そう言ってにこりともせずに挨拶した。嫌味ではないらしい。無愛想だが「またあなたですか」と言われないだけましだと思うことにした。

ノートパソコンを前にした調査官が無機質な口調で告げる。

「それでは、最初からうかがえますか。今回の一件にかかわるようになったそもそもの始まりから」

はい、と答えたが、もちろんそんなつもりはない。

真壁と宮下の取り調べは丸三日間にわたった。朝の九時前に本庁に出頭し、夕方五時半過ぎに終わり次第直帰となる。まるで公務員のような生活だ。

この間、真壁とは接触しないようにと釘を刺された。そんなものは形ばかりの命令だと思ったが、たしかに何かについて語り合ったりすれば、記憶が上塗りされる恐れがある。無意識であっても偏向した証言になるかもしれない。

それに、そもそも禁を破ってまで忍び逢いたい相手でもなかった。

この取り調べではまったく教えてもらえなかったが、いくつかニュースで知ったこともある。まず驚いたのは、あれが〝事故〟扱いになっていることだ。テレビにしろ新聞にしろ「ガス漏れ事故」という観点からの報道がなされている。もちろんそのとおりなのだが、背景にはまったく触れられない。

一方の真壁と宮下が襲われた一件は、「事件」になっている。一時錯乱した犯人が、通り魔的に前を走っている車を襲ったら、たまたま警官が乗っていた。という筋書きらしい。間抜けもいいところではないか。

爆破事件から四日目、「ひとまず」と言われたのが引っかかるが、ようやく取り調べから解放された。

そして今日は、真壁と二人で東京警察病院へ呼ばれて来た。

「大変な騒ぎになりましたね」

爆発や車のクラッシュもそうだが、世間の騒ぎぶりだ。

どこかの週刊誌が《あれはたしかにガス爆発だが、じつは警察を狙ったテロだ、国家転覆を謀った破壊活動だ、それが証拠に警察庁の幹部が大けがを負った》とすっぱ抜いた。

戦争でも始まったような騒動になっている。テレビや新聞、週刊誌は当分ネタに困らないだろう。

ぼそっと漏らした宮下の言葉に、真壁が独り言のように反応する。

「変だと思わないか?」

「どこがでしょう」

いろいろ変すぎて、特定できません。そう答えようかと思ったら、真壁の言わんとしているのもまさにその点だった。

「すべてだ。この、言っちゃ悪いがまるでお祭り騒ぎのありさまだよ。いくら重要案件だからといって、帰国子女のキャリアが登場して潜入捜査みたいな真似事をしたり、その伯父だとかいう警視監まで出張ってきて、あげくの果てにあの爆発騒ぎだ」

そこで言葉を切って、宮下を見た。

「血まみれのこの茶番劇には、どんな意味があるんだ？」

宮下も、その点についてはあの爆発の前から考えていた。ぼんやりとした違和感だったが、爆風で吹き飛ぶどころか、疑念がかなりしっかりとした形を成した。まさに、真壁風に言うならこの「馬鹿騒ぎ」にどんな意味があるのか——。

しかし、今は話題を逸らすことにした。この病院へは、ほかにも何人か搬送された関係者がいて、警官の姿がちらほら見える。公安もうろうろしているはずだ。どこに耳があるかわからない。話題を変える。

「そういえばさっき、多少顔見知りになった〝実動部隊〟にばったり会ったので、訊きだしておきました。戦友ですからね。まず、未歩さんの怪我のぐあいはそれほど深刻ではなく、ニュースなどでよく使われる『命に別条はない』というところみたいです」

おそらく普段なら「そうか」で済ませる真壁が「具体的には？」と重ねて訊いた。

「切り傷は浅く、打撲もおそらくは監禁される過程でついた軽度なもののようです。性的な暴行行為もないと本人は語ってると」

「そうか」

しかし、体の傷は浅くとも、精神的な後遺症が残る可能性もある。

「本人も覚悟の上だろう」

真壁の返答は相変わらずだが、気にかけていることは間違いない。

「高橋審議官は重傷のようでしたが――」

「ま、もうすぐわかる」

外科の待合コーナーで待てと指示されている。長椅子に座り、ぽつりぽつりと会話をしながら待つ。真壁の顔にはいくつか擦り傷がある。左手にはギプスをつけ、胸にはコルセットをはめている。

真壁は「暑くて痒くてたまらない。代わってくれ」とぼやく。

宮下がこの病院に足を踏み入れるのは、これでもう何度目だろうか。しかし、単なる同僚の見舞いなどを除外すれば、そう多い回数ではない。最初は自分自身の負傷、二度目はやはり重傷を負った相方の入院、そして今回だ。

「それにしても、あれだけばれてるのに、まだ警察は認めようとしません」

怒るべきかあきれるべきか、判断がつかない。

「それだけ体制側にとってきつい事件ということだろう。――それより、そろそろ時間だな」

真壁が腕時計を見た。亡くなった妻、朝美さんから贈られたものだと聞いたことがある。おそらく修理しながら――いや、壊れてもはめ続けるだろう。

今日ここへ来たのは、未歩の見舞いではない。面会の予定は別人だ。そして正確には〝見舞い〟ではなく〝呼び出し〟だ。

「お揃いですか」

スーツ姿の男が近づいてきて、愛想のない声をかけてきた。補充された、〝実動部隊〟の新顔だろう。

「はい」と宮下が応じ、すっと立ち上がる。少し遅れて真壁も立ち上がる。

「ではこちらへ。お待ちです」

受付もせず、男のあとに続き、エレベーターに乗った。

31

その病室には名札が出ていなかった。

ドアには、単に《立ち入り禁止》という貼り紙がしてある。案内の男は「入ります」と声をかけてドアを開けた。そのまま内側からドアを押さえ、二人にも入るよう促す。

真壁に目で命じられ、先に宮下が進む。まさか待ち伏せされていきなり切りつけられたりもしないだろう。

「失礼します」

軽く礼をして入室する。真壁も続いた。

個室だ。やや広めという以外、特別な印象はない。やはりごく普通の病院のベッドに、一人横たわっている。体から何本も管や線が伸び、包帯でぐるぐる巻きにされた顔から片方だけ目がのぞき、喉からは気管切開したらしいチューブが出ている。その先にあるのは人工呼吸器だ。

こんな状態で面会などしていいのだろうかという思いを抱く。

顔のすぐ上には、タブレット端末のようなものが、伸びたアームで固定してある。動画でも見るのだろうか。

そのほかに、室内にはあと二人いた。一人はスーツ姿の女性で、宮下たちにベッド脇に置かれた椅子をすすめた。秘書なのかもしれない。

〈コンニチハ〉

いきなり、この場にそぐわない明るい調子の機械音声が聞こえた。展覧会場などでよく見かける、親しげに話しかけてくる案内ロボットの声のようだ。

宮下だけでなく、真壁までも、きょろきょろと室内を見回す。

〈オドロカレマシタカ。コレハ、ゲンザイケイサツチョウデカイハツチュウノ、コミュニケーションツールデス〉

宮下には、何が起きているのかおよそ理解できた。発言しているのは、この暢気(のんき)にさえ聞こえる声からは想像もつかない、重傷の身でベッドに横たわっている人物だ。顔の前に固定されたタブレット様式のものは、動画を見るための端末ではなかったらしい。

「噂は聞いたことがあります。手話も含めて、会話ができない被疑者や証人とやりとりするためのツールですね。実用化できるところまで来ていたんですね。素晴らしいです」

宮下の発言に対し、やはり機械音声が答えた。

〈さすがですね。そのとおりです〉

仕組みがわかれば、カタカナ風だった発音を脳内で普通の会話に変換できる。

〈――視線を動かし選択するだけで、いまのように発声することも、モニターに文字を映し出すことも可能です。予測変換機能も充実しているため、ほぼ普通の会話ができます。民間ではずいぶん前から開発されていましたが、捜査現場にも早急に導入したいと考えています〉

ややゆっくりなのと、イントネーションが多少不自然な点を除けば、普通に会話が成立しているといえるだろう。

「たしか、翻訳機能を併用することで、外国人の取り調べや聞き取りがしやすくなるとも聞きました」

周囲の人間は誰もこのやりとりに口を挟まない。ベッドに横たわった重傷の高橋宏一郎審議官が、ほとんど身動きもせず、瞳だけを動かして答える。

〈おっしゃるとおりです。――前置きが長くなりました。長話は医師に止められていますので、本題に入りましょう。まず、このたびはお二人にはたいへんお世話になりました。警察も――姪も含めて。改めてお礼申し上げます〉

「姪」というところで少し間が空いたのは、変換候補の順位が下だったのかもしれない。そんなことをふと思ったとき、ドアをノックする音が聞こえた。

審議官が〈どうぞ〉と機械音声で答えた。

入ってきた顔を見て驚いた。

「小牧さん」

声を上げた宮下に向かって微笑んでから、二人に向けて深々と頭を下げた。

「お二人は命の恩人です。感謝の言葉もありません」

「まあ、仕事ですから。――それより小牧さん。思ったよりお元気そうですね」

宮下がかけた声に未歩が答える。

「すぐにご挨拶したかったのですが、いろいろ事情もありまして」

「まあ、礼なんていいから、のんびり休んだほうがいいですよ」

真壁がかけた声に、小牧が素直な笑みでうなずいた。

機械音声が続ける。

〈今回のことでは、いくつか隠していたこともあります。事実でないことを語った事実もあります。その点について、後日、許される限り説明いたします〉

語尾が丁寧すぎたり、表現に重複があったりするのはご愛敬だろう。

「お呼び立てくだされば、いつでも参ります」

審議官の言葉は続く。

〈あなたがたに白羽の矢を立てたのは、わたしの判断ミスであり、大失策であったようにも思います。一方で、大英断だったようにも思います〉

「光栄です」

宮下がそう応じると、未歩は小さくうなずいて「あのとき――」と付け加えた。

「二度目の爆発があの近くで起きないという保証はどこにもありませんでした。でも、お二人はなんら躊躇することなく、わたしの救出作業を続けてくださったと聞いています。その勇気に感謝いたしますとともに、このことは生涯忘れません」

いわゆる〝日本的〟な性格なら気恥ずかしくなるような口上だ。

「そんなことを言われたら、こいつは次からガスボンベをラグビーボールみたいにかかえて走りだしますよ」

真壁の靴を軽く蹴ったところを、未歩に見られた。

審議官の前だったが、訊けるのは今しかないと思い、宮下は抱いていた疑問を口にした。

「いろいろなことが後づけでわかってきたのですが、小牧さんの行動理由でどうしても理解できないことがあります」

「なんでしょうか」

「真壁さんを、そしてその付録でわたしを巻き込んだ理由です」

小牧は少しだけ悩んだが、伯父の許可を求めることなく、自分の言葉で説明した。

「お二人を巻き込むようにしたのは、わたしなりにずるい計算がありました。審議官を前にして言うのもなんですが、そしてお二人には失礼ですが〝部外者〟にも知っていただきたかった。今回もまた警察庁警備局の主導になり、警視庁公安部が主体となれば、また闇から闇へと消える可能性もあります。今のままでは、朝乃さんが存在しなかったのも同じです」

審議官の表情はわからない。しかしこの人なら、姪の動機もこの発言も想定してただろうと宮下は思った。小牧が続ける。

「――審議官からお二人に説明していただいたようですが、わたしは小学生のころ、母の故郷とはいえ異国の地である日本に来て、馴染めず、いじめにも遭っていました。そんなとき、今井さんご夫婦、特に朝乃さんにはとても優しくしていただきました。なので、去年のあの事件が起き、朝乃さんが浄化槽の中に遺棄されていたと聞いて――」そこでしばし絶句した。「あんな暗い水の中に放っておかれたと知って、消えない心の傷となりました――」

そこで再び言葉に詰まり、先が続かなくなった。

「わかりました。それで充分です」

宮下がそう声をかけると、小牧は無言のまま頭を下げた。

出会った直後の疑問が解けた。

なぜ地下水脈にあれほど詳しかったのか、マンホールの蓋の重さや構造まで知っていたのか、単なる興味ではなかったのだ。そして、やはり宮下たちよりも先に今井家の庭に忍び入り、マンホールの蓋を開けてみたのだ。今回の遺棄地点ではないと思いながらも開けずにいられなかったのだ。

おそらく犯人にそのようすを見られ、あんな扱いを受けることになったのだ。歪んだ性格の犯人に――。

湿った空気を、真壁のいつもの口調が破った。

「しかし、大変失礼ながらわたしは、二度と論文取材の付き添い役は引き受けません」

痛々しい笑みを浮かべた未歩に背を向けて、部屋を出た。

駐車場に停めた真壁のほこりだらけのマークXに乗り込むなり、宮下は訊いた。

「ちょうどその話題が出たのでうかがいます。真壁さんはあのとき、二度目の爆発の可能性を考えませんでしたか？」

真壁はエンジンをかけながら、宮下をちらりとも見ずに訊き返した。

「そういう自分はどうなんだ？　まずは自分から告白しろ」

「もちろん、考えました。言うまでもありませんが、ＬＰガス、いわゆるプロパンガスは空気より重い。浄化槽の中なんて、かっこうのガス溜め場じゃないですか。足元で爆発するんじゃないかとまずは考えました」

「そう思うなら、どうして逃げなかった。一旦逃げて、安全がわかってから戻ればいいだろう」

真壁の顔を見た。

「真壁さんの言葉とも思えません。あそこで逃げるぐらいなら、初めから警官になんてなりませんよ」

「何を食ったらそういう性格になれるんだ」

二人で大笑いしたが、すぐに真壁は肋骨を押さえて情けない声を出した。

終章

対象者が入院しリタイアしてしまったので、〝お守り〟チームもあっけなく解散となった。もちろん、打ち上げも別れの会もない。審議官に特別な面会をしたあと、それぞれ自宅に戻った。あすからまた勤務に復帰だ。真壁は本庁へ引き上げることになっており、宮下は和泉署の捜査本部へ応援として参加するよう指示された。

特に宮下は、そのまま和泉署に残って資料を精読し、まだまだ作成しなければならない書類がうんざりするほどある。

二日ほど、そんな調子で後始末業務をしていると、夕方真壁から電話がかかってきた。

〈明日、昼前に時間を作ってくれ〉

「どういうことですか。提出書類が溜まってるんですが」

〈面会に行く〉

「誰にですか」

〈行けばわかる〉

「しかし、急に……」

〈無理ならいい〉

いつもこれだ。

「行きます。嘘でも方便でも使って、なんとか時間を作ります」

〈十一時十分前に警視庁の入口で。あまり目立つなよ〉

「警視庁──了解しました」

通話終了ボタンを押す前に、今の相方に使う言い訳について考え始めていた。

簡単に「〇〇事件の」と肩書をつけられないほど多くの罪を犯した容疑者──加納庸平（かのうようへい）は、一旦は捜査本部のある和泉署で拘束されたが、マスコミ対応やその他の事情から、すぐに身柄を本庁へ移された。

「その他の事情」というのは、今井家にかかわる暗い過去をどれだけ公表するのかという問題や、警視庁公安部、警察庁刑事局および警備局、はては長官官房審議官までからむ複雑な案件であるため、所轄での対処は難しいと上が判断したのだ。それに、いくつ罪状があるか簡単には列挙できないほどだ。

真壁が、宮下と二人でそんな問題人物、加納の取り調べをする許可を得た。いや、もぎ取った。

当初はもちろん、論外だと却下されたらしい。しかし、真壁がまたしても、何かの根回しをしたか、お偉いさんの誰かに食い下がったかして、一時間だけ、という縛りつきで許可を得た。

そんな無理を通せる「お偉いさんの誰か」といえば、思い当たるのは一人しかいない。

真壁が半ば強引に恩を売った、蔦警部だ。

本庁の職員に案内されて取調室に入って待っていると、制服の職員に付き添われて、腰縄をつけた加納庸平が入ってきた。右手にギプスを巻いているので、手錠はしていない。聞いた怪我の重さでは、そんなものはなくてもとても逃亡はできないだろう。

とにかく、あの路上での対面以来だ。

頭にもまだ大きな絆創膏(ばんそうこう)のようなものを当てている。真壁に特殊警棒で殴られた痕だ。頭蓋骨に異常はないそうだから、真壁にしてはめずらしく手元が狂ったか、手加減したのだろう。

それ以外は、若干無精ひげが伸びているだけのごく普通の男に見える。

年齢四十七歳にしては、体つきはひきしまっているようだ。しかし、近くに寄ると顔には無数の皺が刻まれているのがわかる。白目の部分も濁り血走っている。

宮下はその顔を見て「あっ」と思ったが、声には出さなかった。

職員は、加納の手錠をはずし、腰縄とともに椅子に繋いで部屋を出て行った。取り決めどおり、狭い部屋に三人しかいない。

机の上には、貸与された記録用のノートパソコンが一台あるのみ。これは宮下が打ち込む。

「加納庸平だな」

真壁の問いに、加納がうなずく。

「だから来たんだろう。下っ端警官みたいなことは訊くな」

声も落ち着いた静かな印象だ。

「おまえ、あのときの記者だな」

宮下が口にしなかったことを、真壁が指摘した。真壁も気づいていたようだ。

黒ずくめの不審者が目撃されたといって、一時緊急配備(キンパイ)が敷かれたことがあった。しかし後日、捜査活動を動画に収めに来た、単なる警察マニアだったことがわかった。

その騒ぎの少し前、小牧と暗渠を探していたとき、しつこく食い下がった記者がいた。ほおぼねのところに特徴的な黒子があった。

さすがに、静岡のあの騒ぎの際は気づかなかったが、あの記者に違いない。

加納は、宮下を見て大きく肩を上下させて笑った。つまり認めたということだ。記者のふりをして、捜査活動の進捗(しんちょく)状況でもたしかめに来たのだろう。

「少し話が聞きたい」

「担当が代わったのか？　それともパンダを見にきたのか」

「路上で取っ組み合った仲なのに、冷たい言い方だな」

加納の眉が上がった。

「おまえ、やるな。おれも一対一(タイマン)で負けたことはあまりないが」

ギプスを巻いたままの右腕を上げて見せた。

真壁がうなずく。

「そんなことはどうでもいい。どうしても訊きたいことがある。おたくの経歴はざっと聞いた。警察に恨みがあるんだろうという想像もつく。しかし、具体的にどういう経緯であういう犯罪に至ったのか、それが知りたい。動機が訊きたい。自分の耳で。

言っておくが、細かい事前の準備だとか苦労だとか、そういったものには興味がない。どんなふうに、どれだけ警察を恨むとああなるのか教えてもらいたい。ただし、一時間しかもらっていない。あまり脇道に逸れる余裕はない」

加納が薄笑いを浮かべる。

「おれが話すと思うか」

「思う」

「なぜ？」

「恨んでいるからだ。恨んでいる人間は誰かに向かって吐きだしたい。あるいは害を加えたい。今のおまえは、暴力による加害は無理だ。だから言葉によっていくぶんなりとも復讐しようとする」

加納はこんどははっきり笑った。

「面白い奴だ。ほんとはあんたのことは知ってたが、さっきはとぼけたのさ。真壁巡査部長殿」

そこで肩が上下するような深呼吸をし、加納は語り始めた。

「おまえさんたち、潜入捜査なんてしたことないよな」

真壁は答えない。宮下は小さく首を左右に振った。

「おれは警視庁公安部に所属する警官だった――」

『暴力団員による不当な行為の防止等に関する法律』通常は略して『暴力団対策法』あるいは『暴対法』などとも呼ぶが、この法律が施行されたのが平成四年だ。この法律の施行以後、社会における暴力団の立場が変わった。狙いは相当程度効果を発揮した。

目的は、特に広域暴力団と呼ばれる組織の弱体化だ。

しかし、どんな時代になろうと、どんな法律が施行されようと、反社会的な生き方を選ぶ人間というのは、一定割合でいる。その人間たちの受け皿となったのが『半グレ』と呼ばれる集団だ。

ところが警察としては、この半グレ集団という存在は、ある意味では暴力団よりも扱いに困った。

彼らの世界は〝伝統的〟なやくざ、暴力団と違い、きっちりとした縦社会ではない。頭を押さえれば下の者も従うという方程式が当てはまらない。〝伝説〟をいくつも持つような、際立った『ボス格』が数名いて、それ以外は上下関係や命令系統まで、あいまい〝グレー〟なのだ。「組のために」という帰属意識も少ない。儲かる、面白い、スカッとする、そんな理由から徒党を組む。

麻薬の売買をする、集団で大怪我をしたり死人が出るような喧嘩をする、盗難車売買を生業にしている。そんな犯罪グループのメンバーを捕まえても、そこでブツッと切れてしまう。「芋づる式」という表現があるが、隣の芋と繋がっていないのだ。

たとえば、広場に数十名の人間を集めて、適当に五人ずつ固まれと命令する。できたグループに、封筒に入れた〝指示書〟をランダムに渡す。ひとつ任務が終わったところで、さっきと違うメンバーを組むように指示する。そしてまた〝指示書〟で仕事をさせる。

そんなイメージが近いかもしれない。仲間意識というものは希薄だし、そもそも仲間と呼べるほどお互いを知らない。その場かぎりの集団だ。そこへ、やはりほとんど会話を交わしたこともない人間から命令が届く。

それが半グレが主体となった犯罪――特に特殊詐欺グループの構成だ。

もともとがピラミッド型の組織ではないので、全容解明は困難を極める。「全容解明なんて、はなから無理だ」と口にする警察幹部さえいるという。

しかし、警察として手をこまねいているわけにはいかない。

そんな半グレ集団の中でも、凶暴さで悪名高かった、大陸出身者で構成されたあるグループに、潜入捜査官を送り込むことになった。現役の警官を。

刑事部から一名、公安部から一名、テストケースとして送り込む計画だ。競わせる目論見もあっただろう。その公安部からの一人が、加納庸平だったという。

「まあ、いまさらぐずぐず愚痴をこぼす気はない。もちろん苦労話で自慢するつもりもない。教えてくれというから話す。潜入までの細かいことは聞きたくないんだな。――まあいいさ。あいつら――おまえさんたちが半グレとか呼んでるやつらは、面子だとかしきたりだとかで人は殺さない。しかし、気に入らなければあっさり袋叩きにする。死ぬまで殴る蹴るをする。手加減というものがない。ボス格のやつが酔っぱらったり、ラリったり――たいていその両方だが――『こいつやっちまうか』と言っただけで半殺しにされる。

だから、いつも強気で『攻める』ことを言って見栄を張る。しかしボス格の機嫌をそこねないようにしなければならない。違法なこともちろんやる。今だから言うが、おれも大麻なんて何回吸わされたかわからない。さすがにシャブやコカインは遠慮したけどな。

とにかく、法律なんて通用しない。自分の中で線引きした『あり』と『なし』を、即座に使い分けないとならない。女子高校生をクスリと酒でベロベロにさせてまわす場にいたこともある。――止められないさ。そんなことしたら、こっちがどうなるかわからない。口実を作ってその場から離れるのが精いっぱいだ。

そうやって信用つくって、特殊詐欺のチームでそこそこのポジションになれた。おれは口が立ったから、スカウト役をやらされた。グループ内でけっこう上の位置だ。知ってると思うが、下から『受け子』『出し子』『運転手兼見張り』『掛け子』『スカウト』ってヒエラルキーだな。スカウトも指示役なんだが、その上にさらにボスがいる。そのボスの上にもボスがいるんだが、そこまで行くと霧がかかっている。

スカウトまでいって、ようやく情報が入るようになった。しかしわれわれは、あんたがたと違って、詐欺ぐらいでいちいち逮捕したりしない。おれが知ってるだけで、小金持ちの年寄りが何人も身ぐるみ剝がされたが、もちろん止めることなんてできない。

組織の全容とまでは言わないが、せめて『大ボス』の素性がわかるぐらいまでは、行動を起こさない。特に外国人がからんでいるからな。やつらは、金にならない殺しはしないと言われてるが、裏切り者には制裁を加える。厳しくな。

ところが刑事部から潜入したやつは、ガンガン情報を流して、小物を逮捕させたり、未然に防止したりして、刑事部のポイントを稼いでいたよ。

だけど、そんなことしてりゃ、いつかバレる。そうすりゃ終わりだ。あるとき、そいつがモグラだと知られた。即消えた――」

「消えた？　それはつまり――」

宮下の質問に、加納は嬉しそうに微笑んだ。

「文字通り消えたんだよ。この世から。たぶん骨もないだろう。――のどが渇いたから何かくれ」

規定違反だが、自販機でペットボトル入りのミネラルウォーターを買ってきて渡した。口の端からこぼれさせながら、一気に五百ミリリットル入りのほとんどを飲み干した。派手なげっぷをしながら、またにやにやと笑った。

「久しぶりに冷たい水を飲んだ。今なら一杯千円出してもいい」

そしてまた続きを話した。

「愚痴は言わないといいながら、愚痴ってたな。まあ、そんな感じで、潜入捜査ってのは、精神を鉈で削るような仕事だ。気が付けば思い切り病んでいた。素面じゃいられない。しかし、いくら酔っても眠れない。強い酒で睡眠剤を飲まないと眠れないんだ。

そんなものを飲むから胃が荒れて、朝からげえげえと吐く。涙を流しながら、胃袋が裏返るぐらい毎朝吐く。だから食欲がない。しかたなく酒を飲む――。よくシャブに手を出さなかったと我ながら感心してる。

また愚痴っちまった。そんなわけで、もう辞めさせてくれと上司に連絡した。だめだもう少しやれ、もう少し成果を出せ。いやもうできない、無理だ。そんな応酬を何度か繰り返して、ようやく引き上げることが許された。優しさなんかじゃない。これ以上置いておくと壊れて何もかも喋る可能性が出てきたからだ。

もちろん、あっちのグループに別れの挨拶なんてしない。突然姿を消した。そうして元に戻ったように見えたが、心はぼろぼろだ。警官としてなんか役に立たないさ。それでどうなったと思う。閑職行きだよ。落ち着いてやりがいのある仕事、なんてもんじゃない。バイトに混じって単純作業さ。嫌なら辞めていいよ、の世界だ。

で、辞めた。辞めたあとは生活が荒れた。当然だ。あと何年生きるのか、そんなことばっかり考えてた。そんなとき、特殊詐欺をやってたときの仲間と再会した。『独立系でやらないか』という話になった。あの連中は、やくざと違って、なわばりにあんまり神経質じゃない。誰かが狙っている獲物を横取りすると逆鱗（げきりん）に触れるが、自分で見つけてきた獲物なら、見て見ぬふりをすることが多い。『名簿』を入手したなら、獲物はいくらでもいるからな。そんなことでもめるぐらいなら、さっさと次の仕事をしたほうがいい。

で、おれとそいつでバイトを十数人抱えて、『独立系』の〝仕事〟をしたってわけだ。人材集めはご多分に漏れずSNSだ。最近ようやく当局の監視が厳しくなったが、一時期まで野放しだったからな。《タタキ。高収入確実。即日払い》とか書くと、すぐに反響がある。ただ、最底辺のやつが多いんで、そこそこ使える人間を確保するのに苦労するんだ。

殺したあの三人も、そうやって集めた手先だった。いうことをよく聞く、いい駒だったよ。あいつらの動機？　そんなもん知るかよ。詐欺だの強盗だのするやつに、『動機』なんて高尚なものがあるかよ。金さ、金。

やつらの身の上をちょっとだけ教えてやるよ。まず大学生、あいつには最初『詐欺とかタタキとかですよ。きちんとしたマニュアルがあるから、いままで逮捕された人はいません。報酬は十%から二十%、月末払い』そんなふうに誘ったら、一旦は切ったが、また電話してきた。それで採用だ。

あの内縁の夫婦な。あれはクズだ。世の中にはきちんと働けない奴が一定数いるんだ。体が不自由で働けないんじゃない。ルールどおりに物事を運んで、成果を上げて報酬を貰う、という行為ができないんだよ。まあ、詳しく身の上話なんて聞かないけどな、二人とも『自分の親を恨んでる』って口を揃えて言ってたよ。『外国へ飛ぶ前に、必ず親はぶち殺す』ってのも口癖だったな。できなかったけどな。そういえば娘もいたな。父親はあの男じゃなかったらしいが、自分の娘を仕込みの道具に使うんだから、自分らのほうがひでえ親だろ。しかし、あの娘は才能があるな。年寄りは小さい子がいると心を開きやすいんだ。重宝する。そういえば、あの娘はどうした？　保護した？　どうせ家出したふりでもして、きもいおっさんの家を渡り歩いていたんじゃないか。その顔を見ると当たりだな。

で、知りたいのはあいつらを殺した理由だよな。あいつらもまた『独立系』でやろうとしやがった。考える頭を持ってないくせに、おれの目の届かないところで、おれの真似をしようとした。しかし、おれがそれを直前に察知して『今までどおりおれの指示でやれ』と命令した。『おまえらが立てた計画は、今から全部おれの仕事だ』ってな。

今井朝乃の案件は、あの大学生がネタを仕入れてきたらしい。バイト先のコンビニで物色してたと聞いている。名簿に比べて効率は落ちるが、本人を見ているし、家も突き止められるから、確実性はある。

また脱線した。――今井の家に押し込んだときも、スマホを繋ぎっぱなしにして、おれが指示した。誓ってもいいが、おれは『殺せ』とは言ってない。本当だ。しかし、特に高野のあほったれが興奮しすぎて、ばあさんを殺しちまった。どうしますかって訊くから、その辺の穴にでも押し込んどけと言ったら、ほんとに庭にあったマンホールに捨てやがった。馬鹿は恐い。だとでもな、不思議なのは騒ぎにならないんだよ。警察のやつらも死体は見つけたらしい。だとすれば、強盗が入ったのはわかってるはずだ。なのにニュースにならない。不思議だよな。おれは気になってしかたなかった。それで、『ヤメデカ』仲間から情報を得たら、あの婆さんの夫や親戚が、あんたらも知っているだろうが、そういう一族だったってわけだ。愉快だったねえ。恥ずかしくて公表できないんだろうなと思ったよ。ざまみろって思った。

独立しかけた三人も、それ以来心を入れかえてまたよく働いてたんだけど、一か月ぐらい前から『止めたい』とか言い出した。理由を訊いてみたが、『もういやになった』としか言わない。でもなんだか裏があるなと思って、調べた。そしたら驚いたよ、死なせたばあさんの弟が、ムショから出てのこのこやってきやがったんだと。そして誰に聞いたのか、森川ってガキと連絡を取って『すべて話してくれるなら、警察には通報しない』とか甘いこと言って、ガキもその気になった。

それである晩、話し合いをしようとあの今井の家に集まった。森川はフケる可能性があったからマンションの前で捕まえた。宮内とかいう、そのばあさんの弟も来たよ。正直なのか馬鹿なのか、タタキのグループに会いに、のこのこやってくるかね。それにしてもすごい顔合わせだろ。実行を指示したボス、実行犯、被害者の弟だ。

で、話し合ったんだが、話してるうちに、木村とかいうあの女も連鎖で改心しやがって、しまいには自首するとか言い出した。正確に言うと改心じゃなくて、夜中に変な泣き声が聞こえるとか言ってやがった。実行のときのやり取りを聞いてたが、あの女はむしろ進んでばあさんを痛めつけてたけどな。まあ、ちゃんとした自分なんてものは持ってないんだろう。亭主のほうは最初は女房を説得しようとしてた。だけど、おれがてめえふざけんなって女を足蹴にしたら、後ろにひっくり返って、柱に頭をぶつけて目を開けない。

そしたら亭主が逆上しやがって、おれにつっかかってきた。こっちも逆上して、気がついたら絞め殺してた。ありゃまどうしましょうってわけで、とっさに考えたのが、あの弟が復讐したって筋だ。それで、あの学生に口裏を合わせるように言ったら、嫌だとかぬかす。で、学生を殴っていたら女が息を吹き返して、亭主が死んでるのを見て騒ぎ出した。で、めんどくさいから残り二人も殺した。

弟？　弟は縛ったまま生かしておいたよ。どこって、死んだ姉ちゃんの家だよ。警察のやつらが、そこらじゅうで調べ回ってたけど、あの家の二階にいたのさ。しかし、中から予備の錠で補強したから、合い鍵があっても入れなくなっていた。そこに、グルグル巻きにして転がしておいた。話を聞くと、静岡に姉の家があって、旧家らしい。金も持っていそうだ。で、案内させた。そうそう、あの立ち回りやった前の日に、あの弟から、審議官に連絡を入れさせたよ。小牧とかいう女も、夜中に忍び込んできたので、身柄を拘束して、一緒に掛川に連れていった。騒いで暴れるから、睡眠薬を酒で飲ませた。

余計なことを言っちまったかな。まあ、もうどうでもいい。

そうそう、やっぱり、弟が復讐で三人を殺して姿を消したことにでもしようと思って、亭主は死んでから、あとの二人は生きているうちに手の指を折った。あの婆さんの指をどう折ったかは、亭主から自慢げに聞いてたからな。で、あの今井の家の勝手口のすぐ外に地下の川が流れているらしいことに気づいた。しかし、コンクリートや鉄の板で蓋がしてある。コンクリは無理そうだが、鉄板のほうは何とかなりそうだ。家の中を漁ったら死んだおやじが大工仕事に使っていたらしい、小さいバールが見つかった。それでこじ開けて、死体を捨てて、ついでにバールも捨てて、蓋を閉めて、はいおしまいだ。死体はすぐに見つかるかと思ったら、途中で引っかかっていたみたいで、大雨が降るまで出てこなかったな。

そろそろ時間だな。ま、実際に沼に身を沈めた身から言わせてもらえば、特殊詐欺ってのはなくならないよ。現に毎年、件数も額も減るどころか増えてるだろう。しかもどんどんラフになっていく。手間暇かけた詐欺なんかより、タタキに移行しつつある。一度やった人間は二度と抜けることはできない。

とにかく、そうやって、どんどん新顔が出てくる、育っていく。そりゃなくならないよ。駒はね。こんな社会だ。不満分子はいくらでもいる。それこそ、川の水をいくら汲んだってなくならないのと一緒さ。どんどん源流からも支流からも地下の川からも流れてくる。おれはようやく卒業できるが、おまえさんたちはずっとイタチごっこを続けるってわけだ――」

加納は、いつまで続くのかと思うほど、延々と語り続けた。

加納の聴取のあと、真壁が「途中まで見送ろう」と言った。嵐にでもならなければいいが。

警視庁の建物を出て、どちらが言い出したのでもなく、なんとなくお堀沿いを歩いた。

「やりきれない気持ちですね」

「おれはもう何年もやりきれない」

「誰が正義で何が悪なのか。そりゃもちろん加納はとんでもない悪党で、このままいけば死刑でしょう。でも、あの悪党を作ったのは誰なのか。仮に警察組織だとしても、警察だって最初からあんな怪物を作ろうとしたわけではないですよね」

「あまり深く考えるな」

やはりまたどちらからともなく、途中で道を折れて日比谷公園に向かって歩く。

「加納が言ったとおり、この社会構造では、きりがないかもしれません。ゴミ箱の蓋がないのを放っておいて、コバエを一匹ずつ叩いても、きりがないのと一緒です」

「それを叩くのがおれたちの仕事だ」

「今回はとても空しく感じました。まるで、自分も真っ暗な地下水脈を流されてゆくようで。叫んでも誰にも聞こえない。木村の娘は施設で保護し、カウンセリングなんかもしているらしいですが、まっとうに育ってくれとただ願うばかりです」

真壁は返事をしなかった。しばらく無言で歩いたところで、急に足を止めた。

「おれはそろそろ戻る。また一緒に飯でも食おう。大盛りの店でもいいぞ」

そう言い残して、本庁の建物に戻っていった。真壁なりにやりきれなくて、宮下を口実にちょっと外の空気を吸いたかったのだろう。

宮下はこのあと、応援先の和泉署まで電車で戻る。

「それでは失礼いたします」

「お疲れ」

すぐ目の前の地下鉄の駅には下りず、JRの有楽町駅まで歩くことにした。日比谷公園を抜けながら、ほんの少しだけ秋めいてきた空を見上げる。

一億総中流などと呼ばれたのははるか昔、明治維新を語るのと同じぐらいの遠い過去になった。

持てる者と持たざる者、生まれつき恵まれた者とどこまでも不遇の者、その落差は開く一方だ。

少し風変わりなこと、人目につくこと、ときに傍迷惑な行為をして動画を流しただけで、億の単位の金を稼ぐことができ、毎日老人の介護をして汚物の世話をする人の月収が、手取り二十万円に満たなかったりする。

使い道に困るほど俄にあぶく銭を得るものと、幼い子供に菓子パン一個をあずけ身を粉にしてパートをかけ持ちする単身の親たち。

不公平感や鬱屈した不満は、やがてはっきりとした理由を持たない怒りを生むことになる。

とにかく腹が立つ、世の中のすべてが気に入らない、そんな、おそらくは自身にもうまく表現できない不満が、世の中に、いや世界中に満ちている。いくつもの国で中道の政権が倒れ、左にしろ右にしろ過激な主張が支持される時代になった。

ある者は自暴自棄になり、夢を捨て、我が身を滅ぼす道を選ぶ。

そしてある者は、その怒りを外へと向ける。

その不満や鬱屈は、最初は森の中でひっそりと湧き出た泉かもしれない。山肌を滴り落ちる雫かもしれない。もしかすると、そのまま蒸発するか大地に浸み込んで消えてゆくものもあるだろう。しかし、いくつかは消えずに細いひと筋の流れとなる。

それらの流れが集まって小川となり、日の下を流れ、日の当たらない地下を流れ、やがて合流し、しだいに大きな川となる。いってみれば、憎悪や破壊衝動の水流だ。その流れは一方向で、止まったり、遡ったりはしない。

流れ自体にも止められない大河は、ひとたび決壊すれば、その流域にあったささやかな平穏や幸せを容赦なく押し流す。

今回の一件は、その濁流のひとつにすぎないのかもしれない。

加納が言ったように、下流の水をいくら汲んでみても川の流れを変えることなどできはしない。ただ、押し流されてゆくだけだ。

明日にもまた同じような事件が起きないとは断言できない。水源を絶たないかぎり、川の流れを完全に止めることはできない。小牧未歩の属する組織や、規模も性質もまったく異なるが宮下たちが体を張って止めようとしているのは、空しい抵抗なのだろうか。

そういえば施設の職員から聞いた話だが、菜緒子の娘のさくらは、蛍光ピンクのやけに派手なスニーカーを大切にしていて、ベッドにまで持ち込もうとしているらしい。思い出の品なのかもしれない。今度の休みに、添い寝しても大丈夫なように新品を買って贈ろう。

いつしか公園を抜け、再び都会の街並みに溶け込む。

駅が見えてきた。

主要参考文献

『失われた川を歩く――東京「暗渠」散歩　改訂版』実業之日本社　本田創著
『暗渠パラダイス！』朝日新聞出版　髙山英男・吉村生著
『まち歩きが楽しくなる――水路上観察入門』ＫＡＤＯＫＡＷＡ　髙山英男・吉村生著
『胎内都市――暗闇の世界にひろがる地下水道の迷宮』草思社　白汚零著
『現代農業――二〇二一年十二月号』農山漁村文化協会
『東京人――二〇二〇年八月号』都市出版
『東京人――二〇二〇年十月号』都市出版
『はじめての暗渠散歩――水のない水辺をあるく』ちくま文庫　本田創・髙山英男・吉村生・三土たつお著

その他、ウェブサイト、論文などを一部参考にしました。

尚、本文中に誤った認識、表記などがあった場合、それらはすべて著者の責に帰します。

【初出】
「読楽」二〇二一年十一月号～二〇二二年十月号、二〇二二年十二月号～二〇二三年二月号掲載
単行本化に際し、大幅に加筆修正しました。
この物語はフィクションであり、登場する人物および団体名等は実在するものとはいっさい関係ありません。

伊岡 瞬 いおかしゅん

1960年東京都生まれ。2005年『いつか、虹の向こうへ』で第25回横溝正史ミステリ大賞とテレビ東京賞をダブル受賞しデビュー。『代償』はドラマ化され、啓文堂書店文庫大賞も受賞。19年『悪寒』で再び啓文堂文庫大賞、『痣』で徳間文庫大賞を受賞。著書に『145gの孤独』『教室に雨は降らない』『本性』『不審者』『仮面』『朽ちゆく庭』『白い闇の獣』『残像』『清算』などがある。

水脈（すいみゃく）

二〇二四年一月三十一日　第一刷

著　者　伊岡 瞬
発行人　小宮英行
発行所　株式会社徳間書店
〒一四一−八二〇二　東京都品川区上大崎三−一−一
目黒セントラルスクエア
電話（〇三）五四〇三−四三四九（編集）
（〇四九）二九三−五五二一（販売）
振替　〇〇一四〇−〇−四四三九二
組　版　株式会社キャップス
本文印刷　本郷印刷株式会社
カバー印刷　真生印刷株式会社
製　本　ナショナル製本協同組合

ISBN978-4-19-865765-9

痣（あざ）

伊岡　瞬

平和な奥多摩分署管内で全裸美女冷凍殺人事件が発生した。被害者の左胸には柳の葉のような印。二週間後に刑事を辞職する真壁修は激しく動揺する。その印は亡き妻にあった痣と酷似していたのだ！　何かの予兆？　真壁を引き止めるかのように、次々と起きる残虐な事件。妻を殺した犯人は死んだはずなのに、なぜ？　俺を挑発するのか――。過去と現在が交差し、戦慄の真相が明らかになる！

文庫／電子書籍